U0026187
重組世界 1
Rebuild World
下 逞強荒唐魯莽
作者 ナフセ
插畫 吟
世界觀插畫 わいっしゅ
機械設定 cell
The advanced civilization that once dominated the world has crumbled away, and a long time has passed. People rallied the fragments of wisdom and glory scattered all over the world and spent a long time rebuilding human society.
Kadokawa Fantastic Novels

># Episode 001 下 逞強荒唐魯莽

The advanced civilization that once dominated the world has crumbled away, and a long time has passed. People rallied the fragments of wisdom and glory scattered all over the world and spent a long time rebuilding human society.

Contents

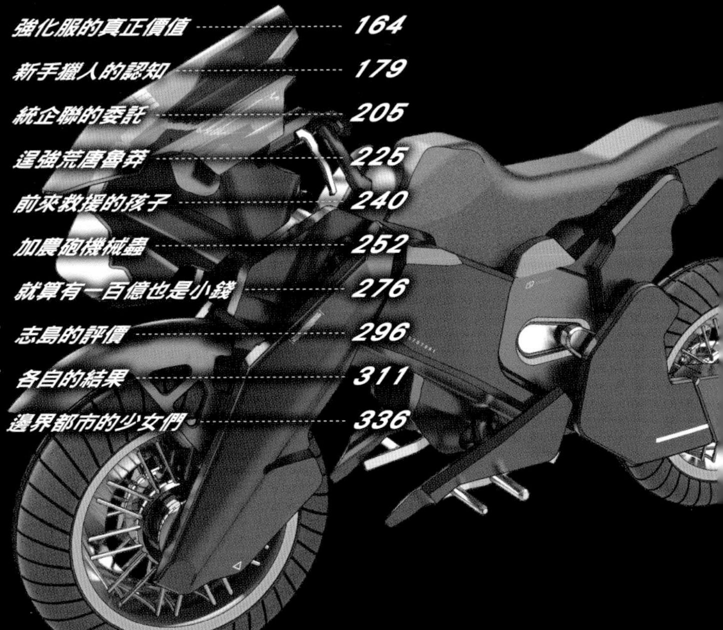

The advanced civilization that once dominated the world has crumbled away, and a long time has passed. People rallied the fragments of wisdom and glory scattered all over the world and spent a long time rebuilding human society.

Rebuild World

human
Rebuild World
艾莉西亞
ARICIA
貧民窟的孩子，謝麗爾幫派的一員。和謝麗爾感情
很好，擔任幹部幫助她。耶利歐的情人。
西卡拉貝
SHIKARABE
許多嚴酷戰役的老練獵人。隸屬於
卡姆」，負責教育克也小隊。
耶利歐
ERIO
謝麗爾幫派的幹部。不信任作為謝麗爾的後
盾突然出現的阿基拉。

『除非只剩我一個人。』
Rebuild World

以生命作為籌碼贏得鉅款才是獵人這份職業的醍醐味吧！
越過戰場而生，越過戰場而死吧！

>Author : nahuse >Illustration : gin >Illustration of the world : yish >Mechanic design : cell

重組世界 1

Rebuild World

下 逞強荒唐魯莽

The advanced civilization that once dominated the world has crumbled away, and a long time has passed. People rallied the fragments of wisdom and glory scattered all over the world and spent a long time rebuilding human society.

Author
ナフセ

Illustration
吟

Illustration of the world
わいっしゅ

Mechanic design
cell

Kadokawa Fantastic Novels

阿基拉回過神來，才發現自己站在一片無垠的純白世界。

像是放棄建構整個世界般沒有盡頭的白色，裡面看不到任何東西。在自身處於這種地點依然沒有感到不安與不自然的朦朧意識之中，阿基拉莫名理解這是在作夢。

附近站著一名非常美麗的女性。阿基拉認識這名美得不像真人的女性，她是阿爾法。開始獵人工作的第一天，在崩原街遺跡邂逅的不可思議的人。

即使散發出真人般的存在感，還是只有自己能看見、聽見，卻完全摸不到的奇異存在。然而就算這樣，她依然是相遇之來就一直幫助自己的恩人。對阿基拉來說，阿爾法就是這樣的存在。

和阿基拉在一起的阿爾法總是帶著笑容，除了阿基拉陷入危險的時候，她都是那樣笑臉迎人。浮現在她端正美麗的臉上的微笑讓阿基拉留下強烈的印象。

然後因為那種強烈的印象，阿基拉沒有立刻發現該名女性就是阿爾法。

現在阿爾法臉上沒有平常的微笑。面無表情的她視線筆直地朝著前方。沒有操縱者的人偶——她的側臉散發出這種感覺。

這樣的阿爾法似乎在說些什麼。

「第一次。失敗。未到達。因對象死亡，無法繼續。需重新檢討支援方法。」

她以只是在唸紀錄般的口氣持續說話。

「第二次。失敗。未到達。因對象死亡，無法繼續。需重新檢討戰鬥支援方法。」

像是持續無趣的報告一直說著。

「第十五次。失敗。未到達。因放棄委託，無法繼續。對象生存。因負傷而取消委託。需調整誘導方法。」

這段期間，阿爾法的表情沒有任何變化。

「第十六次。失敗。到達區域１。因對象死亡，無法繼續。需重新檢討戰鬥支援方法。」

似乎也沒注意到阿基拉。

「第八十七次。失敗。到達區域７。因對象死亡，無法繼續。需重新檢討戰鬥支援方法。」

她只是持續說著話。

「第八十八次。失敗。到達區域４。因放棄委託，無法繼續。對象生存。因喪失繼續行動的意志而取消委託。需重新調整誘導方法。」

似乎一點一點地持續說著某種進展。

「第四百九十七次。失敗。到達區域９。因對象死亡，無法繼續。需重新檢討戰鬥支援方法。」

話題依然持續。

「第四百九十八次。失敗。到達最終區域。因放棄委託而無法繼續。與對象完全敵對。已完成處理。需重新檢討所有誘導方法。」

然後只有最後一段話與之前的內容完全不同，聽起來不再是已經完成的事項。

「第四百九十九次。執行中。未到達。過程確認中。以上。」

阿爾法的話到此結束。結果世界就連白色都消失，陷入一片黑暗當中。

完全的漆黑裡，只有阿爾法的身影清晰浮現。

但是她的模樣也立刻變淡、變模糊，漸漸消失。

這時阿基拉的意識也跟著變朦朧，最後一切完全消失，夢境也到此結束。

阿基拉醒了過來。雖然殘留著作了個奇怪的夢的感覺，但夢的內容早已忘得精光。

他接著注意到自己躺在陌生房間的床上，湧現的驚訝把作夢一事完全推擠到意識之外。

如果是以前的阿基拉，在發覺是在陌生地點醒過來的瞬間，立刻就會跳起來，然後死命地警戒周圍了。

然而現在雖然驚訝，警戒心卻相當薄弱。在剛醒過來的影響下，意識還很朦朧。以住在貧民窟巷弄時的標準來看，這已經是致命的鬆懈。

雖說之所以會變成這樣，有很大一部分是開始獵人工作後住到便宜卻遠比平常安全的地點而受到影響。

但最主要的原因是差不多已經見慣的人總會帶著微笑，像要告知阿基拉沒有危險般窺看他的臉。該名人物當然就是阿爾法。

『早安，阿基拉。看來你睡得很好嘛。』

阿基拉撐起身子試圖掌握狀況。

房間極具生活感，看起來不像飯店的客房。身體擦拭得很乾淨，沒有沾著戰鬥造成的血跡與塵土。服裝也換成全白的單薄便服，疲勞完全消失。很自然就醒來，也沒有任何痛楚，身體狀況很好。

掌握這些情況後，阿基拉終於成功切換仍有些朦朧的腦子，接著浮現困惑的表情。

『早安，阿爾法。這裡是哪裡？』

如此一問，阿爾法就像要回答他一樣指著房間的門。結果有個見過的女性走進房間，看著阿基拉並露出有些驚訝的模樣。

「阿基拉，你醒了嗎？」

她名叫莎拉，是阿基拉以前拯救過的女性獵人雙人組其中之一。但因為是在隱藏身分的情況下救人，之後也避免與其接觸，莎拉本身並不知道阿基拉就是救命恩人。

莎拉是消費型奈米機械類身體強化擴張者，把自身的胸部當成奈米機械的補給庫。因此莎拉的胸部尺寸會因為奈米機械的收納量而變化，目前則是收納充足的量，呈現相當豐滿的形狀。

前往荒野等外出時刻，得靠伸縮性強的防護服才能將快要爆開的胸部塞進去。不過她現在穿著相當大膽的寬鬆襯衫。

在外面胸部被迫處於擁擠狀態，至少在家裡的時候想好好解放一下，所以並不在意較為暴露的穿著。極其寬鬆的襯衫正顯示莎拉這樣的主張。原本就是以胸部最大尺寸為基準購買的商品，所以似乎可以從寬鬆的部分看見許多不該看的東西。

上半身穿這件襯衫，下半身只穿貼身衣物的莎拉以這種性感打扮來到阿基拉面前，就像擔心他的身體般露出微笑。

「感覺怎麼樣？還爬不起來的話，可以繼續睡喔。」

莎拉這種很放鬆的打扮自然地對阿基拉顯示出這裡是可以放心的地方。

阿基拉心中對於待在陌生場所的警戒心也因此完全消失，但另一方面的困惑與疑惑更嚴重了。

「嗯，我不要緊了。」

雖然感到困惑，身體本身是毫無問題。阿基拉為了傳達這一點，確實地回答對方。

莎拉看見他這種模樣，也露出安心的笑容。

「這樣啊，那太好了。這裡是我和艾蕾娜的家，你的行李就放在那邊，不用擔心。衣服也洗乾淨放在一起了。你要換上的話，我可以幫忙拿過來，怎麼樣呢？」

「啊，我自己去拿。」

「不用客氣啦。你是客人，就好好休息吧。我去拿過來，你等一下喔。」

阿基拉被狀況震懾住了。然而當莎拉離開房間並關上門，他立刻急著問：

『阿爾法，到底是怎麼回事？』

阿爾法為了讓阿基拉冷靜下來，刻意用很沉穩的態度表示：

『先告訴你，這裡很安全。理解這一點後就先冷靜下來吧。』

『呃，就算妳這麼說……』

『既然無法回答消息來源是我，那麼在陌生地點突然醒來的人就了解事情經過不是很不自然嗎？你先試著盡量回想昏倒前發生的事情吧？』

『……昏倒？』

露出疑惑表情的阿基拉腦袋裡浮現一部分昏倒之前的記憶。

『……噢，對喔。我和怪物群戰鬥之後，在拖車裡昏倒了。』

阿基拉臉上轉變成稍微理解的表情。

◆

在昏倒之前，阿基拉在荒野被怪物群襲擊了。怪物群原本是追逐名為葛城的商人所駕駛的拖車，結果倒霉的他被捲進這場襲擊。

揚起大量土塵追過來的怪物群規模相當大，雖然拚死應戰，阿基拉他們根本毫無勝算，一般來說都會直接遭到殺害。

但這個危機因為前往救援的女獵人莎拉以及她名為艾蕾娜的搭檔解決了。艾蕾娜她們剛好接到葛城在逃亡時發出的緊急委託。

結果過去偶然拯救的人在偶然的情況下救了自己，這是個性乖僻的阿基拉難以置信的幸運事蹟。

在葛城兼作移動店鋪的拖車裡，阿基拉對莎拉低下頭表示：

「真的很感謝妳們的救命之恩。託妳們的福才撿回一條命。」

「別客氣啦。這也是工作，你不用在意。靠阿基拉你們的努力才讓數量減少，所以比想像中容易就解決掉那些怪物了。」

笑著這麼回答的莎拉因為提到幸運符的話題，給阿基拉看了自己作為護身符的墜飾。飾品部分是經過加工的子彈，平常都是夾在莎拉的雙峰之間。阿基拉的視線不由得望向莎拉的乳溝，結果被阿爾法識破後就遭到一陣調侃。

之後阿基拉參觀拖車的貨物以避免妨礙進行緊急委託事後交涉的艾蕾娜與葛城。

這時交涉中的艾蕾娜發出不高興的聲音。

「沒有錢？別開玩笑了。」

受到艾蕾娜威脅的葛城因為著急，露出驚慌的模樣。

「沒有啦，不是沒有錢，妳誤會了。我願意付款，只是目前沒有可以付的現款。」

艾蕾娜姣好的臉龐散發出更強烈的壓力，並且瞪著葛城說：

「報酬方面沒有特別註記事項的話，用現金付款是理所當然的吧？我們可是耗費了不少昂貴的彈藥喔。」

美人生起氣來真的很恐怖，剛剛才殲滅怪物群的美女就更恐怖了。葛城心裡這麼想著，同時試圖安撫艾蕾娜。

「我、我知道，但這是緊急委託吧？當時很緊急，狀況吃緊得連用短短幾秒鐘寫下簡短特別註記事項的時間都沒有！所以沒空檔寫那些東西！完全沒有要騙妳的意思！我說真的！」

葛城以誇張的動作對艾蕾娜展示拖車的貨物。這些貨物是從被稱為最前線的危險地帶運過來的高性能裝備，也是只有一流獵人才買得起的高級品。

「妳看看！這些我遠路迢迢運過來的貨物！是獵人的話，應該很容易就能看出把這些商品賣掉能賺到多少錢吧？只要一下下，只要再等一下就好！當然會多算一些利息給妳們！這樣可以嗎？」

艾蕾娜確認過對方不是空口白話，而是真的有貨物後就不再生氣，像是要評估價值般邊看著貨物邊思考起來。葛城則是想把這個機會當成突破口來完成這次的交涉。

阿基拉也興致勃勃地跟著莎拉一起看這些商品。阿基拉就不用說了，連莎拉都鮮少有機會看見最前線附近的裝備實物，因此對這些貨品有強烈的興趣，而且阿爾法也露出對裝備的品質有些佩服的樣子。

『希望阿基拉也能早點有能力使用這種高性能的槍械。』

『這部分只能請妳耐心等待了。舉例來說，我要能使用哪種武器才可以呢？』

『要從這裡選的話，大概是這個吧？』

阿爾法所指的是普通人應該拿不動的大型槍械。黑色金屬製的槍械連口徑也跟人型兵器的裝備品同樣大，一看就覺得相當沉重，似乎極為堅固的槍身刻著製造商的印記。

『等等，這我根本拿不動吧。』

『關於這一點，之後購買強化服就能解決了。在得到這樣的槍械之前，希望能擁有足以順利操控它的身體能力喲。』

『強化服嗎？感覺很貴耶。而且這把槍究竟要多少錢呢……』

『要湊齊一整套性能足以搭配這把槍的裝備確實很辛苦，這部分呢，就慢慢來吧。』

為了達成阿爾法的委託，總有一天自己也得準備好這樣的裝備。阿基拉如此心想並且想像要得到這些裝備的行程，就發出呻吟聲。

這個時候，受到阿基拉影響而把視線朝向同一把槍的莎拉發出驚訝的聲音。

「艾蓮娜妳看！好厲害！有諸神的黃昏耶！」

來到阿基拉他們身邊的艾蕾娜也因為只在網路上看過的槍械竟然有實物而嚇一跳。

「……真的有耶。這是對應對滅彈頭的槍械對吧？」

葛城像是要讓艾蕾娜接受提議，為了展示確實存在支付報酬的能力，誇張地說明。

「嗯嗯，它是這次的主力商品。知不知道我花了多少工夫才弄到它……等等，妳在想什麼？」

葛城開始從看著槍的艾蕾娜的表情感覺到危險的氣息。這時艾蕾娜浮現談判用的笑容呢喃：

「……莎拉撐一下的話能不能裝備呢？」

葛城立刻開始慌張。

「等一下等一下等一下等一下等一下！等一下！不可能！這樣不行！」

「但你沒有錢吧？如此一來就只能用物品來代替了。」

「再怎麼說支付的金額也差太多了吧！別做這種過分的要求！」

艾蕾娜以嚴厲的表情看著葛城，同時加強責難與威脅的視線。

「是誰過分啊？委託的報酬與彈藥費都付不出來，要我們靜靜等待不知道何時會支付，不對，應該說不知道會不會支付的款項嗎？我們也要過生活耶。」

其實葛城也有看穿艾蕾娜的態度有一半是為了在交涉中占上風的演技。即使如此，他還是想不出話來反駁。因為作為一個商人，他知道錯在無法付款的自己。

至今為止，遇見拿了商品不付錢的客人，自己也用盡各種手段來奪取金錢、物品、利權，有時候甚至會奪走對方的性命。因此他很清楚現在道理是站在對方那邊。

感到困擾的葛城察覺阿基拉認識艾蕾娜她們，就對阿基拉傳送求援的視線。

『等等，跟我求援也沒用吧。』

『還是提醒你一下，不要隨便多嘴把自己捲進紛爭裡喔。』

『我知道。』

阿基拉默默把視線從葛城身上移開。由於艾蕾娜她們在剛才的襲擊中救了自己的性命，真要說起來，自己是站在她們那邊。

面對一起越過生死關頭的夥伴如此薄情的對應，葛城臉上浮現使人產生同情與憐憫的表情。但是他看見艾蕾娜絲毫不為所動的模樣後就輕嘆一口氣，以嚴肅的表情繼續協議。

之後在葛城全心全意的懇求下，交涉好不容易有了結果。葛城將繼續僱用艾蕾娜她們擔任護衛。

當然這部分的酬勞也得累計上去，而且在約定好的時間前沒有支付酬勞的話，諸神的黃昏就得交給艾蕾娜她們。艾蕾娜她們接下護衛的工作，也是為了監視葛城等人。

阿基拉看著他們熾烈對話的狀況，忍不住說出感想。

『怎麼說呢，交涉還真是一門學問耶。』

阿爾法笑著補充：

『那是當然嘍，因為金額相當龐大啊。你也是為了錢才成為獵人賭上性命吧？同樣是關於價格的交涉，內容當然會變得更專業巧妙嘍。』

『沒有啦，這我當然知道，只是覺得我沒辦法像那樣跟人交涉。但是將來我也必須跟人談論同樣的事情嗎……』

看見戰鬥之外的另一種持續衝擊對方弱點的卓越攻防，阿基拉有點喪失自信的樣子。

面對這樣的阿基拉，阿爾法露出洋溢自信的笑容。

『放心吧，這個部分我也會確實幫助你，所以至少你不會因為巧妙隱藏在契約書裡的陷阱條款而蒙受損失。全部交給我吧。』

『太棒了，那就拜託妳嘍……嗯？』

阿基拉的視野突然變得有點模糊。

『阿基拉，怎麼了嗎？』

『沒有，視野有點……』

原本輕微的視野模糊越來越嚴重，周圍甚至開始變暗。同時阿基拉全身失去力量，當場癱軟，雖然立刻想站起來，但已經沒有這樣的力氣。

逐漸消失的視野當中映著跑過來的艾蕾娜等人。他們似乎在說些什麼，卻聽不見，只知道他們看起來很慌張。

相對於聲音與模樣都變模糊的艾蕾娜等人，阿爾法的模樣反倒變得清晰。她帶著平常的微笑窺探倒下的阿基拉，也可以確實聽見她的聲音。阿基拉並不覺得這有什麼不可思議。

『嗯，和那麼大量的怪物戰鬥，身心果然都到極限了嗎？別擔心，好好休息吧。』

阿基拉在混濁的意識中聽見這道聲音後稍微感到安心，然後直接昏了過去。

◆

阿基拉想起昏倒前發生的事情，但就算這樣，還是無法理解會睡在艾蕾娜她們家的理由，於是臉上再次浮現狐疑的表情。結果阿爾法跟他搭話：

『想起來了嗎？那麼接下來就先跟莎拉詢問詳細情形。之後我才會說明狀況，知道了嗎？』

『知道了。』

阿基拉按照指示等待莎拉回來，但總是無法冷靜。他對於即使待在安全地點還是無法冷靜的經驗感到不知所措，然後自覺到這點，莫名其妙又更加不知所措，結果就更無法冷靜了。

因此他從回來的莎拉手上接過衣服時也有點緊張。這些因素加上在莎拉的注視下，讓阿基拉只能以有些僵硬的動作換衣服。

於是以為他是因為身體尚未完全康復的莎拉就以溫柔的口氣表示：

「阿基拉，我來幫你吧？」

「不、不用了。」

「是嗎？你才剛痊癒，不能太逞強喔。」

由於不習慣被人如此溫柔對待，阿基拉變得更加慌張。然而注意到看著這樣的自己露出開心笑容的阿爾法後，他就叮嚀自己不能對其態度有所反應並且迅速更衣，接著重新打起精神問道：

「那個……莎拉小姐，我不是很清楚現在的狀況，可以請妳告訴我嗎？我只能回想到在葛城的拖車裡昏倒……」

「當然可以。」

莎拉輕笑著點點頭，然後坐到阿基拉身邊。

「話先說在前面，你昏倒後已經過了三天。」

莎拉看著阿基拉驚訝的臉，開始緩緩說出他昏倒之後發生的事。

阿基拉失去意識後，艾蕾娜等人立刻確認他的狀態。

沒有致命的外傷，傷勢本身已經完全痊癒。雖然滲血的衣服顯示他流了不少血，但是託回復藥的福，呼吸和脈搏都很穩定。

只有因為短時間內大量使用回復藥來強行急速治療負傷處，傷痕與自然治癒有點不同，變得像是舊傷那樣扭曲。

再怎麼糟糕身體狀況也暫且平穩了，並無生命危險。艾蕾娜她們如此判斷阿基拉的狀態後，就先放心地鬆了一口氣。

「你突然就昏倒，真的嚇了我一大跳。幸虧你平安無事，不過你戰鬥之後明明很累了，還讓你硬撐著，真的很抱歉。」

「沒有啦，我自己也覺得應該沒什麼。直到前一刻都平安無事，怎麼知道眼前突然變暗……抱歉嚇到你們了。」

由於有人昏倒，艾蕾娜她們立刻要葛城他們往都市前進，葛城他們也沒有異議。

之後艾蕾娜她們就把一直沒醒來的阿基拉領回自宅，在他自然醒來之前讓他躺在床上。雖然沒有生命危險，但應該會睡好幾天，原因是服用回復藥過量。艾蕾娜她們如此判斷。

「包含我、艾蕾娜以及葛城他們都判斷你的情況還沒糟到要送醫，才把你帶來這裡。」

在東部廣為流通的回復藥成分基本上是治療用奈米機械與各種藥劑的混合物，就像塞住牆壁洞穴的材料與道具組。高級品的話，奈米機械將直接取代細胞來堵住負傷處。

雖然方便，還是有害處與副作用。細胞因為受傷而遭破壞，靠著治療再生。在短期間內極頻繁地重複這種過程，有時會造成使用者急遽老化的結果，也有奈米機械誤認負傷是正常狀態而阻礙回復的情形。

阿基拉昏倒也是害處的一種，是把主要效用為治療受傷的回復藥拿來回復體力而短時間內大量服用時經常會出現的症狀。雖然沒有生命危險，但是基本上在過量攝取的奈米機械沉靜下來之前都不會醒過來。

「嗯，如果真的很慎重，還是應該把你送到診所比較好，但是隨便把你帶到那種地方的話，你也知道會出現診療費用、保險更新等麻煩的事情，所以就有點猶豫了。」

「啊～～沒關係，這樣反而幫了我。」

雙方都有缺錢的經驗。關於這部分的判斷，就在有些尷尬的笑聲中把事情帶過。

艾蕾娜她們讓阿基拉躺在自家床上並且觀察他的狀態，最後判斷讓他睡幾天就會自然醒來。

然後果然如她們的預測，阿基拉持續睡了三天才終於醒來。

聽完敘述的阿基拉客氣地低下頭表示：

「不但救了我的性命，還如此照顧我，真的太感謝妳們了。」

「沒關係啦，不用這麼客氣。」

阿基拉對莎拉的貼心感到很高興，表情也稍微變柔和了，但又立刻露出很抱歉般的表情。

「那個，再怎麼說我也算是靠莎拉小姐妳們接下緊急委託才能獲救……對吧？受到幫助的人要說這種話很難啟齒，但是我完全沒錢，該怎麼付款才好呢？」

阿基拉也有要付費的意思，但就算有這種意志也沒有錢。所謂巧婦難為無米之炊。

阿基拉剛才的話只是表示自己沒有錢，然而聽起來也能解釋成就算想收費，我也付不出來。阿基拉本身在說出口後也有這種感覺，便覺得自己實在太厚臉皮而垂下頭。

不過莎拉很乾脆地搖搖頭。

「剛才也說過了，是我們擅自做的決定，你不用在意。我和艾蕾娜都沒打算跟你收錢。」

「真的可以嗎？不對……但是，這樣實在……嗯～～～……」

阿基拉覺得很為難。雖然很感謝對方，對於免費接受幫助這件事又有抵抗感。只是就算為難，沒有支付能力依然是不變的事實，於是他只能繃著一張臉煩惱。

結果看見阿基拉這副模樣的莎拉表情變嚴肅了一些。

「……阿基拉，這樣的話，你能回答我一個問題當作報酬嗎？可以的話，我希望你老實回答。」

「好的。是什麼問題？」

不知道會被問些什麼，如果這種程度的小事就能抵銷費用，那麼阿基拉願意笑著答應下來。不過他在注意到莎拉的模樣後又有些退縮。

莎拉以非常認真的表情凝視著阿基拉，接著猶豫了一下，隨即下定決心說出取代費用的問題。

「在崩原街遺跡救了我跟艾蕾娜的人，就是你吧？」

阿基拉僵住了。

◆

當阿基拉還持續在艾蕾娜她們家沉睡的期間，莎拉獨自一人來到靜香的店。

靜香在平常的閒聊當中聽說了阿基拉的霉運後就露出苦笑。

「竟然跟一大群怪物交戰，阿基拉似乎也很辛苦啊。」

莎拉也回以些微的苦笑。

「而且還是同一天兩次喔，很難有這樣的經驗吧。不知道是阿基拉還是那個叫葛城的人運氣不好，或者兩個人都很倒霉。雖說獲救了才能當成談笑的話題，運氣不好依然是不爭的事實。」

「但沒有受重傷就獲救，以獵人來說算很棒了吧。至於對商人來說是不是最棒的結果……同為商人的我就不多加評論了。」

靜香以開玩笑的口氣說出若有深意的發言後，莎拉也露出別有含意的笑容。

「那個叫葛城的人跟他的同伴除了遭到怪物群襲擊，還被艾蕾娜強逼著付出許多報酬，但這不是我們的錯。」

為了救援葛城他們，使用的彈藥不是一般的分

量，然後那些全都是在靜香的店購買的彈藥。莎拉暗示這一點並笑著繼續表示：

「我們也為了救他們，耗費了昂貴的子彈喔。雖然他感嘆好不容易成功從最前線運來貨物，賺的錢卻有一大半飛了，不過我們也要過生活，所以不能怪我們，是吧？」

「也是啦。」

這是獵人專用商店的老闆以及該店的獵人常客之間有些深意的對話。

「對了，莎拉，艾蕾娜呢？」

「艾蕾娜在附近擔任葛城的護衛並且監視他。我稍微開了小差。」

「這樣啊……那麼，妳真正的來意是？」

原本持續談笑的靜香像要轉換心情一樣露出有點嚴肅的表情。靜香大概看出莎拉真正的來意是什麼了。

被察覺與催促之後，有些驚訝的莎拉就露出些許苦笑，然後態度也跟著稍微變嚴肅。

「以前曾經提過是誰在崩原街遺跡救了我們的事情吧？」

「嗯嗯。妳講過好幾次了，我甚至連詳細的內容都記得喔。」

「靜香妳知道那個人是誰嗎？」

說完，莎拉就一直盯著靜香。

靜香在莎拉強烈視線的注視下也沒有什麼明顯的反應。她觀察莎拉，然後思考了一下便反問：

「為什麼要問我這個呢？」

「因為妳的第六感很準。」

「這樣啊。如果是這樣，那我的回答是『不知道』喔。」

「靜香。」

莎拉以有些嚴厲的口氣呼喚靜香的名字，然後一臉嚴肅地持續盯著對方的眼睛，甚至在不知不覺間散發出身為獵人的壓迫感。

然而靜香沒有任何動搖。靜香也是以獵人為對象的生意人，早就對這種情況免疫了。最重要的是她確實相當了解這個朋友，所以完全沒必要慌張。於是她用沉穩的聲音勸告對方般回答：

「我是真的不知道，如果連線索都沒有，就不清楚。」

接著她以莎拉友人的身分回答：

「就算我以第六感察覺或許是某個人，如果弄錯，會給對方跟妳添麻煩，所以我不知道。」

然後以某個人的朋友身分回答：

「如果我知道，但對方拜託我不要說，一旦透露，我就背棄了那個人的信賴，所以我不知道。」

再以商人的身分回答：

「就算對方沒有要我閉嘴，我認為他不想曝光的話，那就不是我該多嘴的問題。要是散播會讓客人討厭的事情，會給我的店帶來很大的困擾，所以我還是不知道。」

最後則做出總結。

「不論哪一個回答都是我不知道喔。」

這無法反駁的回答讓保持沉默的莎拉稍微皺起臉。

靜香表情完全沒變，繼續表示：

「而且，這不是妳真正的來意吧？」

聽見對方出乎意料的發言，莎拉露出有些疑惑的表情。

「什麼意思？」

「妳已經明確預測了那個人是誰，然後妳的第六感認為那是正確的判斷，理性的經驗卻認為那是錯誤的判斷。所以即使是靠我的第六感，妳也希望我幫忙消除判斷否定的材料。我沒說錯吧？」

一點都沒錯。正確來說，在靜香的指謫下，莎拉才終於發覺這一點。

寫在紙上的彷彿出自小孩之手的潦草字跡；阿基拉看見加工成墜飾的子彈時的反應；還有阿基拉持有的回復藥。

這些事讓莎拉發覺在遺跡救了自己跟艾蕾娜的就是阿基拉。主要是因為整理阿基拉的持有物品時發現的回復藥跟對方在遺跡送給自己的一模一樣。

然而這些都不是決定性的證據。最重要的是，莎拉身為獵人的經驗告訴她憑阿基拉的實力，不可能在那樣的狀況下顛覆如此大的戰力差距來拯救自己與艾蕾娜。

不知該如何判斷的莎拉決定倚靠靜香的第六感。自己跟艾蕾娜都認為靜香的第六感很敏銳，而她也知道，敏銳的第六感有時能成為超越理性根據來說服自己的理由。

莎拉希望靜香以她的第六感確定救了自己與夥伴的人就是阿基拉。

靜香繼續對注意到這一點而有些不知所措的莎拉說：

「話說，妳想知道多少消息？是單純想知道救命恩人是誰？還是連關於那個人的各種疑問都要仔仔細細地問個清楚？」

「這、這個嘛……」

莎拉沒辦法回答。想問、想知道的事情實在太多，但是一定得問、得知道的就只有極小一部分。

「好好考慮之後再問啊。好好傳達一定得問跟不知道也沒關係的事情後再問，帶著誠意去問吧。如果這樣還聽見謊言，也只能接受了吧？」

靜香表示不知道，如果是真的，那救命恩人就是別人了。如果靜香說謊，那就表示她絕不想透露，或者不想與我方有太深入的牽扯。理解這一點的莎拉暫時沉默下來。

本來只要等阿基拉醒來再問他就可以了，但莎拉不知道為什麼感到猶豫。注意到這一點後，莎拉立刻就想到了理由。

因為不想詢問後遭到否定，就是這麼簡單。莎拉終於有了這樣的自覺。

她再次看著靜香並思考。靜香應該比自己更早一步察覺己身終於有了這樣的認知，說不定連為什麼不想被否定這個自己仍未注意到的理由都被她看透了。

莎拉決定不問靜香了。這種事不應該問別人，應該由自己發覺才對。莎拉這麼想著，同時像放下罣礙般笑了。

「我知道了，到那個時候我會自己開口問問看。謝謝妳，靜香。」

靜香也像放下心來，回以笑容。接著她的笑容稍微變成另一種意義的開心笑容。

「別客氣，那就用我的第六感給妳一點建議作為參考吧。莎拉妳知道舊領域連結者嗎？」

「舊領域連結者？好像聽過……」

「詳細內容妳去問艾蕾娜吧，她應該很清楚。簡單說明的話，就是能用莫名方法連結舊世界網路的人。」

當莎拉無法找出這個話題與阿基拉的關聯性而感到困惑時，靜香就追加了說明。

「似乎有人能從連結處獲得情報，正確掌握眼前遺跡的構造、在場的人類以及怪物的位置。方便歸方便，這樣的便利也帶來許多困擾。就是這樣的一群人。」

莎拉開始把靜香的描述套用到阿基拉身上。

如果她說的沒錯，那麼憑阿基拉這種程度的實力也能拯救我方。在那場非常濃的無色霧當中，可以掌握所有人的位置與周邊地形的話，就像所有人都是蒙著眼，只有自己一個人能看見物體，勝率當然會提升許多。

而莎拉也能理解想隱藏這種能力的理由。到底是如何救了我們的呢？方法被推測出來的話，被發現本身是舊領域連結者的可能性就會提高，搞不好會危及自己的生命。

莎拉以欲言又止的眼神看著靜香。

「……妳的第六感真敏銳。沒辦法一開始就跟我說這件事嗎？」

靜香有些開心似的笑了。

「跟沒有在各方面都下定決心的人講會很麻煩吧？妳好好加油嘍。」

莎拉不由得同意靜香的回答，有些不甘心地發出沉吟。

從靜香那裡聽到舊世界連結者這件事的晚上，當洗好澡的艾蕾娜出現在客廳時，莎拉就有些唐突地問她：

「艾蕾娜，妳知道舊領域連結者嗎？」

洗好澡的艾蕾娜隨手擦乾身體，沒穿內衣褲，只用浴巾罩在身上就操作頭部著裝型資訊終端機。

跟身體有著明顯起伏的曲線，很容易就吸引異性目光的莎拉比起來，艾蕾娜身體曲線的起伏就沒有那麼富變化，不過並非沒有女性魅力，只是魅力的類型不同。

算是將美的類型全力往機能美方向發展的軀體，保養得相當好的肌膚加上健康肉感的模樣也十分有魅力。沒擦乾的水滴從肌膚上滴落，讓她的裸體看起來更加魅惑。

但是長年一起生活的莎拉早已見慣艾蕾娜這種一個搞不好可能連女性都會被吸引的模樣，對她來說，這只是散漫的表現。

以前抱怨過她這種散漫的生活態度，但她只是指著頭部的機器說出「這是防水的」這種完全不在乎的回答，所以莎拉之後也不再多說什麼了。

艾蕾娜以感到有些意外的態度回答：

「舊領域連結者？妳竟然會問這種事情，真是難得耶。」

「說來話長。靜香說妳應該很清楚。」

「具體來說，妳想知道些什麼？特地來問我就表示妳想知道的不是網路上就能查到的資料吧。」

莎拉其實想先知道一些基礎知識，不過老實這麼說的話，艾蕾娜可能會生氣，於是她換了一種說法。

「關於本人與周圍的有效性與危險性。」

「很有趣的問題。那就從本人的有效性開始說起吧。」

艾蕾娜有點開心似的開始說了。

舊領域連結者的有效性相當廣泛，最大的優點就是能連結被稱為舊領域的網路，也就是舊世界建構的情報網。

舊領域現在也保有龐大的情報，存在於該處的智慧，其價值難以估計。但是憑現在的技術要連結到舊領域相當困難，通常必須藉由在遺跡等地方發現的特殊連線機械才能順利連結。

然而舊領域連結者完全不必使用那種機器就能連結舊領域。連結方法目前仍不明朗，即使企業的研究小組相當努力了，還是無法完全弄清楚原理。另外，藉由舊領域的通訊似乎在遭遇被稱為無色霧的現象時，也完全不會出現通訊障礙。

莎拉像是感到有些不可思議，插嘴表示：

「那是很厲害的事情嗎？」

艾蕾娜明顯露出「妳真的什麼都不懂耶」的表情。

「這是很不得了的事情喔。濃度雖然有差異，全東部基本上經常被無色霧所籠罩。在這樣的情況下之所以還能正常進行都市間長距離通訊，就是因為該通訊是藉由舊領域。」

東部存在被稱為無色霧的現象。那是會因其濃度引發包含通訊障礙等種種情報阻絕的莫名現象。而且不只通訊，連聲音、光線等所有要素都會受其影響，情報傳導更因此受到阻礙。

無色霧很濃的時候，十幾公尺外的景色都會變得模糊看不清楚，不論再怎麼吵雜的聲音都不會傳遞出去，只會被寂靜吞沒。而且不要說無線了，連有線的通訊都會受到不良的影響。

但是據說如果是被稱為舊領域的舊世界高等技術所建構的情報網，就不會受到無色霧影響。至少現在的通訊技術無法傳遞訊息的狀態，經由舊領域的話就能順利通訊，這是已被確認的事實。

莎拉露出感到不可思議的表情。

「艾蕾娜的資訊終端機的通訊也是嗎？但那在無色霧很濃的時候不是就沒用了嗎？」

「那是用其他通訊機能運作的喔，像是以都市為中繼的短距離通訊之類，所以會受到無色霧的影響而無法使用。」

艾蕾娜作為隊伍中負責收集情報的成員，已經因無色霧困擾過無數次，所以提到它時口氣聽起來感慨良多。

「在資訊終端機階層可以不受無色霧影響，正常通訊的話，妳知道有多麼方便嗎？到經常籠罩在高濃度無色霧底下的遺跡進行調查時，會變得輕鬆許多吧。」

現存於舊領域的多數遺跡是由目前仍正常運作的設施連結起來的通訊網建構而成，這些設施的資料庫裡現在也殘留著舊世界高等技術情報。

能藉由舊領域成功取得這些極機密情報，然後成功重現這些技術的話，將會為全人類帶來莫大的財富。

但因為是藉由人類的腦部來連線，舊領域連結者本人有可能無法承受龐大的情報量。

遺跡裡偶爾會發生獵人突然死亡的情形，死者身上如果沒有任何外傷，就可能是沒有自覺的舊領域連結者。因為某種理由成為後天性舊領域連結者的人類，無法自覺與控制就從遺跡取得龐大情報，結果腦部無法承受那麼多情報量而腦死。

聽見艾蕾娜這麼說，莎拉有些慌張地問：

「妳說腦死，會有這樣的危險嗎？那我們也很危險嘍？」

艾蕾娜笑著安慰莎拉。

「只是去遺跡的話遇見這種事的機率很低，不用擔心啦，至少被怪物襲擊而死的機率要高得多。說起來，要是經常發生這種事，就沒有人敢到遺跡了吧？」

「嗯，是沒錯啦……」

「而且據說舊領域連結者連線到舊領域後能掌握遺跡地點與構造，甚至還有販賣極高精密度遺跡地圖的地圖販子因為被懷疑是舊領域連結者，就被大企業抓走的謠言喔。所以就算是舊領域連結者，會因為這個理由而死的風險應該不高。」

艾蕾娜開玩笑般笑著說：

「嗯，不過那個人真的倒霉到死的話就另當別論了。」

「……這樣啊。說的也是啦。」

莎拉先是覺得比較放心了些，隨即又一臉嚴肅地表示：

「……舊領域連結者也不是只有優點喔。」

「正確來說，因為全是很棒的事情，容易被聯合起來壓榨。如果是被統治企業抓到，說不定就能用自由換取良好的生活。」

「那麼，如果被其他人抓住呢？」

「這個嘛，如果被那些做黑心事業的傢伙抓住，下場應該會很慘吧？啊，但如果被大企業聽到風聲，可能就會拿救人作為藉口，派出大規模的部隊搶人。」

莎拉難得對艾蕾娜的專門領域產生興趣，艾蕾娜很高興，便開心地繼續說下去。

託她的福，莎拉得以了解舊領域連結的詳情。這同時也代表理解要獲得舊世界連結者的信任是多麼困難的一件事。

莎拉有些猶豫等阿基拉醒來後是不是真的要問他這件事。

「在崩原街遺跡救了我跟艾蕾娜的就是阿基拉你吧？」

聽見莎拉這麼問，阿基拉整個人僵住了，因為艾蕾娜她們知道出手救人的就是自己了。這出乎意料的問題讓阿基拉嚇得無法動彈，好不容易恢復之後，心想這下糟了的他抱住自己的頭。

只不過，他也不認為這是多麼嚴重的問題。隱瞞救了艾蕾娜她們這件事，是因為要說明這麼做的動機與手段很麻煩。阿基拉就是這麼看待這件事。

阿基拉是舊領域連結者，但沒有這樣的自覺，甚至連舊領域連結者這個名詞都不知道。之所以能看見阿爾法，只是偶爾會出現這樣的人，而自己就是其中之一——大概只有這種程度的認知。

無法表明有關阿爾法的事情，要怎麼瞞過對方呢？當阿基拉開始煩惱時，就注意到莎拉以認真得嚇人的眼神凝視著他。結果他被莎拉這種認真的態度震懾住，不由得停止思考並沉默下來。

莎拉則把阿基拉這種態度解釋為對自己的不信任。為了抹除這種感覺，她一臉嚴肅地拚命傾訴：

「我知道你也有自己的隱私，所以我不會深究內情。我想知道的就只有你是不是救了我們的人，救我們的理由、方法以及其他事情我都不會問，也不會把聽到的事情告訴任何人。」

被莎拉震懾住的阿基拉內心相當慌亂，卻還是繃著一張臉保持沉默。然而莎拉從他的態度感覺到拒絕之意，就用有點悲傷且帶著祈願意味的嚴肅表情繼續說：

「無論如何都不想說的話，我也不會強求。我以後不會再問了，所以最後再讓我問一次……在崩原街遺跡救了我跟艾蕾娜的就是你吧？」

莎拉的態度已經接近懇求了。救命恩人如此拚命詢問自己——阿基拉感覺到這一點後也就不再掙扎了。

「是的，沒錯。就是我。」

現場的氣氛一瞬間放鬆下來，莎拉的表情柔和了許多，阿基拉也表現出有些抱歉的態度。

「對不起，一直瞞著妳們。那個，我也有許多不能說的事情……」

「沒關係。正如剛才約定好的，我不會追問。更重要的是……」

莎拉輕輕搖搖頭後就握住阿基拉的手。

「真的很謝謝你救了我和艾蕾娜……終於可以好好向你道謝了。對不起，硬是要你回答。沒辦法跟救命恩人道謝真的很痛苦……不過這也是我的任性吧，不應該對救命恩人做這種事。」

莎拉笑著道謝之後，又很不好意思似的繼續這麼說。結果動搖的阿基拉急忙回答：

「請不要介意，妳也救了我的性命。就當我們的運氣都很好，這樣就可以了吧。」

「是嗎？那好吧……你都這麼說了，就當成是這樣吧。謝謝，真的很感謝你。」

「……不用客氣。」

莎拉終於放下心中的大石，開心地笑了。

阿基拉也回以笑容，但是笑容當中卻有莎拉無法發現的些許陰霾。他聽完莎拉對救命恩人的感謝之詞，就感覺有某種東西伴隨著痛苦深深刺入他的心底。

為了不表現出痛苦，他拚命忍耐。

◆

結束寢室的談話之後，阿基拉他們一起用餐。

剛好話題告一段落時，陷入沉睡而好幾天沒有進食的阿基拉肚子發出有點大的咕嚕聲。聽見聲音的莎拉輕笑，並邀請他一起吃飯。由於是救命恩人的邀請，阿基拉也就不好推辭。

阿基拉按照莎拉的指示到餐桌前等待，不到三十分鐘，就有跟阿基拉最近作為主食的冷凍食品明顯不同的料理擺在漂亮餐盤上並排在眼前。

感覺等待的時候有聽到似曾相識的聲音，不過阿基拉要自己別去在意。眼前擺著看起來很美味的食物，阿基拉比較重視它們，實際上料理也真的很美味。

在同一張桌前面對面坐著，一起享用同樣的料理一邊談笑。這時候，莎拉提起被阿基拉拯救時的事情當話題。

莎拉連賣掉襲擊者的持有物品獲得比想像中更高的價錢這件事也老實地告訴阿基拉。

在旅館等非固定居所過生活的獵人裡面，有人經常會把大部分的財產隨身帶在身上。很多是只要把錢存入戶頭就會被債務回收等理由合法扣款的人，而襲擊者也是這種類型。

莎拉她們就靠著那一大筆錢解決了當時大部分的金錢問題，重新補齊裝備後獵人的工作也相當順利，所得跟著增加，因此得以購買更好的裝備，探索遺跡的效率也提高了。託這種正循環不斷持續的福，她們完全脫離落魄獵人的行列，所得甚至比之前還要豐厚。

莎拉把這些事連同謝辭一起傳達給阿基拉後，就表示要付給他跟販賣所得一樣多的錢，但阿基拉拒絕了。莎拉便一臉意外地再次確認。

「打倒那些傢伙的明明是你，真的不要嗎？是很大一筆錢喔。」

「真的不用。當時我沒有撿就回去了，事到如今也不想再要求什麼。」

「嗯～～雖然你這麼說，你救了我們的性命還解決我們資金困難的問題，沒有任何回禮實在過意不去。」

看阿基拉的態度就知道他不打算收下報酬。為了報恩就強迫對方收下根本是本末倒置，但還是想報答一些他的恩情。當這麼想的莎拉發出沉吟聲，阿基拉就提出了替代方案。

「如果是這樣，就請妳把它當成這次緊急委託的預付款吧。我不知道收費的標準，不清楚這樣到底夠不夠就是了。」

「嗯～～之前也說過了，我們不打算跟你收這筆錢。」

「我也受到艾蕾娜小姐妳們的照顧，不能有所表示真的很過意不去，所以這樣就算扯平了吧。」

「既然你這麼說，那就沒辦法了。好吧。」

莎拉與阿基拉互相給救命恩人面子，並一起微微露出苦笑。

之後莎拉又談到解決資金困難的問題，艾蕾娜便立刻強行補給莎拉的奈米機械。接著話題發展成莎拉的身體以及她是利用奈米機械的身體擴張者。

「然後呢？奈米機械類的身體擴張者會把身體的一部分拿來儲存備用的奈米機械。我的話是用胸部喔。」

莎拉指著自己的胸部。

「也有人用外接卡式盒，但卡式盒要是弄丟就糟糕了，所以我不用那種方式。另外也有全身各保存一點的方法，但是那也有限度。」

成為備用奈米機械保管庫的胸部，不論是奈米機械的保存量還是女性魅力都十分豐富。

「像我這種身體擴張者，大多會因為奈米機械的消耗量多寡改變體型，衣服的尺寸會產生大幅變化。因為這樣，才會做這種寒酸的打扮，你不要介意喔。」

莎拉的打扮毫無防備。

內衣是繩子較多，容易調整尺寸的類型。襯衫也很寬鬆，可以看見她的乳溝。兩者都是為了配合會變動的體型在最大值時的尺寸。

因此只要稍有動作就有許多部分會露出來。從她在阿基拉面前那種自然的模樣看來，她應該平常就習慣這種打扮，也沒有把阿基拉當成外人。

這樣的習慣也包括了完全活用身體強化擴張者令人驚奇的身體能力來排除會錯意而隨便毛手毛腳的人。其實也出現了不少犧牲者。

在這像天使也像魔鬼的迷人身軀擁有者面前，阿基拉還是裝出平靜的樣子。

「不會啦，我不會在意……」

但是莎拉注意到阿基拉的視線有了些微移動，於是露出誘惑人的微笑。

「你是我的救命恩人，有興趣的話，可以給你一點福利喔。」

「請不要再調侃我了……」

看見臉微微泛紅的阿基拉，莎拉開心地笑了。

阿爾法則是毫不掩飾不滿的態度，開始抱怨：

『和面對我的時候態度差太多了吧。以身材來說，應該是我比較優秀喔。搞什麼嘛？是非裸情色嗎？這就是你的興趣？』

『給我閉嘴。』

阿基拉留意不改表情，一句話就中止了阿爾法的抱怨，然後試著改變話題。

「如果體格有那麼大的變化，到荒野時的戰鬥服該怎麼辦呢？那種服裝有時也需要配合個人的體型來進行調整吧？難道每次都要調整嗎？」

「我盡可能穿著伸縮性高，容易活動的防護服，然後在外面罩上各種裝備或穿上追加的裝甲。阿基拉的服裝……那算是防護服嗎？」

「嗯，算是吧。」

阿基拉聊著從靜香那裡得到這件衣服時的事來轉移話題。從防護服的性能到穿著它來保護身體的對手，再發展成怪物的話題。

棲息在東部地方的怪物基本上是越西側越弱，然後越往東越強。

在被稱為最前線的東端徘徊著沒有戰車或人型兵器就很難與之交戰的強力怪物，但是西端的話，大部分是只用手槍就能對付的怪物。

不過西側與東側都有各式各樣的怪物存在，有時甚至會出現像是某人惡作劇創造出來的傢伙。

阿基拉從莎拉那裡聽到怪物的描述後，臉上浮現半信半疑的表情。

「……真的有那樣的怪物嗎？什麼燃料槽上長出腳的機械……不對，應該說那算是怪物嗎？」

「真的喔。裡面裝了可燃性液體燃料，發現人或車輛就會靠近並且爆炸，所以被當成怪物。順利在沒有爆炸的情況下打倒，裡面的液體燃料就能賣得不錯的價錢。我們以前經常狩獵那種怪物。」

莎拉回想起當時的情形，以感觸良多的口氣這麼說道。這也讓阿基拉感受到確實有這樣的怪物存在，便嚇了一跳。

「為什麼會有這種怪物呢？」

「有人說是經年累月變瘋狂的舊世界生產工廠製造出來，靠近車子是因為想幫忙加油之類……」

「那為什麼要襲擊人類呢？」

「可能是程式的Bug吧，對方或許沒有襲擊的意思。也有獵人開車在荒野移動，後來因為燃料用盡走投無路，結果那種怪物幫車子補給燃料便離開了，該名獵人也因此得救。雖然聽起來很可疑就是了。」

之後也閒聊與獵人工作相關的話題，結果就變成興致勃勃地聆聽的菜鳥獵人，以及話有點多地談論自身經驗的前輩獵人這樣的形式，而兩人都很享受這次的談笑。

◆

做好回家準備的阿基拉在玄關對莎拉低下頭。

「真是太謝謝妳了。那麼，我先走了。」

「你才剛痊癒，要小心一點喔。」

「好的。」

面對準備直接回家的阿基拉，莎拉以有些猶豫的口氣詢問：

「阿基拉，那個……今天的事情也可以告訴艾蕾娜嗎？當然我會要她保守祕密。」

「只要不會輕易流傳出去就沒關係。何況靜香小姐也知道這件事了。」

「……靜香果然知道嗎？」

「她試探了我一下，結果我就露出馬腳了。」

看見露出苦笑的莎拉，阿基拉也回以苦笑。

「這樣啊。我告訴你，靜香的第六感很準喔。所以你在裝備上有什麼困擾時就聽靜香的建議吧，對於推薦的商品，她的第六感似乎也很強。」

「我知道了。莎拉小姐，受妳照顧了，也請幫我跟艾蕾娜小姐打聲招呼。」

阿基拉輕輕點頭致意後就離開莎拉她們的家。

回到旅館後，阿基拉有些沮喪。

因為跟莎拉用餐與談笑而有些亢奮的精神，回到可說是自宅的便宜房間後就切換回來，目前已經恢復冷靜，之前一直因為亢奮而掩蓋住的情緒也就強烈地湧至表面。

那是交雜著罪惡感與愧疚的複雜感情。

阿爾法以有些擔心的表情詢問：

『阿基拉，你不要緊吧？』

「…………嗯。」

阿基拉以聲音與表情都跟回答相反的模樣回話。結果阿爾法態度略為強硬地繼續說：

『話先說在前面，你不可能有事可以瞞過我。因為我一直跟在你身邊，你絕對會露出破綻。』

接著表情與口氣都變得比較溫柔。

『所以把你藏在內心的事情對我吐露出來吧。光是這樣就能讓你的心情好轉，我想那不是應該累積在心裡的情緒。』

阿基拉默默看著阿爾法，阿爾法溫柔地微笑。

不久，阿基拉發出呢喃般的聲音。

「……我還是第一次體驗到被人道謝而感到痛苦。」

阿基拉並沒有打算救艾蕾娜她們，只是把她們當成殺害那群襲擊者的藉口而已。

結果被艾蕾娜她們拯救了性命，真的很感謝她們。

而救命恩人還因為自己無心的行為向自己道謝。被只是用來當成藉口的對象感謝，這件事讓阿基拉產生心臟被挖開般的罪惡感與愧疚。

阿爾法開始思考。阿基拉內心存在某種基準，但依然不清楚該基準的詳細內容。

至少可以知道的是，那某種判斷基準無法抵銷這次的人情，反而讓阿基拉感到沮喪。老實說真的搞不懂是怎麼回事。

阿爾法這麼想著，然後暫時不再追究。為了掌握阿基拉的行動原理，必須解開這個基準，然後靠它更精密地誘導、操縱阿基拉。阿爾法如此判斷。

阿爾法試圖比任何人都要了解阿基拉，這也是為了她自己。

阿爾法溫柔地微笑著對阿基拉搭話：

『這樣啊，那下次就確實地救她們吧。我覺得這樣就可以了。』

「……是嗎？」

『是啊。如此一來，你內心就能抵銷這次欠下的人情吧？你可以比較輕鬆，艾蕾娜她們則是得到幫助。我覺得這樣就可以了，難道不是嗎？』

阿基拉沉默了一會兒，咀嚼著阿爾法所說的話。當他做出結論後就輕笑著表示：

「……說的也是，確實如此。妳說的沒錯。」

阿基拉像是要說給自己聽，用力點了點頭。

「謝謝。我覺得心情好多了。」

阿爾法對恢復精神的阿基拉露出驕傲的微笑。

『那就好。這樣的話，為了做好準備迎接那個機會，你必須擁有能確實拯救艾蕾娜她們的實力。阿基拉，你是有這樣的決心才那麼說的吧？』

「嗯。」

『很好，有志氣。不用擔心，接下來的訓練會越來越嚴格，你馬上就能擁有那樣的實力了。今後也要好好努力喔。』

「那、那是當然。」

阿基拉沒有說謊，他是認真地回答對方。但是看見露出傲慢微笑的阿爾法後，他不由得產生一絲不安。

阿爾法看著這樣的阿基拉，臉上露出很開心的微笑。

重新打起精神的阿基拉突然覺得自己是不是忘了什麼事。

「阿爾法，我是不是忘了什麼？」

『像是對每天輔助你的我表達感謝之意？』

「真的很謝謝妳總是如此幫忙。那麼，妳想到什麼了嗎？」

『對了，那之後又過了三天，不知道謝麗爾怎麼樣了。你本來要去那邊露個臉，對吧。』

「……啊！」

名為謝麗爾的少女之前對阿基拉提出了某個提議。

謝麗爾原本隸屬於貧民窟的某個幫派，該幫派襲擊阿基拉後遭到反擊而瓦解了。

失去幫派這個後盾的謝麗爾跟阿基拉交涉以獲得新的後盾，希望他成為自己這群人的老大。

在阿爾法的建議下，阿基拉接受了一部分提議。幫派的老大由謝麗爾來擔任，阿基拉則是當她的後盾。事情就這麼決定了。

而謝麗爾拜託阿基拉到據點去露個臉。由於她拚了命請求，阿基拉只好跟她約定過去一趟。目前約好的日子早已過了很久。

雖然遲到許久，但自己遇到了許多事情，所以也無可奈何。阿基拉如此找藉口，到了這個時候才決定前往謝麗爾的據點。

西貝亞等人原本位於貧民窟的據點，其建築物現在變成以謝麗爾為老大的新幫派使用的據點。幫派成員是跟謝麗爾一樣原本隸屬於西貝亞幫派的小孩子們。

目前已經重新開始幫派活動。從在勢力範圍與附近荒野等地方尋找破銅爛鐵與能換錢的物品，以及所有人一起前往貧民窟食物配給所的模樣來看，其他幫派也知道他們重新開始活動了。

一般來說，像這樣的小幫派就算受到其他幫派騷擾也一點都不奇怪，但目前仍未發生這種事情。

謝麗爾幫派的孩子們一直相信這種乍看之下相當順利的狀態是因為阿基拉成為他們的後盾。

幫派的孩子們跟貧民窟居民一樣普遍穿著比較骯髒的衣服，但是在這樣的情況下，謝麗爾就像要顯示自己老大的地位，穿著乾淨的衣服。

那身高級的服裝是西貝亞的幫派仍健在時得到的物品。該幫派因為阿基拉而瓦解，之後過了一陣子巷弄生活，多少有點弄髒，但是在據點盡量把它洗乾淨了，所以還是保持高級服裝的品質。

具備姣好的容貌，穿著較高級的服裝，以有些嚴肅的表情對屬下做出指示的謝麗爾看起來確實是幫派的老大，但是現在這種模樣開始出現破綻了。

破綻的根源就是那莫名嚴肅的表情。焦躁的她自覺這股情緒而想壓抑下來，卻無法成功，結果因此變得更加不悅。旁人眼中的她就是這樣。

然而如果是長於察言觀色者，應該就能看出她臉上透露些許著急的情緒。謝麗爾自己也知道這一點，只是拚命避免表現在臉上。簡單易懂的焦躁與不悅，是為了從他人眼中掩飾充滿著急與不安的內心所戴上的面具。

幫派的小孩子裡面有一名叫作耶利歐的少年。他的年紀跟阿基拉差不多，以貧民窟的孩子來說體格算相當結實。當他是西貝亞等人的幫派成員時，高層都認為順利培養的話，他將會成為幫派的主要戰鬥成員。

他從那個時候就認識謝麗爾了。當時因為西貝亞寵愛謝麗爾，在地位上耶利歐比不上她。不過以幫派整體來看，兩個人應該算是平起平坐。

現在謝麗爾成為幫派的老大，所以耶利歐確實是屬下。耶利歐內心對此有意見，但又認為謝麗爾得到了阿基拉這個後盾，所以也無可奈何。

這時耶利歐臉上浮現些許懷疑之色，對謝麗爾問道：

「謝麗爾，那個叫阿基拉的獵人是怎麼了？怎麼都沒有出現？」

面對這樣的質疑，謝麗爾裝出不耐煩的模樣。

「我不是說過了？給我閉嘴慢慢等。」

「但是妳前天跟昨天都說應該快要來了，結果都只是空等待……」

謝麗爾以憤怒的口氣打斷耶利歐的話。

「閉嘴！我是老大！聽我的指示！不是這麼約定好了嗎？」

她激昂的樣子應該是為了掩飾阿基拉沒有出現的演技，但因為內心的不安與焦躁，不由得過於激動。

耶利歐只能閉上嘴，然後輕嘆了一口氣。

「……我知道了，老大。」

承認謝麗爾是老大並加入幫派是事實，耶利歐也就不再追問了，但是從他的表情就能知道懷疑與不滿並未消失。

謝麗爾半演半真地大大嘆了口氣，然後為了抑制對方的疑心，說出聽起來有道理的發言。

「只是因為獵人工作很忙，稍微延後來這裡的時間。雖然跟他談好了，但我的立場也沒辦法命令他立刻過來。這種程度的小事你應該也懂吧？」

「說的也是。抱歉。」

「了解的話就回去工作吧。」

「知道了，老大。」

耶利歐隨口以帶著諷刺的口氣這麼回答，但還是乖乖退下了。只不過他稍微拉開距離後就不滿地呢喃：

「……妳不是阿基拉看上眼的人嗎？」

謝麗爾聽見他這句呢喃了，結果臉上不由得透出內心的不安與焦躁。

不過她急忙恢復成原本那種不耐煩的表情，確認過沒有人看著自己後才把不耐煩的面具摘掉。真實表現出謝麗爾內心感情的臉上看得見幾乎快溢出的濃厚焦急與不安。

（……這樣下去不妙。怎麼辦？要再去找阿基拉嗎？）

謝麗爾這麼考慮後，又注意到這樣的想法不過是為了掩飾自身的不安，於是輕輕搖了搖頭。

（……不行。重複那麼多次同樣的行為只會招致更多懷疑。）

阿基拉表示會到據點露臉的那一天，謝麗爾他們都等著阿基拉，但阿基拉最後沒有出現。然後隔天也沒來，再隔天依然沒有見到他。

謝麗爾的立場因此變得極為惡劣。

她的幫派是在阿基拉當後盾這個大前提下才能成立，但阿基拉本人一次都沒來過據點，眾人會覺得不滿與不安也是理所當然。

謝麗爾保持表面的平靜，同時說著聽起來合理的解釋來安撫眾人。不過這麼做的效果還是有限，無法隱藏的焦躁開始浮現在謝麗爾臉上，注意到這一點的成員不信任與不安的感覺就更加強烈了。

謝麗爾在說謊；她沒有說謊，只是遭到阿基拉玩弄了；或者已經被捨棄了。幫派的孩子們在背後嘀咕各種不滿與懷疑。

朝向謝麗爾的視線已經混雜著許多沒有說出口的懷疑。雖然沒有正式反抗的成員，但這也只是時間問題。

即使注意到眾人的這種情況，謝麗爾還是束手無策。她沒有阿基拉的聯絡方式，在旅館附近尋找也找不到人。想不到讓狀況好轉的手段，只能被內心的焦躁逼得走投無路。

阿基拉就是在她幾乎快撐不下去時來到現場。

「有沒有一個叫謝麗爾的傢伙？啊，有了。」

「阿基拉！」

謝麗爾忍不住發出的大音量完全顯示出她有多麼走投無路，因此她的聲音可說是響徹整個據點。眾人的注意力當然就集中在她身上，其他房間裡的孩子也過來觀看情況。

謝麗爾回過神來，急忙把阿基拉帶到自己的房間。她拉著阿基拉的手一起進房間後就立刻把門關上，好不容易才壓下內心翻騰的情緒。

要是任由激動的情緒大叫「為什麼約好的日子沒有來」，自己就完蛋了。她拚命這麼對自己說，同時對阿基拉露出笑容。

「真的很謝謝您撥空來據點，等您好久了。那個……記得當初是跟我約好要在前天的夜裡來訪，後來發生什麼事了嗎？」

謝麗爾以笑容表示自己不在乎爽約這件事。至少她已經努力這麼做了。

阿基拉很乾脆地回答：

「抱歉。我原本想來的，但差點就死掉了。」

「差點死掉？」

謝麗爾不禁激動地驚呼。阿基拉因為謝爾麗驚訝的模樣而有點嚇到，但立刻就重新打起精神，從容地回答：

「是獵人的工作，有時會遇到這種事。」

謝麗爾半晌說不出話來。原本就認為應該是有什麼理由才沒辦法過來，但完全沒想到他劈頭就表示差點死了。回過神來的謝麗爾直接表現出內心的慌張。

「不、不要緊吧？」

「嗯。傷勢跟身體狀況都沒問題了。」

「這、這樣啊……那個，可以請問發生什麼事了嗎？」

「同一天被怪物群攻擊了兩次。因為戰鬥的後遺症，或者該說是疲勞，所以來遲了。抱歉。」

阿基拉以平淡的態度隨口道歉。他對自己找藉口：「沒必要特意表明自己完全忘了這個約定。」就沒有提起了。

謝麗爾呼出混著放心與嘆息等各種情緒的一口氣，然後重新振作，露出親切的微笑。

「這樣啊，那就沒辦法了。您辛苦了，能平安無事真是太好了。剛才因為想跟您單獨談談才帶您到我的房間，不過大家也都在等待你到來，還是先介紹您給大家認識吧。這樣可以嗎？」

「好吧。」

謝麗爾帶阿基拉走出房間，然後在內心抱怨。

（……真是的，別嚇唬人好嗎？我看只是把戰鬥經歷或辛苦事蹟誇大好幾倍，希望他別開這種無聊的玩笑了。）

自己的地位是建立在阿基拉這個後盾上，就算只是開玩笑，危及自己地位的內容還是令人聽了很不開心，但是自己沒有立場抱怨。為了避免對方不開心，這個時候還是得配合他胡謅的話。謝麗爾這麼想著，因不滿而背著阿基拉稍微皺起臉。由於阿基拉回答時態度太過坦然，她完全沒能注意到他說的全是實話。

謝麗爾跟阿基拉在自己房間說完話，幫派的孩子們就立刻聚集在據點的大廳。

孩子們看見很開心的謝麗爾跟她身邊的阿基拉，便各自說出感想。

「真的來了。雖然懷疑，但看起來是真的。」

「那就是殺掉西貝亞的獵人？跟我們一樣是小孩耶，真的是那個傢伙嗎？」

「太好了。不是謊話嗎？看來可以安心了。」

「說是跟他談好了，但是不知道會提供多少助力？還是很擔心。」

「喂，看起來不是很強耶，真的不要緊嗎？」

雖然出現各種懷疑的意見，但已經可以解除她是否真的跟阿基拉談好了的疑慮。

謝麗爾帶著充滿自信的笑容介紹阿基拉。

「他是阿基拉，我想大家都知道，西貝亞他們攻擊阿基拉，結果反而被他打倒了。而且他還幫助了我們，請大家千萬不要有失禮的舉動。」

在謝麗爾的視線催促下，阿基拉像是感到有些麻煩般開始說：

「我是阿基拉，我只是個人對謝麗爾本人提供幫助，沒打算成為這裡的一員。謝麗爾就是老大，有想問的事就問她，別問我多餘的事，當我說『別問』時就不要再開口了。我要說的只有這些。」

不知所措的孩子們因困惑而出現騷動。名義上謝麗爾雖然是老大，但是作為後盾的阿基拉成為實質上的老大統治整個幫派，相對地由他幫忙保護我們。結果原本這麼認為的對象認真表現出對幫派沒有興趣的態度。

謝麗爾的臉也有些僵住，但是阿基拉完全不在意。

「謝麗爾，我有點事情，妳跟我過來。」

「咦？啊，好的，我知道了。」

當阿基拉就這樣準備跟謝麗爾離開時，回過神來的耶利歐急忙叫住他。

「等、等一下！你這傢伙真的是阿基拉嗎？」

阿基拉停下腳步，回過頭嫌麻煩般回答：

「是啊。」

「你丟著我們不管，之前都去做什麼了！不打算跟幫派扯上關係是什麼意思？你不是要照顧我們嗎？」

「剛才不是說過了，這部分的事去問謝麗爾，不要問我。」

那種像嫌麻煩的態度大大刺激了耶利歐。

聽說獨自擊敗西貝亞的獵人將成為我方的夥伴，讓他感到期待與不安。該名人物完全不露臉又讓他產生不信任與不滿。

好不容易現身了，卻又是即使裝備武器，看起來也不怎麼強的小孩子，這也讓耶利歐稍感失望。

加上剛才那些話與這種態度，耶利歐內心對謝麗爾與阿基拉的懷疑一口氣膨脹了。

（……搞不好他比我弱。真的沒問題嗎？可以把我們的性命交給這種傢伙嗎？）

西貝亞他們是有許多問題的落魄獵人，但還是具有讓人能忽視這些缺點的實力。正因為幫派內外的人都承認西貝亞等人在戰鬥上的實力，他們被幹掉後幫派才會那麼容易就瓦解。

耶利歐完全不認為眼前的孩子能夠代替他們。

（……我被謝麗爾騙了嗎？不，是謝麗爾也被這個傢伙騙了吧？）

當場攻擊阿基拉，然後把槍搶過來抵著他，或許就能輕鬆撕下他的面具。耶利歐忍不住這麼想。

再次準備轉身朝外走去的阿基拉看起來全是破綻。那副嫌麻煩的態度就像在瞧不起自己。西貝亞的幫派瓦解後，生活真的很辛苦，好不容易才能從這種處境脫身，卻又只是空歡喜一場。這種種因素都讓耶利歐決定採取行動。

「竟敢瞧不起人！」

耶利歐邊叫邊朝阿基拉發動攻擊。那是從背後的奇襲，兩人之間只有短短幾步的距離，對方似乎也沒有發覺。握緊並揮出拳頭，不用幾秒鐘就能擊中阿基拉的後腦杓。耶利歐確信自己一定能成功。

但是帶著激烈感情的拳頭被完全沒有轉身，只是頭往旁邊一側的阿基拉輕鬆躲開。

「……什！」

阿基拉的拳頭擊中耶利歐驚訝的臉。耶利歐被一擊打倒在地。

阿基拉的戰鬥能力經過阿爾法的訓練與多次實戰經驗，短期間內有了飛躍性的進步。

這時候一般外行人幾乎不可能贏過阿基拉。遭到偷襲的話，即使面對外行人也可能陷入苦戰，但是長時間生活在巷弄裡的阿基拉本來就對偷襲相當有戒心。

加上即使是擅長戰鬥者，都很難避開阿爾法的警戒。剛才耶利歐的攻擊，阿爾法也事先告訴阿基拉了。阿基拉就是靠她才能不轉身便避開耶利歐的攻擊。

也就是說，打從一開始耶利歐就毫無勝算。

倒在地上，因疼痛而按住臉龐的耶利歐注意到往下看著自己的阿基拉。一臉不高興的他手裡拿著槍，耶利歐的視線對上了槍口。

他的臉因為恐懼而緊繃。周圍的孩子急忙與兩人拉開距離。

接著阿基拉表情完全沒變就扣下扳機。

耶利歐身邊開了一個洞，人則是沒有受傷。子彈是被刻意錯開的。

然而耶利歐像已經被射殺般完全無法動彈。他的臉上出現嚇破膽的表情，謝麗爾與其他孩子也無法出聲。

阿基拉不高興地對謝麗爾宣告：

「謝麗爾，妳要讓誰加入幫派都沒關係，我也不會管。但妳既然是老大，就得教會手下什麼是禮貌。在我誤會他是受到妳的命令才想殺我之前，快走吧。」

阿基拉直接離開了房間，謝麗爾也急忙跟了上去，只剩好一陣子爬不起來的耶利歐與害怕阿基拉的孩子們被留在房間。

◆

和阿基拉一起離開據點的謝麗爾就這樣在他的帶領下走在貧民窟。

沒有聽說目的地，但內心正忙著詛咒耶利歐，根本沒有多餘心思注意要去什麼地方。

（那個可惡的笨蛋！到底在想什麼？腦袋有問題嗎？不知道我費了多大心思討阿基拉歡心？居然對獵人找碴，到底都抱著什麼想法活到現在？啊啊～～！真是的～～！那個可惡的臭傢伙！那麼想死怎麼不自己去死！隨便找個地方死吧！蠢貨！）

她努力維持僵硬的笑容，避免自己做出讓真實心情表現在臉上還狠瞪阿基拉的蠢事。就這樣默默

地不斷咒罵耶利歐，同時安靜地跟在阿基拉身後。
結果來到離據點很遠的地方，阿基拉就對謝麗爾搭話：
「那樣可以嗎？」
「…………咦？」
由於實在出乎意料，謝麗爾根本無法好好發出聲音，只能回以疑惑的表情。
阿基拉沒有注意到謝麗爾其實緊張到了極點。以為只是自己說明不足的他又簡單加了一句：
「沒有啦，妳不是為了讓我做剛才那種事才把我找來的嗎？我弄錯了？」
謝麗爾以終於開始順利運轉的腦袋確認阿基拉的模樣。看不見在據點時那種不高興的樣子，外表看來一派輕鬆。於是她判斷阿基拉在據點表現出來的態度有一半是在演戲，至少可以知道沒有對自己生氣。

謝麗爾先是感到安心，接著露出苦笑來回應阿基拉的話題。
「確實也想拜託你那麼做，但是可能有點太過火了。」
「這樣啊。抱歉喔，這個部分就得靠謝麗爾妳幫忙彌補了，別期待我能幫上忙。」
「我知道了。那麼，我們要去哪裡呢？」
「馬上就到了。啊啊，就是那裡。」
阿基拉說完所指的空地上停著葛城拿來當成移動店鋪的大型拖車。
葛城是主要跟獵人進行買賣的商人，跟名為達利斯的搭檔一起活用移動店鋪的優點來做生意。
最近也成功從被稱為最前線的地域運了高性能的裝備。這趟運輸最後被怪物群襲擊，結果和剛好在附近的阿基拉一起度過生死關頭。
葛城他們預定以運輸成功獲得的巨款作為擴大

自身事業的基礎，結果卻因為從最前線到久我間山都市的路途中所僱用的護衛費用、支付給艾蕾娜她們的緊急委託報酬等，付出一大筆出乎意料的錢。

因此這次雖然賭上性命成功從最前線附近運送商品，利益總額只能算還過得去。

經歷過這樣的事情後，葛城他們雖然在人生中重要的賭注獲勝，今天仍然在進行講好聽是踏實，講難聽就是小家子氣的買賣。

阿基拉帶著謝麗爾來到停拖車的地方，隨即對顧店的達利斯搭話。

「是阿基拉嗎？你不要緊了吧？」

「嗯，不要緊了。醒來才發現已經過了三天，嚇了我一大跳。」

「這樣啊。你沒事真是太好了。」

阿基拉與達利斯互相露出微笑。兩人的年齡、立場與實力雖然不同，卻有生死與共所培養出來的情感。

「那麼，你有什麼事呢？要買東西的話就到裡面去吧。」

達利斯這麼說完就用下巴輕輕示意拖車裡面。但是阿基拉微微搖了頭。

「不是，我有事情想找葛城談。可以找他過來嗎？」

「你等一下。葛城！阿基拉來了！好像有什麼話要跟你說！」

葛城隨即從裡面走出來，然後看著阿基拉他們，面露微笑說道：

「阿基拉嗎？明明才剛昏倒長睡不醒，現在竟然帶女人來找我，你倒是很厲害嘛。所以，你找我有什麼事？來找商人談事情的話，沒有利益我可不會理你喔。」

阿基拉以有些挑釁的態度笑著說：

「那就要看葛城你做生意的手腕了。」

「那絕對可以賺錢了。」

葛城回以充滿自信的笑容。

◆

葛城一臉認真地思考阿基拉的提議。他會把遺物拿到葛城的店，相對地，希望葛城給謝麗爾他們一些方便。葛城一直在計算如果接受阿基拉的提議，自己究竟能有多少獲利。

除了獵人辦公室的直營店，還有許多收購遺物的業者。遺物的需求就是如此龐大，所以能帶來相當多利益。雖然並非葛城的本業，他也經營收購遺物的事業。

只要利用自己的門路，要給謝麗爾他們一些甜頭當然沒問題。貧民窟的居民撿拾物品賣給收購業者時，經常因為身分低下而被看輕，價錢也會遭到壓低，光是居中協調防止這種情況發生對謝麗爾他們來說就是很大的援助了。即使是幾乎毫無信用可言的貧民窟小孩，只要有像葛城這樣的人仲介，還是可能獲得一些無足輕重的工作。

葛城很清楚阿基拉的實力。憑他的實力應該可以推測能從遺跡帶回的遺物的數量與品質，然後從賣掉遺物得到的利益扣除照顧謝麗爾他們所需的費用。葛城經過評估，認為這是能賺很多錢的事業，但他還是刻意對阿基拉投以疑惑般的視線。

「我也欠你人情，而且遺物收購可以賺到錢。這的確是值得考慮的提案。」

「那麼交易算是成立了？」

「嗯，等一下。在做出決定之前，我有幾件事情想問。首先是你跟她的關係。」

葛城對謝麗爾投以打量各種價值的視線。謝麗爾開始緊張，阿基拉感到有點不可思議。

「為什麼要問這種問題？」

「還問為什麼，她是你特地要我提供助力的對象，當然會在意啊。而且依照狀況，有可能會成為長期的商業對象。所以，你們是什麼關係？熟人？朋友？家人？戀人？小三？」

「我們同樣是貧民窟出身的小孩，既然來找你商量這件事，就表示我們感情不錯。不過要是礙事就會直接切割，就是這樣的關係。」

「這樣啊。」

葛城試圖從阿基拉的態度看透他與謝麗爾的關係，於是暫時把這個話題擱到一旁。

「接著是收購遺物的問題，小心起見還是先把話說清楚。你拿遺物到我店裡，獵人等級不會上升喔。在遺物買賣方面，我沒有跟獵人辦公室合作，你是知道這件事才提出提案的吧？」

想靠賣遺物來提升獵人等級，至少要把遺物拿到跟獵人辦公室業務合作的店家。其中也有以能夠有效率地提升獵人等級為誘餌，試圖用不當的低價收購的惡質業者與詐欺犯，另外也有賣方誤認對方是業務合作店家而產生糾紛的情形。

獵人等級是決定獵人地位的重要條件。即使藉由對方的無知來獲得利益，事後遇上因為升等產生的糾紛根本划不來。

至少從葛城做出這樣的判斷就能知道他承認阿基拉是有實力的獵人。正因為這樣，才會事前就仔細確認這件事。

阿基拉一臉不在乎地表示：

「如果能用高一點的價錢收購，我願意接受。目前金錢比獵人等級重要，對收購金額有所不滿的話，我就跟之前一樣拿到獵人辦公室。」

「這樣啊……好！就這麼說定了！」

葛城露出商人的笑容，跟阿基拉握手表示談定生意，接著又帶著同樣的表情要求跟謝麗爾握手。但謝麗爾有些困惑，沒能握住他伸出的手。

結果葛城一副感到不可思議的樣子，同時對謝麗爾展現親切的笑容。

「怎麼了？今後我們要好好相處，握個手應該沒什麼大不了的吧。」

「對、對不起。」

謝麗爾急忙握住葛城的手，結果對方以出乎意料的力量回握。謝麗爾忍不住把視線移到葛城身上，然後當她看見對方表情的瞬間，身體就整個僵住了。葛城的臉上只有眼睛失去了笑意。

「別背叛我喔。」

葛城以明確的態度威脅謝麗爾。他用表情、視線、聲音、握力來表達拒絕這個簡潔的要求將會有什麼樣的下場。

人會因為金錢而瘋狂。身為商人的葛城很清楚這一點。

加上經濟困頓會讓人調降道德的下限。正因如此，貧民窟裡頭的性命與信用根本不值錢，甚至只要一發子彈的小錢就足以踐踏他人的性命與自身的信用。

想跟貧民窟的居民完成正式的約定，不打從一開始就如此威脅對方的話根本就不用談了。葛城一向是如此認為。

但是他的脅迫有些過頭了。葛城做生意的對象是在荒野與怪物互相廝殺的獵人。武器商人平常面對這種客人所展現的狠勁，對貧民窟的普通孩子來說實在有點強烈。謝麗爾受到震懾後開始發抖，陷入無法回話的狀態。

葛城發現有點過火了便降低壓迫感。這時候阿基拉插嘴表示：

「給你添太多麻煩的話就告訴我，我會想辦法處理。」

「具體來說，你會做到什麼地步？」

「幹掉她然後棄屍荒野吧。」

謝麗爾大大地抖了一下，葛城也有點意外。兩人都不覺得阿基拉是在開玩笑。

「你倒是很直接嘛。」

「荒野固然有荒野的危險，貧民窟也有自己的禁忌。我想她應該不是會幹出這種蠢事的笨蛋。應該啦。」

「應該？」

「世界上沒有絕對，否則怎麼可能會發生一天當中被怪物群襲擊兩次這種事情呢？」

「說的沒錯！」

葛城開心似的豪邁地笑了。接著他放開謝麗爾的手，這次換成用親切的笑容面對她。

「抱歉威脅了妳。這個社會有許多規則，今後就讓我們好好相處吧。」

「好、好的。」

謝麗爾努力以平常的態度露出親切的笑容，試圖藉此討對方歡心。但是因為才剛受到阿基拉與葛城雙方的威脅，浮現的是扭曲得有點難稱作笑容的表情。

阿基拉不在意謝麗爾，直接對葛城問道：

「噢，對了。你有賣資訊終端機嗎？便宜又能馬上使用的，只要有最基本的機能即可。」

「說是最簡單，但每個人的基準都不一樣。」

「能跟我聯絡就可以了。要拿來跟謝麗爾聯絡用的。」

「那種要兩萬歐拉姆。」

阿基拉花兩萬歐拉姆買下資訊終端機後，先是連結自己的資訊終端機並完成初期設定，再交給謝麗爾。

「有什麼事就跟我聯絡。長時間無法取得聯絡的話，彼此就當對方已經死了吧。」

「我、我知道了。謝謝您。」

「還有，希望我定期到據點這件事，我看最近還是無法辦到。基本上我喜歡自己一個人隨心所欲地行動，隨便加入行程的話我會覺得很麻煩。」

「這、這樣啊。」

「妳可以定期找我過去，到時候如果我沒事又心血來潮就會去露個臉，但也不要每天都找我。知道了嗎？」

「好、好的。」

「那麼，我還有事要先走了。妳……就跟葛城聊聊支援幫派的事情吧。」

葛城有些不滿似的叫住阿基拉。

「喂喂，難得來這裡，再多買點東西吧。」

「抱歉，我身上沒錢，下次再說吧。」

阿基拉說完這句話後就離開了，被留下來的葛城與謝麗爾只能面面相覷。

「既然阿基拉都這麼說了，我們就來討論一下吧。妳有空嗎？」

「咦，啊，有的，沒問題。那就拜託您了。」

謝麗爾以重新打起精神的態度再次很有禮貌地低下頭。

似乎又一次打量謝麗爾的葛城輕笑著問她：

「阿基拉都走了，我就重新問妳一次吧，妳和阿基拉是什麼關係？」

「正如剛才阿基拉所說的那種關係……」

「原來如此，那我換個問法吧。妳想跟阿基拉成為什麼關係？以當他的戀人或小三為目標嗎？」

謝麗爾判斷隨便回答將會對今後的來往有所阻礙，於是慎重地反問：

「……這跟支援我的幫派有什麼關係嗎？」

葛城以商人的表情笑著說：

「有很大的關係喔。我打算跟阿基拉維持長久的良好關係，和妳之間是不是一樣，就得看妳跟阿基拉的關係如何了。我沒說錯吧？」

對葛城來說，謝麗爾不過是阿基拉的附屬品。問題是，究竟是多重要的附屬品。

「我是不知道妳跟阿基拉之間會變得更加親密或者不久後就會遭到捨棄，但還是想先確認一下妳有沒有那種意思。所以，怎麼樣呢？從阿基拉剛才那樣看來，似乎很困難吧？」

既然知道對方是在試探自己，謝麗爾就刻意露出充滿自信的笑容。

「我當然有這個意思，而且我認為阿基拉對我有好感喔。像這樣照顧我就是最好的證據，難道不是嗎？」

「不過我好像聽見了很嚴厲的發言耶。」

「我認為阿基拉剛才的態度只是為了向您展現自己沒有被貧民窟的孩子瞧不起，因為他怎麼說也是獵人啊。」

這時要是露出驚慌的模樣就會被看輕。這麼認為的謝麗爾即使自認為有些勉強，還是為了堅持己見拚命裝出沒事的表情。

然而葛城再次以試探的眼神直盯著謝麗爾，然後輕輕噗哧一聲笑了出來。

「感覺是嘗試用身體來誘惑阿基拉，結果被冷冷拒絕了。」

謝麗爾的表情僵住了。葛城有些傲慢地露出開心的笑容。

「妳就是一副『你怎麼會知道』的表情啊。一口氣賺很多錢的獵人帶自己喜歡的女人來店裡不是什麼稀奇的事，這種小事我一看就知道了，因為不看穿這一點就會錯失商機。」

實際上這只是為了引起謝麗爾反應的虛張聲勢，他並沒有如此確信的根據與證據。

「那個男人是不是為了那個女人著迷，還是差不多想甩掉女人了，其實只要習慣就很容易分辨出來。前者的話就是推銷高價裝備的好機會，因為男人會想在女人面前展現大方。妳的話，應該算是後者喔。」

不過葛城大概能從謝麗爾的反應確定她誘惑過阿基拉但遭到拒絕。

「可是，這也是沒辦法的事吧？老實說，就憑妳……噢，我不是看不起妳，我是說以這種事作為基準的話啦。我想阿基拉的眼光應該很高吧。」

「……這是什麼意思？」

謝麗爾無意識地因疑惑與不高興而皺起臉，這不是應該對幫派的支持者展現的態度。如果是平常

的謝麗爾，一定輕易就能裝出可愛的模樣吧。

也就是說，她的內心產生無暇顧及這件事的動搖了。

葛城像在享受她這種反應般笑著說：

「這是我自己一貫的看法啦，女性獵人裡面有許多美女。噢，這裡說的獵人是確實有賺到錢的人喔，跟那種賺不到什麼錢的不一樣。」

面對始終一臉疑惑的謝麗爾，葛城有些得意地繼續自己的論點。

「雖說是不是美女的基準每個人都不一樣，還是有某種程度的共通項目，也就是說有一定的基準吧。而我認為那就是健康。」

「健康……嗎？」

「沒錯。肌膚與頭髮的光澤、胖瘦程度等等，都被認為越健康越美。關於這一點，只有賺得到錢的獵人才能成為美女。健康狀態不佳的話，對行動

會造成阻礙。為了從危險的遺跡裡生還，自然會注意將身體狀況調整到最佳狀態。」

實際上獵人工作的身體狀態管理相當重要，而賺得到錢的獵人在身體狀況略為不佳時，經濟能力允許暫時休息，所以因身體狀況不佳而死的危險性就會下降。這一點無庸置疑。

「而且經常使用能治療傷勢的昂貴回復藥，每天都像在進行以細胞為單位的治療，這個時候粗糙的皮膚也會一併得到治療。」

以富裕階層為客群的化妝品裡面，也有添加了與昂貴回復藥類似成分的製品。從這部分來看，賺錢的獵人在肌膚方面其實與富裕階層相近。

「幾乎不可能有肥胖的身形，因為大部分都在荒野持續激烈的運動。而且回復藥裡也有能把多餘脂肪轉換成能量來急速消除疲勞的製品。這就是為什麼他們可以自然且健康地保持美麗的狀態。」

在強化服使用方面，與其配合肥胖體型調整強化服，還是讓穿著者本身變瘦比較容易調整，所以調整體型的手段相當齊全。

「利用回復藥進行以細胞為單位的治療也可說是一種抗老化。獵人當中有些人的年輕外表與真實年齡相差甚遠，大概都是因為這個理由。」

葛城想起艾蕾娜她們，她們兩人都是很漂亮的美女。葛城認為既然她們當時把阿基拉帶回去，應該跟他有一定程度的交情。

「嗯，我也聽說過像這種人在賺很多錢之後也有比較多資金可以用在美容方面。所以呢，那些傢伙跟妳相比，根本是天差地遠。然後阿基拉認識的獵人也是美女。」

阿基拉看慣艾蕾娜她們的美貌，對美女的標準因此提高也沒什麼不可思議。葛城如此認為。

謝麗爾興致勃勃地聽他說著，同時因為那些自己根本無計可施的內容而有點沮喪。她的聲音不由得有些顫抖。

「……所以，跟我說這些做什麼呢？跟我說這種事有什麼意義呢？」

看見謝麗爾有些不甘心，葛城就露出別有深意的得意笑容。

「意義就是為了讓妳充分理解我接下來要說的話。等一下，我給妳一些好東西。」

葛城丟下這句話就回到拖車深處，接著從深處傳來他的聲音。

「達利斯！之前的試用品放哪去了！」

「你說都沒有減少，要退貨了，然後就收到裡面了吧！」

「對喔！我知道了！」

一會兒後葛城回到現場，把拿過來的大包包放到謝麗爾面前。

「久等了。這個東西給妳，算是禮物，妳拿回去吧。」

包包裡面裝著快過期的保存食品與賣不出去的槍械等物品，對謝麗爾他們來說全是貴重的東西。謝麗爾急忙低下頭表示：

「謝、謝謝您。」

葛城從包包裡取出一個袋子展示給謝麗爾看。

「這裡面裝了化妝品與肥皂等東西，不過是試用品。這家公司販售以獵人為對象的回復藥，所以應該是比一般便宜貨還要好的商品。用它們好好保持容貌，讓阿基拉在接受妳的諂媚時也能有愉快的心情吧。」

實際上就算是試用品，也絕不是像謝麗爾這種貧民窟的孩子能夠使用的。為了不讓她搞錯使用目的或擅自轉賣，葛城以嚴厲的口吻叮嚀：

「話先說在前面，這算是投資。我是不知道阿基拉為什麼要照顧妳，不過目前妳是阿基拉拿遺物來賣給我的理由。為了不被阿基拉捨棄而失去這個理由，妳也要好好努力，知道了嗎？」

謝麗爾有些笑不出來，勉強回應。

「好、好的。」

「我期待我們之間的關係能夠長長久久喔。」

葛城露出大膽的笑容，當中還混雜著類似對共犯的親切感。

◆

和謝麗爾他們分開後，阿基拉在回旅館前先到靜香的店補充彈藥。

阿基拉一進店裡，馬上注意到他的靜香就對著他招手，然後特地從櫃檯後面走出來。

阿基拉對她的舉動感到有些奇怪，但還是乖乖來到她身邊，準備像平常一樣說出自己的需求。

「靜香小姐，我又來買子彈了。由於消耗了不少，這次要多買……」

靜香打斷阿基拉訂購，緊緊抱住他。阿基拉因為這突如其來的狀況慌了手腳。

「靜、靜香小姐？」

阿基拉感受到靜香身體的溫度與柔軟的胸部後產生動搖，接著因為困惑與害臊，想脫離靜香的懷抱，於是稍微用了點力。

然而靜香即使知道阿基拉的心情，還是繼續緊抱著他。

最後阿基拉安靜下來，結果靜香像在等待他這麼做，以溫柔的聲音對他搭話：

「我從艾蕾娜她們那裡聽說了，你用了太多回復藥，結果昏倒了。」

「啊，沒有啦，那個……」

認為會挨罵的阿基拉試著找藉口，但在他想到前靜香就接著說：

「或許應該說些『別做那種危險的事』、『那麼逞強的話會死』之類的話，平常的我就會這麼說，但現在不說了。這是我的猜測，我想應該是不那麼做就無法克服的狀況吧。」

靜香加強抱緊阿基拉的力道。

「所以我只說這句話來代替。幸好你沒事。」

靜香這麼說完就放開阿基拉，然後跟平常一樣笑著說：

「嗯，獵人本來就是高危險的工作，這一點我也知道，不過也不要讓我太擔心啊。」

阿基拉看著微笑的靜香，有一會兒嚇傻一般說不出話來，之後就非常高興似的笑著低下頭說：

「讓妳擔心了。我不要緊了。」

阿基拉堅定的回答聽起來完全不像昏迷好幾天的人，應該不是逞強，而是真的不要緊了吧。靜香如此判斷，露出放心的微笑。

「那麼，我也回去做生意了。你要補充彈藥對吧？我馬上拿過來，稍等一下喔。」

當阿基拉以視線追著靜香往店內走去的背影，就有人從背後向他搭話。

「阿基拉，你醒了嗎？」

聲音的主人是艾蕾娜。她有些驚訝似的來到身邊，就露出好像在打量阿基拉身體狀態的視線。

「可以出來外面走動了嗎？」

「是的，我不要緊了。」

看見阿基拉確實應答的模樣，放下心的艾蕾娜表情也跟著放鬆。

「這樣啊，那太好了。但是在這裡見到你真是有點驚訝耶。我明明跟莎拉說過，你醒了的話要跟我聯絡……」

當艾蕾娜臉上快要出現不滿的表情時，她注意到資訊終端機的通知，就沒有繼續說下去。接著她確認過內容，苦笑著說：

「現在才傳來，太慢了吧。臭莎拉，一定是忘記了。」

阿基拉對艾蕾娜低下頭。

「啊，那個……我想是因為我起床後莎拉小姐為了照顧我，才會延遲了。受到妳跟莎拉小姐許多照顧，真的太謝謝妳們了。」

阿基拉客氣地道謝完，又用有些不好意思的態度繼續表示：

「還有，很抱歉，昏迷期間似乎占用了妳的床，給妳添麻煩了。」

艾蕾娜很開心般笑著回答：

「不用在意，床大得就算我們一起睡都沒問題。倒是莎拉無意識地把你當成抱枕了，你不要緊吧？莎拉是身體能力擴張者，別看她那樣，她可是渾身怪力呢。你沒有骨折吧？」

面對有點擔心地笑著如此詢問的艾蕾娜，阿基拉以僵硬的笑容回答：

「不、不要緊。」

大概完全是在開玩笑或會錯意了吧——阿基拉如此說服自己，不再詳細詢問自己是否真的被艾蕾娜她們夾在中間緊抱著睡覺。

◆

走回據點的謝麗爾腳步沉重。她在各方面都瀕臨崩潰了。

因為阿基拉沒有到據點露臉，自己被幫派成員以不信任的視線注視，當時真的很想死。

好不容易露臉了，幫派成員又攻擊阿基拉。那時候也很想死。

被叫作葛城的武器商全力威脅，真的很想一死了之。

阿基拉清楚地表示要是幹蠢事就立刻把自己殺掉，真想死一死算了。

回到據點後必須對眾人裝出一切都很順利的模樣，然後必須持續做出讓一切都能順利的指示，必須持續展現充滿自信與從容的態度給自己以及其他幫派成員看，直到再也不是靠演技的那一天。

謝麗爾真的在各方面都到達崩潰邊緣了。

來到據點前面，送謝麗爾到這裡的達利斯就隨手把包包往地上一放。

「我不會幫妳拿到裡面，接下來自己拿。」

葛城的禮物還塞了槍械等物品，所以很重，謝麗爾要拿實在有點勉強。加上回去的路上如果遇見強盜，好不容易得到的禮物就會白白浪費掉，因此葛城才貼心地要達利斯跟著謝麗爾回去。

謝麗爾客氣地低下頭。

「我知道了。真的很謝謝您送我到這裡，還幫忙把東西拿過來。」

「嗯，我看妳也很辛苦。好好加油吧。」

達利斯對以貧民窟小孩來說算很有禮貌的謝麗爾留下不錯的印象，因此說完慰問的話就回去了。

謝麗爾好不容易拿起沉重的包包進據點之後，幫派的所有小孩都聚集在一起等她回來。以迎接老大的態度來說，這是正確的舉動，謝麗爾卻不悅地皺起臉，因為她原本預期會少一個人才對。

她以加了內心情緒的嚴厲視線看向那個多餘的人，也就是耶利歐。

「我以為你早該消失了，怎麼還在啊？」

耶利歐畏畏縮縮，還是試圖安撫謝麗爾。

「謝、謝麗爾，我錯了。」

「你錯了？如果你還有能理解是自己做錯的智能，應該早就消失了吧。」

「他、他看起來就像普通的小孩子，只不過是帶著槍，完全不像厲害的獵人，我才會覺得妳可能是被騙了……」

「普通的小孩子？普通……嗎？」

面對嘴裡說著各種藉口卻完全沒打算離開的耶利歐，在各方面都瀕臨崩潰的謝麗爾終於無法再忍耐了。她將內心激動的情緒表現出來，對著耶利歐怒吼：

「普通的小孩子？輕輕鬆鬆就幹掉三名落魄獵人的傢伙會普通？能做到這種事的小孩子會普通？你腦袋裡的普通是什麼？普通的話你也辦得到嗎？這樣你也做給我看啊！現在立刻去遺跡拿遺物回來！回程就算被想搶遺物的人襲擊也要把他們幹掉再回來！你辦得到吧？給我去！立刻去！」

激動的謝麗爾如此大叫並氣喘吁吁。耶利歐害怕得無法動彈，其他小孩也因為謝麗爾的怒火而保持沉默。

謝麗爾對著眾人怒吼：

「把這個笨蛋趕出去！快一點！」

「等、等一下！」

「快點把他趕出去！身為老大的我都做出指示了！你們承認我是老大吧？否則的話，你們也給我滾出去！」

耶利歐附近的小孩先是面面相覷，然後抓住耶利歐的肩膀與手臂把他拖出去。耶利歐垂著頭，沒做出太大的抵抗就被帶走了。

謝麗爾緩緩調整呼吸。她也知道這麼做有失冷靜，為了防止自己做出更糟糕的舉動，必須恢復冷靜。她對自己這麼說，並且反覆深呼吸。

這時和耶利歐感情很好的少女艾莉西亞對謝麗

爾搭話：

「謝、謝麗爾……關於耶利歐的事……」

多虧全力把累積在內心的鬱悶連同怒吼一起叫出來以及數次深呼吸，恢復一定程度冷靜的謝麗爾腦袋已經可以思考今後合乎邏輯的對應方法。即使如此，她還是一臉嚴厲地看著艾莉西亞。

「……我知道。雖然知道，但現在不行喔，不能讓耶利歐待在幫派裡面。這點小事，妳應該也懂吧？」

「是、是沒錯啦……」

謝麗爾也知道艾莉西亞與耶利歐的關係。謝麗爾面對猶豫的艾莉西亞，帶著目前先讓她放棄的意圖繼續說：

「辦不到喔。等幫派人數增加到耶利歐混在裡面也不會被阿基拉發現時也就算了，但要讓人數增加到那種程度需要時間。現在不行，妳死心吧。」

聽見謝麗爾這麼說的其他孩子驚訝得忍不住詢問：

「要增加幫派的人嗎？在這種狀態下？」

謝麗爾一臉嚴肅地做出宣言：

「當然要盡可能增加啊，人少的話能做的事情也有限。不快點讓我們能辦到更多事、賺到更多錢就糟糕了。」

「但是，這種狀態下加人真的沒問題嗎？」

「有問題也要做。不盡快想辦法上繳一些利益的話，會被阿基拉捨棄。」

對謝麗爾他們來說，這就等於天塌下來。現場短暫籠罩在沉默當中。

「阿基拉幫我們也不是在做慈善事業。要是被他捨棄，我們就完了。就算有問題也得撐下去。」

為了壓下眾人的不平與不滿，並確立身為老大的地位與指揮系統，謝麗爾堅定地如此宣言。

「託阿基拉的福，名為葛城的人願意做我們的後援，今後那個人在某種程度上會幫助我們。就靠他的援助來想辦法發展吧。我也會思考各種方法，大家也要幫忙。」

謝麗爾打開放在地上的包包。小孩子們看見裝在裡面的食物與武器，便發出低調的歡呼聲。

「這是那位葛城先生給的援助物資，目前就暫時用這些東西撐過去吧。別忘了這也是託阿基拉的福才能得到的物資。我會好好訂定計畫之後再發下去……」

謝麗爾看見隨便就想把手伸進包包的人，便發出嚇人的聲音：

「沒有我的許可亂拿的話就殺了你。」

小孩們的手停了下來，接著把伸向包包的手緩緩收回來。

謝麗爾環視眾人，想像接下來必須率領他們發展幫派會有多辛苦，就忍不住深深嘆了一口氣。

◆

艾蕾娜今天也在洗完澡後操作頭部穿戴型資訊終端機，依然沒有穿內衣，只圍了一條浴巾。看見她這種模樣的莎拉有些傻眼。

「艾蕾娜，阿基拉回去後妳又用這種打扮在家裡到處晃嗎？」

阿基拉住在這裡時，艾蕾娜還是有稍微自制。雖然阿基拉年紀小還昏迷，但畢竟是異性，為避免阿基拉突然醒來會尷尬，艾蕾娜在房間附近還是會確實穿上衣服。然而現在她已經以這種打扮在家裡到處晃了。

艾蕾娜完全不當一回事，反而對莎拉只穿內衣跟襯衫的打扮感到傻眼。

「有什麼關係嘛，總是做那種打扮的妳沒資格說我啦。難道說，阿基拉醒的時候妳也穿這樣？」

「是啊。」

「莎拉，妳在做什麼啦，注意一下好嗎？」

「別擔心，阿基拉的反應還不錯。」

「我不是這個意思。真是的……」

看見傻眼得輕抱住頭的艾蕾娜，莎拉笑著以輕鬆的語氣加了一句：

「哎呀，有什麼關係嘛。是給救命恩人的一點小福利啊。」

艾蕾娜有些驚訝地看著莎拉。此時莎拉臉上已經轉變為嚴肅的表情。

「那個時候救了我們的就是阿基拉。」

「……這樣啊。」

艾蕾娜的反應比莎拉預想的冷靜許多。這時莎拉露出意外的表情。

「妳好像不怎麼驚訝。」

「我也會預測啊。莎拉妳也是吧？只不過，我覺得既然阿基拉自己想隱瞞這件事，我也就沒主動去確認了。我不覺得阿基拉會主動提起，是妳問出來的吧？這樣沒關係嗎？」

沙拉露出些許苦笑，同時表現出有些不好意思的態度。

「不要緊啦，他反而因為隱瞞這件事跟我道歉呢。我還是用相當強硬的方法問出來的。」

「那就好。不對，不太好，妳有好好為自己使用了強硬手段道歉吧？」

「我好好道歉了。」

「那就好。既然知道是救命恩人，就真的是受到人家天大的恩惠，可不能給他添太多麻煩啊。」

「我知道。」

說到這裡，莎拉一臉嚴肅地對艾蕾娜說：

「然後，我要拜託妳一件事。我想妳也有許多事想問阿基拉，但我希望妳不要問，也不要跟別人提起這件事。不問也不講，這就是我跟阿基拉的約定。」

因為這麼說好了，無論如何都得讓艾蕾娜點頭同意。莎拉帶著堅強的決心如此拜託好友。

「拜託，真的拜託妳。或許妳無法接受，但還是希望妳答應不要問任何事情。」

跟莎拉的決心相反，艾蕾娜很輕鬆而確實地點了點頭。

「知道了，我跟妳保證，不會對阿基拉問東問西，也不會跟任何人提起這件事。妳放心吧。」

艾蕾娜輕易就接受自己的請託，莎拉感到有些困惑。

「……真的可以嗎？」

艾蕾娜笑著回答：

「不是說過了？我也會預測啊，不論是阿基拉的事還是妳的行動。我想妳也問過靜香這件事了吧，然後從她那裡聽到了很多。妳放心吧，我不打算給我們的救命恩人添麻煩。」

有些驚訝的莎拉苦笑著表示：

「……全被妳看穿了。我有那麼好懂嗎？」

「而且還突然來找我問舊領域連結者的事情。莎拉，真的想隱瞞的話，不能隨便問問題喔。因為被問的對象會想像妳這麼問的理由。」

莎拉理解艾蕾娜的論點，因為發覺自己的失態而有些沮喪，之後馬上重新振作並輕笑道：

「……把交涉的工作交給艾蕾娜負責果然是正確的選擇。」

「嗯，這方面就交給我吧。下次遇見阿基拉的話，我也會好好跟他道個謝。」

說到這裡，艾蕾娜就開心地露出大膽的笑容。

「倒是莎拉，既然知道救命恩人的真面目了，可以告訴我得知對方並非某富豪的公子後有什麼感想嗎？」

「拜託，饒了我吧。」

莎拉有些不好意思般笑了。由於到了這個時候才被點出那是非現實又有些不切實際的幻想，莎拉難得感到害臊。

艾蕾娜看見陰霾已經完全從最近有些煩惱的好友臉上消失，也放心地露出開心的笑容。

第17話 多管閒事

從在艾蕾娜的家昏睡然後恢復又過了兩天，慎重起見又加了一天休息日的隔天，阿基拉再次前往崩原街遺跡收集遺物。

由於是過度攝取回復藥而昏倒，只要醒來，身體就是處於無可挑剔的狀態。另外也是考慮到精神的疲勞才會多加一天休息日，身心都完全恢復的阿基拉精神奕奕地在遺跡中前進，並且心情愉悅地完成收集遺物。

回家路上，阿基拉一副疲憊的樣子走在遺跡當中。他的步伐相當緩慢，經常停下來調整急促的呼吸。即使如此，他還是好幾次努力甩開想當場倒下的欲望，再次踩著沉重的腳步前進。

步伐緩慢的原因就在阿基拉背上。容量可變型後背包的寬度已經撐得比阿基拉還要大。現在裡面塞滿的遺物量已經快達到阿基拉所能搬運的上限，重得每走一步都能聽見關節摩擦聲。

即使如此，還是忍著把遺物搬到這裡了。但阿基拉終於因為疲勞與腳的疼痛，忍不住示弱。

「阿爾法，是不是有點太多了？現在減少一點也還不遲喔。」

帶回去的話絕對能賣得一大筆錢的遺物。背包的重量就是沉重得足以令阿基拉主動提出要減少。

但是阿爾法以嚴肅的表情反駁他的提案。

『不行喔。老實說，我太小看你倒霉的程度了。為了訓練稍微去一下荒野，結果一天就受到兩次怪物群攻擊，這實在讓人料想不到。』

「那個跟大量遺物有什麼關係？」

『為了對抗你的霉運，必須盡早備齊更優良的裝備。賣掉這些遺物的金錢將拿來購買那些裝備，所以你就忍耐一點繼續搬吧。』

「這我當然知道……」

看見除了單純的不滿還露出另一種複雜表情的阿基拉，阿爾法也展現出不滿的模樣。

『哎呀，你是想說「好好提升妳的輔助，讓我就算沒有那種裝備也不用擔心」嗎？我也很努力了喔。』

「沒有啦，我不是那個意思。妳提供了各種輔助真的幫了我很大的忙。那個時候沒有妳在的話我早就死了。我很感謝，也很信賴妳。只不過……」

阿基拉的感謝與信賴是出自真心，但是除此之外還有許多其他想法。

（感覺遇見阿爾法之後，碰到危險的機率就大為增加了。當然獵人本來就有許多風險，我是在從事獵人工作的第一天遇見阿爾法，因此說起來這也是理所當然……）

即使心裡這麼想，還是無法就此接受阿爾法的說法，阿基拉內心還是有一個無法釋懷的疙瘩。結果阿爾法臉上就從不滿變成有點傻眼的表情。

『真是的，明明有這樣的美女二十四小時在身邊把你照顧得無微不至，結果你竟然說出如此不滿的發言，你真的有點太奢侈了。』

因為疲勞，這時候阿基拉也露出有些不滿的表情。

「什麼奢侈……」

『原本認為純粹是對那方面的事情沒興趣，但是對靜香、艾蕾娜與莎拉又確實有反應。果然是因為我沒有實體，無法觸碰到嗎？』

阿基拉噴出口水，接著想到：「自己真的對靜香她們表現出那麼大的反應嗎？」有些慌了手腳。

『既然無法用觸覺勾引你，那要加強視覺的吸引力該用什麼樣的打扮才好呢？果然是全裸嗎？』

阿爾法暫時讓所有衣服消失，毫無保留地展現美麗的肌膚。

『不對，從莎拉那個時候來判斷，應該是更若隱若現的服裝比較好吧？』

接著身體就穿上了布料極少的內衣般的服裝，外面再罩上使用大量透明薄布料的衣服來裝飾。

宛如交織著光線的布料層層疊起的服裝甚至具備藝術性的魅力，透過布料露出的肌膚相當美艷動人。包含光線反射與薄布料的陰影交織成的若隱若現感，一切都像在引誘阿基拉，帶著蠱惑的魅力。

但是從阿爾法的打扮來看，阿基拉的反應算是相當冷淡，只露出有點害羞的模樣，甚至還輕嘆了一口氣。

「知道了，是我不好。我不會再抱怨了，會乖乖搬運，妳把衣服穿回去吧。」

『阿基拉，遠方有別人在喔。』

阿爾法像是要藉著岔開話題來帶過穿衣服的要求，有些唐突地指著遺跡裡面。

「妳先把衣服穿上吧。那邊嗎？」

從阿爾法的模樣感覺不到緊急性的阿基拉再次叮嚀，不讓她把事情帶過。之後就以雙筒望遠鏡確認那個方向，結果看見一名拚命從遺跡裡面跑出來的少年。

「那傢伙好像在哪裡見過……」

『在謝麗爾的據點找你吵架的男孩子啊。你不是發動反擊把他揍飛了嗎？』

「聽妳這麼一說，的確是長這樣喔……」

阿基拉也記得對方找碴的事，但是無法連長相都記住。

由於目前看來對方不是跟蹤自己而來，他稍微感到放心，然後就漫不經心地看著那個少年。

◆

被謝麗爾逐出幫派後，耶利歐摸索再次加入幫派的方法。

他從感情很好的少女艾莉西亞那裡聽到幫派之後的狀況，一聽到加入名為葛城的協助者後幫派的營運相當順利，就對自己做出愚蠢的舉動感到相當後悔。

想加入其他幫派也沒有人脈，而且謝麗爾的幫派內有與自己合得來的同伴，無論如何都得想辦法回去。

雖然無法立刻回歸，等幫派的人數大量增加後或許就有辦法，所以艾莉西亞希望他稍微等待一陣

子。聽艾莉西亞這麼說的耶利歐即使暫時在巷弄裡過生活，也仍抱持著希望。

然而無法保證自己能夠活到那個時候，得想辦法盡快回到幫派。這麼想的耶利歐拚命思考回歸的手段，決定賭一把。他請艾莉西亞借來一把槍，然後前往崩原街遺跡尋找遺物。

想回到幫派就要得到阿基拉或謝爾麗的允許，但這不是誠心誠意低頭道歉就能得到原諒的事，必須帶著賠罪的禮物。如果能從遺跡帶回遺物，就算是相當有誠意的禮物了。

不論是對想要遺物的獵人還是要自己立刻去遺跡拿回遺物的老大來說，應該都足以表示自己的歉意。這麼想的結果，讓他做出這個決定。

從遺跡取得高價的遺物，然後一夕致富。這是想從貧民窟出人頭地的人經常會作的夢之一。耶利歐也知道那幾乎都是只能以夢想做結的幻想。

　但是跟自己同樣是貧民窟小孩的人實現了幾近幻想的事並成為獵人。這樣的話，自己雖然不至於說要完成那近似幻想的偉業，至少也可以抓住一些夢想的碎片吧。就是這麼想才會做出這樣的賭注。

　不過耶利歐的賭注馬上就失敗了。他一進入遺跡就立刻遭遇怪物。

　怪物粗糙的外表看起來很像狗，雖然體型不足以稱為大型犬，但能清楚看見的異常發達的肌肉讓怪物散發比實際體型更強烈的壓迫感。

　然後四肢關節彎曲的模樣跟狗比起來，其實比較像昆蟲或爬蟲類。那外觀似狗又絕非狗的奇怪肉食獸看見耶利歐這個獵物後，發出歡喜的叫聲。

　面對威脅，耶利歐試圖以手槍應戰。然而除了慌張，他在射擊方面的技巧也不是特別優秀。命中率不高的耶利歐一下子就把原本就剩很少的子彈用光了。

　失去攻擊手段的耶利歐為了從想咬死自己的奇怪生物嘴下活命，把又重又礙事的槍械丟棄並且逃走，接著就專心逃竄。

　不過瓦礫散亂的地形並不適合人類奔跑。而對奔跑的怪物來說，那並不構成太大的阻礙。要甩開一副食慾旺盛的樣子從後面追上來的肉食獸非常困難，被牠追上只是時間問題。

◆

　阿基拉看著耶利歐，露出疑惑的表情。

「空手來這種地方，這傢伙也太魯莽了吧。」

　阿爾法則是露出調侃般的笑容。

『是啊，就跟那時候的你一樣。』

　阿基拉也苦笑了。的確跟當時魯莽得不可思議的自己沒什麼兩樣，考慮到遭遇武器犬群時的狀沉，自己說不定比他還要魯莽。阿基拉這麼想著。

「嗯，我不否認啦，我自己也覺得很亂來。但也因此遇見了妳，所以結局還算不錯吧？」

『確實如此。可惜的是他無法遇見我，他跟你就只有這麼一點差異吧。』

對阿爾法來說，這句話不過是要再次對阿基拉強調能遇見她是多麼珍貴的幸運。

然而對阿基拉而言，耶利歐的模樣就跟當時的自己強烈地重疊在一起。於是阿基拉的表情變得有點嚴肅。

透過雙筒望遠鏡能看到的是沒有遇見阿爾法時的自己，眼前的光景正展示那簡單易懂的結局。

距離被怪物追上只剩下數十秒，離受到致命傷並且失去性命則再加上幾秒。到那時，耶利歐的人生就要結束了。走上其他道路的阿基拉原本也可能遇上那樣的人生。

「……說的也是。那就是我嗎？」

阿基拉這麼呢喃完就舉起槍。阿爾法則是露出感到有些意外的表情。

『要救他嗎？』

「嗯，這也算是緣分。救那個傢伙一命來增加我的幸運吧……而且，剛好能派上用場。」

阿基拉輕笑完就仔細瞄準並且扣下扳機。

◆

以值得稱讚的體力與運動神經持續逃竄的耶利歐終於被逼入絕境。道路被瓦礫擋住，再也無處可逃了。

他焦急地回過頭，就看到詭異的犬隻般的怪物以大嘴與利牙滴下的口水展現旺盛食慾，並且緩緩逼近。

不行了。耶利歐以因為恐懼而皺起的臉看著逼近的死亡。

下個瞬間，似乎立刻要撲過來的肉食獸突然跌倒了。接著其周邊更持續響起瓦礫遭到刨除的中彈聲，由發達的肌肉所覆蓋的軀體不斷出現孔洞。鮮血從洞裡噴出、流下、滴落，逐漸將地面染紅。

即使如此，野獸依然活著。即使不斷掙扎，身體搖搖晃晃也還是又站起來。不過身體又中了幾發子彈後，就再度癱倒在被自己的鮮血染紅的地上。

子彈像是要給牠最後一擊般持續命中。滿是鮮血的身軀因為中彈的衝擊搖晃了幾下，然後就再也沒有動作。

耶利歐半晌說不出話來，等他從困惑中恢復過來，終於理解自己獲救之後，便發出放心的聲音，表情也放鬆下來。

「……得救了？……我、我得救了……我得救了！」

耶利歐一臉欣喜地調整急促的呼吸，同時看向槍聲傳來的方向，也就是救了自己的人所在的位置，結果表情一瞬間僵住了。

在耶利歐視線前方的是前幾天他在謝麗爾的據點不小心找碴的對象，也是用槍指著當時倒地的自己，將子彈射向自己身邊的人物。

耶利歐的臉開始抽搐。阿基拉正對他招手。

耶利歐踩著緩慢的腳步在遺跡中前進，臉像是很痛苦地整個皺起，同時發出很難受的聲音。

「好、好重……」

痛苦的原因就是剛才阿基拉揹著的後背包，現在換成由耶利歐來揹。阿基拉要他替自己揹上背包來報答救命之恩，耶利歐當然沒有拒絕的權利。

快被壓扁般的重量無情地讓他為了逃離怪物血

口而濫用的雙腳感到疼痛。覺得一旦倒地就再也爬不起來，踉踉蹌蹌的他注意著不要跌倒，同時咬緊牙關前進。

偶爾會遇到怪物，但走在前方不遠處的阿基拉很輕鬆就將其打倒。

從後面看起來，阿基拉只是很正常地走著，卻總是很迅速就察覺遭遇怪物，並且以近似奇襲的形式擊退它們。耶利歐完全無法理解阿基拉究竟是如何察覺到敵人。

（阿基拉在遇見我之前都是揹著這麼重的行李跟怪物戰鬥嗎？還這麼輕鬆就把它們打倒了？）

耶利歐的臉因苦笑而扭曲。

（難怪他一個人就贏過西貝亞他們了。我竟然找這種傢伙的碴，謝麗爾當然會暴怒了。我真是幹了一件蠢事……）

耶利歐對於阿基拉的敬畏感更加強烈，同時到了這個時候才對自己的行為感到後悔。

◆

託背上重量消失的福，不斷順利解決怪物的阿基拉這時看著剛解決掉的個體，露出有些疑惑的表情。

『阿爾法，這附近有這種怪物嗎？』

阿爾法也露出有點困惑的表情。

『確實是至今沒見過的個體。或許是因為某種原因讓這附近的生態有了很大的變化。』

之前襲擊葛城他們的一部分怪物群開始定居於這一帶，加上原本沒那麼容易增殖的種類以那時的屍體山為食，個體因而急遽增加。生態系因為這些原因大幅改變，遺跡怪物的分布很可能有了極大的變動。阿爾法做出這樣的說明。

阿基拉不由得繃起臉。

『真是危險。』

『遺跡的難易度因為分布的變更而急速上升的話，憑你目前的實力，就算有我的輔助也很難在此收集遺物了，搞不好可能有一陣子都不能來這裡了。這次帶回較多遺物果然是正確的選擇。』

即使有阿爾法的輔助依然很難生還。阿基拉很清楚那是多麼危險的狀況，他更加嚴肅地皺起臉。

『……真的很危險。』

『那我們還是快點回去吧。』

『了解了。』

阿基拉打起精神開始趕路。當然，耶利歐的負擔也因此變更大，他只能淪落到拚死跟在阿基拉後面的下場。

回到都市的阿基拉直接前往葛城作為移動店鋪的拖車，耶利歐也擠出最後一絲氣力跟在後面。

他們一起來到拖車前面，跟平常一樣在顧店的葛城就注意到他們。

「阿基拉嗎？今天不是帶女人，而是帶男的過來啊？這次應該是來當客人了吧？你也是獵人，只買便宜資訊終端機的話，還不夠格稱為客人喔。」

「這次是客人，不過是要你收購遺物。」

「哦，收購遺物嗎？不論如何，是客人就歡迎。那麼，遺物在哪裡呢？」

阿基拉指向耶利歐揹著的後背包，葛城就很開心地笑了起來。

「看起來很多。繞到後面來吧。」

所有人移動到拖車後方，阿基拉就開始把準備賣出的遺物排列在地上。一開始都是隨便排，但阿爾法立刻提醒他不要將回復藥等不打算賣的遺物從背包裡拿出來。阿基拉以念話輕聲詢問：

『只給他看也不行嗎？』

『慎重起見。要是對方無論如何都要你賣給他，你也會覺得很麻煩吧？』

『看對方開的價格，賣一箱給他也沒差吧？』

『不行喔，可能就因為那一箱而免於死亡。把藥留下來吧。』

阿基拉也很愛惜生命，接受阿爾法的說詞後就小心地排列遺物。

葛城看著這些遺物，露出了奸詐的笑容。對像葛城這樣的商人來說，獵人的價值在於跟對方往來能帶來多少利益。排在地上的許多遺物，其質量在在都讓葛城認定阿基拉擁有極高的價值。

核定遺物價錢後，他思考著今後與阿基拉的來往，同時在腦袋裡計算收購金額。接著葛城就對阿基拉露出商人的笑容。

「……這個嘛，這些全部加起來……五百萬歐拉姆如何？」

葛城的表情洋溢著誠實商人的誠意，但是這樣的誠意也包含了不需要支付的學費。

阿爾法直接宣告：

『不行。』

阿基拉簡短地回答葛城。

「好吧，我全部拿去獵人辦公室的收購處。」

看見阿基拉真的要把遺物裝回背包，葛城便急忙表示：

「等一下等一下等一下！哎呀，價格我們還可以商量啊，別這樣突然就中止買賣嘛。」

面對提出還可以商量的葛城，阿基拉只是投以有點冰冷的視線。

「這種事你去找別人吧，我討厭這種麻煩事。一口價決定，不能接受的話，我就真的把它們拿去獵人辦公室的收購處了。」

葛城判斷阿基拉的態度沒有交涉的餘地，無可奈何只能提出沒有經過算計的真實金額。

「……好吧！八百萬歐拉姆！這樣如何！」

『嗯，我覺得可以了。』

「好吧。下次起，一開始就要直接提出這樣的金額。」

「好。那就這麼說定了。」

葛城他們將收購的遺物搬到拖車裡面。這些遺物之後將會以遠超過支付給阿基拉的那筆收購費用的金額賣給其他販賣業者。不過那也是葛城他們努力經營的成果，是加了內容鑑定與品質保證等各種附加價值後的金額，所以沒有人會抱怨。

葛城做了一筆好生意後感到很開心。

「要怎麼付帳？現金嗎？對我來說，匯款是比較方便啦……」

原本在貧民窟生活的阿基拉沒有銀行戶頭。因為根本不需要，而且就算想開戶也辦不到。

但是成為獵人的現在，只要在獵人辦公室完成手續就能輕易開設戶頭。之所以還沒開戶，是至今的生活都沒想到要開設銀行戶頭的緣故。

不過阿基拉還是想辦法把事情帶過。

「也有一定得以現金支付的對象。在支付金額的位數繼續增加前，我會想辦法解決。」

葛城瞄了耶利歐一眼後，就接受了阿基拉的說法。因為要把錢交給像謝麗爾他們這樣的對象，現金還是最佳選擇。

「我知道了。現金對吧，那你等一下。」

葛城暫時回到拖車裡，然後帶著八百萬歐拉姆的紙鈔回來。這些紙鈔具備讓疲憊不堪地在休息的耶利歐有了極大動作並緊盯著看的魅力。

阿基拉因為阿爾法的指示，留意著不要表現出過於誇張的反應，以坦然的態度接過紙鈔，並隨手收進背包。

耶利歐看見阿基拉與葛城的態度，感覺就像目擊了我方與阿基拉他們之間有多大的差距。

八百萬歐拉姆對自己這樣的貧民窟孩子來說是天文數字般的一大筆錢，但是對阿基拉他們來說，卻不是什麼需要驚訝或出現詭異行動的金額。兩者之間的差距實在太大了。

阿基拉注意到以複雜表情看著這邊的耶利歐，但是無法連他內心的想法都看透。

他應該是在猶豫該不該提出「搬貨物的工作結束了，可以回家了嗎？」「可以分我一杯羹嗎？」這些問題吧。這麼想的阿基拉輕聲對他搭話：

「事情結束了，你可以回去了。既然救了你的命，就沒有搬運的工錢。再見了。」

耶利歐看見揹著背包準備轉身離開的阿基拉，發現直接談判的機會只剩下現在了。為了不被誤會是要分一杯羹，他拚命以簡單的說詞來拜託對方。

「可以幫我跟謝麗爾說一聲，讓她重新讓我加入幫派嗎？我因為之前那件事被趕出來了！雖然你救了我的性命，但無法回幫派的話，我不久後就會死了！拜託！我都幫忙把那麼重的東西揹到這裡來了！應該也算幫了點小忙吧？」

阿基拉面無表情地看著耶利歐。因為得到一大筆錢而產生動搖的他正拚命裝出平靜的模樣。

然而耶利歐當然不清楚這件事，他冒著冷汗，以為自己惹阿基拉不開心了。

拚一口氣來拜託對方，這樣還不行的話自己就完蛋了。要是被認為是厚臉皮的傢伙而惹阿基拉更不開心，謝麗爾也絕不會允許自己回到幫派吧。耶利歐沒有獨自在貧民窟巷弄裡活下去的自信，也沒有任何再次前往遺跡的勇氣了。

所以拜託一定要成功。耶利歐這麼心想，祈禱著：「拜託了。」
阿基拉輕聲宣告：
「那現在就去謝麗爾那邊吧。」
阿基拉不要求更多說明與具體的回答，直接往謝麗爾的據點走去。
耶利歐也半信半疑地跟上去。順利成功了。看來不是要到謝麗爾那邊，要她絕對不准讓這麼厚臉皮的傢伙加入幫派。如此祈禱的耶利歐帶著緊張的心情跟在後面。
葛城看著那幅景象，有點佩服地想著：「被治得服服貼貼的。」

◆

謝麗爾他們的幫派逐漸做好能順利進行活動的準備。
貧民窟裡的其他幫派已經認為他們是一支新的幫派，活動地點則是包含了西貝亞之前的據點。也就是並非單純是小孩子的集團，雖然弱小卻已經被認為是具備勢力範圍的幫派了。
這是因為謝麗爾他們原本就是西貝亞的幫派成員，更重要的是，殺害西貝亞的人變成了他們的後盾。
加上獲得葛城這名商人的協助，順利得到金錢與槍械類之後，能夠順利進行幫派活動的條件已經備齊了。
加上新幫派很可能成為貧民窟地盤爭奪戰的原因，情報擴散的速度也特別快。
因為這些，其他幫派也開始認為謝麗爾他們是一支新的幫派。
雖然弱小，只要貧民窟出現新的幫派，一般就會有人想要加入。像是有某些內情而不隸屬於任何幫派的人，或是在其他幫派不受重視的成員等。

然而因為身為幫派老大的謝麗爾與其幫眾，加上作為後盾的阿基拉全都是小孩子，想加入謝麗爾幫派的人裡面沒有大人。

結果就是謝麗爾幫派的成員都是少年少女，變成在貧民窟少見的幫派，而且成員馬上就增加到謝麗爾無法直接管理所有人的程度。

大致來說，其他幫派對小孩子的待遇都很差。聽到別處出現成員只有小孩子，且擁有據點與勢力範圍的新幫派，就有許多期待獲得比目前更好待遇的人加入。

這時候，謝麗爾先任命艾莉西亞負責整合的工作，把自身無法管理的部分交給她。她和自己同年，對人親切，而且從上一個幫派就認識，很清楚她的個性，加上她本人也有意願，於是先任命她為幹部。

謝麗爾在自己的房間聽取任命後地位算僅次於自己的艾莉西亞報告幫派的狀況。這同時也是為了確認艾莉西亞作為管理者的能力。

「勢力範圍的打掃還順利嗎？沒有什麼紛爭吧？因為其實頗為髒亂，我想有人抱怨也不是什麼奇怪的事。」

在貧民窟擁有地盤的幫派有一個必須默默完成的工作，也就是打掃地盤。要收拾掉落在地盤內的垃圾與丟棄物。

這樣的打掃工作具有相當重要的意義。依照貧民窟的慣例，基本上丟棄的物品屬於管理該處的幫派。就算對丟棄者來說是垃圾，很多時候對貧民窟的居民卻是有用的物品。

還能用的物品就自己使用，金屬類的話就收集到一定程度的量後當作破銅爛鐵賣掉。修理後就能使用的東西不是修理後自行使用，就是賣給具修理技術的人，即使如此還剩下的東西則棄於荒野。

加上打掃地盤也是對周圍宣示這裡是我方勢力範圍的行為。

艾莉西亞低聲沉吟後，回想起負責打掃的夥伴所說的話。

「嗯～～很多人抱怨屍體太多了。大概就這樣吧。」

「這也沒辦法，因為最近都沒有人打掃啊。」

貧民窟裡出現強盜並不稀奇，被害者大多會遭到殺害。當然反過來的例子也很多，另外也有同歸於盡的狀況。

然後只要沒有人收拾，屍體當然就會留在現場。清掃地盤內的這些屍體與其持有物品也是幫派的工作。

由於西貝亞幫派瓦解，原本的勢力範圍曾暫時變成空白地帶，沒有人會主動去打掃這種地方，當然就會累積許多放置在該地的屍體。

謝麗爾回想以前幫派的工作並做出指示。

「屍體的處理方式跟之前一樣，剝光後把持有物品放到倉庫，剩下的就丟到荒野的老地方。配給搬運的人多一點槍枝。」

將屍體搬到荒野也是辛苦的工作，可能會遇上怪物，所以需要一定程度的武裝。謝麗爾他們靠著葛城提供的槍械，好不容易才具備最基本的武裝。

確實收拾地盤內的屍體對幫派來說也有益處。

即使在貧民窟，都市在選擇免費配給食物的地點也會選擇乾淨的場所。在幫派影響下的某個場所被選為配給地的話，將會從該處獲得各種好處。

如果持續放著屍體不管導致環境髒亂，都市有時候會把那一帶全部燒燬。

在髒亂擴散到其他區域，汙染對低等區塊內側造成不良影響之前，就會真的將其周圍燒到一點都不剩。不論是居民還是建築物，都將變成灰燼。

表面上的理由是過度的惡臭可能會把怪物吸引到都市，所以無可奈何只能用高溫進行消毒。

但人們在暗地裡謠傳可能是為了減少貧民窟人口的手段。另外也有謠言表示，越髒的地點越容易成為刪除的對象。

因為這些因素，貧民窟就靠管理各個地盤的幫派努力保持一定程度的整潔。

艾莉西亞畏畏縮縮地對謝麗爾問道：

「那個，謝麗爾……幫派的人已經增加了不少吧？」

「是嗎？人數仍不夠派去打掃地盤吧。我不覺得增加了多少。嗯，以管理的辛苦程度來看，確實是增加了不少啦。」

謝麗爾沒有擔任過幫派的老大，雖然嘗試慢慢習慣並摸索著進行改善，老實說對於做得好不好並沒有自信。

「除了艾莉西亞，我還打算升其他人當幹部。人選我仍在思考當中，我知道妳很辛苦，但只能再忍耐一下了。」

謝麗爾也知道成員越是增加，人員管理就會越困難。但就算如此，人手依然不足。

數量就是力量。為了能盡快提供利益給阿基拉，必須加強幫派的力量。既然有這樣的想法，就無論如何都需要更多人。

艾莉西亞欲言又止般繼續表示：

「這方面我也會努力管理……但我要說的不是這個……其實是……」

「是什麼？」

「……妳覺得幫派的人數要增加到多少，耶利歐混在裡面才沒有問題呢？」

艾莉西亞是在擔心耶利歐的事。雖然試圖阻

止，耶利歐卻表示沒有其他方法，便前往了遺跡。艾莉西亞能做的只有偷偷把幫派的槍交給他。

她很清楚這件事要是被謝麗爾知道，連自己都會被逐出幫派，但還是鋌而走險，希望心愛的人能夠平安歸來。

之所以接下幹部的位子，也是因為這樣比較容易把幫派管理的槍械交給耶利歐。同時她認為自己能為幫派立下功勞的話，謝麗爾的態度也會軟化。

謝麗爾的目光變得嚴厲。

「不行喔。」

謝麗爾不理會露出懇求眼神的艾莉西亞，直接撂下話：

「不行。今後阿基拉會來這裡好幾次，要是那時候耶利歐的身影進入阿基拉的視野，可就不是只把他逐出幫派便能了事的，甚至可能得處罰他以外的人。妳連這個都不知道嗎？」

「但、但是……」

「就算想等阿基拉忘記耶利歐，至少也得一個月的時間。現在不能讓耶利歐回幫派吧？不行。」

四目相交的兩人之間持續沉默，在該處流動的懇求與拒絕都無法折服對方的意志。謝麗爾冷冷丟出一句：

「沒其他事情就回去工作，順便讓腦袋冷靜一下。」

「……我知道了。」

艾莉西亞垂頭喪氣地離開房間。

謝麗爾輕聲嘆息後也準備回到手邊的工作，但是立刻被快步走回來的艾莉西亞打斷。

艾莉西亞的表情混雜著高興、困惑與惶恐等各種感情。

「謝麗爾，耶利歐到據點來了。」

謝麗爾輕輕瞪了艾莉西亞一眼，依然以冰冷的聲音表示：

「把他趕回去，艾莉西亞。妳太囉嗦了，不收斂一點的話……」

艾莉西亞吞吞吐吐地加了一句：

「……阿基拉先生也跟他一起。」

謝麗爾繃起了整張臉。

◆

謝麗爾急著來到讓阿基拉等待的房間，從房間入口暗處確認阿基拉的狀況。看起來不像在生氣，讓謝麗爾先感到放心。

進房間後，她無視在阿基拉身邊尷尬似的看著自己的耶利歐，直接就對阿基拉露出微笑。

「讓您久等了。謝謝您特地撥空來這裡。」

接著保持笑容刺探阿基拉的心情與用意。

「……那個，耶利歐給您添了什麼麻煩嗎？其實之後耶利歐已經被我逐出幫派，如果他跟你有什麼紛爭，那也跟我們沒關係……稍等一下，我不是在找藉口喔，那個……」

面對持續辯解般說著的謝麗爾，阿基拉毫不在意地回答：

「嗯，他說被趕出來了。妳不介意的話就讓他重新加入幫派吧，不願意的話就算了，我不會強迫妳。」

謝麗爾露出感到意外的表情。

「你這麼說的話，我是不介意啦……」

如果是單純要讓某人加入，就會立刻回答：

「好的，我知道了。」謝麗爾卻含糊其詞。

謝麗爾沒有拒絕阿基拉要求的選項。被他請託的話，無論對方是誰，都能趕出去或讓其加入，完全會按照他所說的去做。

就算感到不可思議、意外、懷疑都完全沒有關係。跟讓阿基拉感到不高興比起來，這些感情根本微不足道。

因此就算是阿基拉所說，面對可能會讓阿基拉感到不高興的請託，還是得慎重判斷。

不管是什麼樣的理由，他都是曾經想揍阿基拉的人。每次阿基拉來據點都會感到不高興的話，自己可無法承擔那樣的後果。

如果稍微多加揣測，這也可能是某種考驗，就算是阿基拉的請託也不能讓這種傢伙加入幫派，有可能如此強硬拒絕才是正解，當然也可能是反過來的情況。

「……那個，真的可以嗎？」

謝麗爾以感到有些意外的輕鬆態度回以聽起來模稜兩可的簡短問句，藉此從阿基拉的態度刺探正確答案。

阿基拉反而完全不在意般輕聲回答：

「嗯。因為他幫我做了一些事。」

謝麗爾看了阿基拉的態度後，在短時間內盡可能煩惱並做出決定，接著盡量自然地露出親切的笑容。

「我知道了。如果是這樣，我願意接受他。」

耶利歐鬆了一口氣，艾莉西亞很高興般笑了。

但這時候阿基拉又帶著有點嚴肅的表情叮嚀：

「耶利歐，別對謝麗爾透露多餘的事。謝麗爾，不要對耶利歐問東問西。知道了嗎？」

耶利歐一副驚慌的模樣，還是確實點了點頭。

「知、知道了。」

謝麗爾微笑著，但仍以認真的表情點了頭。

「知道了。」

阿基拉也輕輕點了頭。

「我的事情就只有這樣。那麼再見了。」

阿基拉只留下這句話就回去了。

謝麗爾笑著送走出據點的阿基拉離開。當他的身影消失的瞬間，謝麗爾的態度就為之一變，以相當認真嚴肅的表情看著耶利歐。

「那麼，究竟發生什麼事了？」

耶利歐原本想對謝麗爾說出事情經過，但是在說出具體內容前就打消了主意，之後小心翼翼地注意自己的發言般緩緩開口說起：

「……我遇到了很多事，結果阿基拉救了我一命。之後……我幫了阿基拉的忙……阿基拉的事情結束後，我請他幫我跟妳求情。事情就是這樣。」

耶利歐自己再次確認是否有說出多餘的情報。

「救了你一命，到底是如何……」

謝麗爾試圖詢問詳細情形，但是看見耶利歐慌了手腳似的拚命搖頭，也就沒再說下去了。

「別再問了。我不知道阿基拉所謂多餘的事情是什麼。妳無論如何都要我說的話，我是可以從頭全部說清楚，不過要是被阿基拉知道，我會回答是妳強迫我說出來的喔。」

耶利歐露出有點膽怯的模樣，和用拳頭攻擊阿基拉時完全不一樣。

謝麗爾則以認真的表情詢問：

「只要告訴我這件事就好。阿基拉已經沒有生氣了吧？」

耶利歐也一臉認真地思考後才回答：

「……我想應該沒問題。如果想要我死，那個時候袖手旁觀就可以了。」

謝麗爾從耶利歐的發言推測，耶利歐至少曾經陷入性命交關的狀況，當時得到阿基拉出手相救。就算只是一時興起，既然救了耶利歐，應該可以認為阿基拉對他幾乎沒有敵意與厭惡了。她如此判斷之後便決定了要如何處置耶利歐。

「這樣啊。那麼馬上就派給你工作吧。拜託你監視和說服大家，避免又出現像你這樣的笨蛋。」

謝麗爾想著過來人應該很適合這份工作，還是開口叮嚀：

「現在很多人都有槍，所以再發生類似的事情可不是挨揍就能了事的喔。」

耶利歐也以嚴肅的表情用力點頭表示：

「了解了。我也不想被牽連。」

謝麗爾看見耶利歐的改變，內心非常在意究竟發生過什麼事。

不過現在還是先忘了這件事吧。艾莉西亞也因為耶利歐回來而感到開心。照耶利歐的狀況來看，應該不會再幹出那種蠢事了，而且過來人應該能繃緊新入幫者的神經，這樣就可以了。謝麗爾這麼想著，同時蓋上湧起的興趣。

打開蓋子的話，說不定自己會遭遇同樣的下場。謝麗爾如此判斷，便緊緊蓋上蓋子。

◆

好不容易回到幫派的耶利歐決定努力工作，以防再次被逐出幫派，於是向艾莉西亞詢問幫派現況，包含感覺需要說服的新人的資訊。

因為耶利歐回歸而欣喜的艾莉西亞露出高興的笑容並回答：

「不過真的太好了耶。你活著從遺跡回來，而且順利回到幫派。雖然不是很清楚，不過都是託阿基拉先生的福吧？」

「嗯，是啊。他在遺跡裡救了我。」

「之後我也得好好向他道謝……」

開心地說著話的艾莉西亞旁邊，耶利歐回想起在遺跡發生的事情，臉上跟著露出疑惑的表情。

（阿基拉戰鬥時好像打從一開始就知道所有怪物的所在地，而且現在回想起來，有時候似乎還看著奇怪的方向……簡直就像旁邊有誰在……）

別透露多餘的事──持續推測的腦袋突然浮現阿基拉剛才說過的話。這個瞬間，耶利歐突然產生莫名的恐懼感。

艾莉西亞露出感到不可思議的表情。

「耶利歐，怎麼了嗎？」

「……沒有，沒什麼。」

「是嗎？那就好。既然是人家救了你一命，就表示你遇上危險了吧。果然是被怪物襲擊了嗎？然後阿基拉先生出手救了你……」

「艾莉西亞。」

耶利歐突然露出極為嚴肅的表情，並發出符合表情的聲音，然後有些咄咄逼人地拜託嚇到的她。

「拜託，什麼都不要問。」

「我、我知道了。」

艾莉西亞有點害怕，還是確實地點了點頭。

耶利歐注意到了，那應該正是阿基拉所說的多餘的事。

自己要是對其他人說了這件事，多嘴的自己和聽見的那個人究竟會有什麼下場呢？要是跟艾莉西亞透露那件事，阿基拉又會如何處置艾莉西亞呢？

一想到這裡，耶利歐的背脊就竄過一陣寒意。

耶利歐的那種模樣讓艾莉西亞以有些擔心的口氣對他搭話：

「耶利歐，你不要緊吧？」

耶利歐為了讓艾莉西亞放心，笑著回答：

「……我沒事。」

絕對不能說溜嘴。耶利歐如此下定決心。

第18話 訂購強化服

從謝麗爾的據點回到旅館的阿基拉在狹窄房間裡露出無法隱藏的喜悅表情，視線前方的地板上堆著一大疊鈔票。那是把遺物賣給葛城後的所得。

「八百萬歐拉姆……！不久之前才覺得賺二十萬歐拉姆，住一個晚上要價兩萬歐拉姆的旅館是不可思議的事情，規模實在差太多了……！」

在外面好不容易才裝出平靜的模樣，但是回到旅館就不需要硬撐了。收下時因為金額過於龐大而欠缺真實感，現在卻快被看見一大堆紙鈔後湧現的真實感壓扁。

阿爾法從容地叮嚀欣喜不已的阿基拉。

『話先說在前面，那些錢馬上就會消失了。具體來說，明天內就會用光。』

阿基拉發出驚訝的聲音。

「妳……妳說用光，這裡可是有八百萬歐拉姆耶。」

『這點小錢馬上就用光了啦。』

「小錢？等一下等一下，八百萬歐拉姆是一大筆錢喔！」

阿基拉拒絕理解金錢觀念。

不論賺到多少錢，如果無法抵抗金額的誘惑而有效利用，就不能說是已經脫離過去那種環境。

成為獵人，睡覺的地方從巷弄變成旅館，即使賺到以前難以想像的金額，阿基拉的意識還是留在過去生活的地方，所以實在無法認為眼前的金額只是一筆小錢。

貧民窟的巷弄是會為了三百歐拉姆互相殘殺的世界。在那個地方，八百萬歐拉姆不只是位數不同。如果是這樣的金額，遭遇襲擊的規模與次數，以及必須闖過的險境凶險程度都是難以想像。

阿爾法像是要否定阿基拉的金錢觀，以沉靜的口氣回答：

『是小錢喔。如果是東部最前線的獵人，這是連戰鬥一次的彈藥費都不夠的小錢。這樣的金額根本微不足道。』

「……呃，但也不必跟那麼厲害的人比……」

『不行。目標當然要訂高一點。為了攻略我指定的遺跡，以後你將取得高性能的裝備，然後毫不猶豫地使用符合身分的昂貴彈藥。到時候要是因為這種程度的小錢猶豫不決，就太不像話了。所以，這只是小錢。』

其實有八百萬歐拉姆的話，只要選擇地點，也能在都市的低等區塊輕鬆地生活好幾年。如果是接近貧民窟的區域，時間就能拉得更長。如果可以容忍惡劣的治安、與環境相符的生活水準、被強盜等攻擊而死的危險，那麼光靠這筆積蓄就能生活十幾年。以東部一般的金錢觀來說，八百萬歐拉姆確實是一大筆錢。

但是阿爾法為了自身的目的，像是要說服阿基拉聽自己的話，堅決表示這樣的金額只是小錢。

阿基拉一邊沉吟一邊表現出稍微可以接受的模樣，對於自身被要求的基準似乎感到有些猶豫，接著便隨口詢問：

「對了，妳完全沒有告訴過我想委託我攻略的遺跡，那是什麼樣的遺跡呢？」

阿爾法露出別有深意的微笑。

『現在還是祕密。要是隨便讓你知道遺跡的難易度，導致你想放棄，我會很困擾。只能先回答是你現在的裝備無法抵達的地點。』

「雖然不是很懂，感覺這也是會讓人感到喪氣的回答耶。」

『放心吧。取得高性能裝備的話，難易度的感覺也會跟著下降，從原本的絕對不可能降為應該有機會成功。』

阿基拉無法想像如此高性能的裝備是什麼樣子，臉上浮現有點困惑的表情。

「是這樣嗎？」

『就是這樣喔。』

阿爾法像要消弭阿基拉的疑慮，露出溫柔且充滿自信的笑容。

『因此，這八百萬歐拉姆就要投資你的裝備。我認為這陣子的目標是持續更新裝備。』

取得更高性能的裝備，探索更高難度且能賺更多錢的遺跡。在該處賺取更多錢然後獲得更優良的裝備，不斷重複這個過程。這是想出人頭地的獵人經常會有的想法。

阿基拉也試著想像那不斷重複的程序何時會到盡頭，但是完全想像不出來。

『將來當你有足夠的實力，也取得符合那身實力的強大裝備時，對於小錢的觀念也會改變。好好努力到那一天到來吧，我也會幫忙。』

「……嗯，我會加油啦。」

看見阿爾法露出充滿自信的笑容，阿基拉也跟著回以笑臉。

『葛城也說過，一流的獵人不會用紙幣購買裝備。因為金額太大，總不能拿著一堆鈔票去購物。通常都是開銀行帳戶，然後用卡來付帳。也快點完成這個手續吧。』

阿基拉再次看向地上的鈔票，然後注意到跟剛才比起來，鈔票在自己心中的價值已經下降，便忍不住露出苦笑。

「我知道。我知道喔，我的金錢觀開始錯亂了……已經無法在貧民窟生活了。」

『這是很好的傾向，加油吧。』

阿爾法開心地笑著，阿基拉則是對她露出帶有另一種意義的苦笑，接著又重新打起精神說：

「那麼，要用這些錢買什麼裝備呢？」

『買能讓你更有效率地接受我輔助的裝備。有八百萬歐拉姆的話，應該可以買最基本的吧。我猜啦。』

阿基拉驚訝地提出疑問：

「八百萬歐拉姆也只能買最基本的嗎？妳打算買什麼？」

『強化服。』

「強化服嗎？妳說的強化服，是那種可以輕易抬起重物的東西吧？」

『是啊。但是對你來說不只是如此，因為你有我的輔助啊。好好期待吧。』

阿爾法臉上帶著驕傲得意的微笑。

隔天，阿基拉再次來到靜香的店。

靜香在櫃檯後面閒得發慌般用手撐著下巴，注意到阿基拉後立刻端正姿勢，露出親切的笑容。

「歡迎光臨。今天也要補充彈藥？」

「不，我要買裝備，想先跟妳商量一下……」

靜香像要調侃阿基拉般苦笑著說：

「哎呀，第一天買完ＡＡＨ突擊槍後已經過了好一陣子，終於有意願買新裝備了嗎？真是太感謝了。光是補充彈藥，我的店也很難經營下去……」

「抱、抱歉。」

阿基拉雖然慌張，還是以認真的態度道歉。

靜香看見他這種模樣，立刻笑著賠不是。

「開玩笑的，對不起。那麼，你想問什麼？」

「其實……」

阿基拉放心地呼出一口氣，然後提出想購買強化服。

靜香聽他說完內容，稍微發出沉吟。

「嗯～強化服嗎？這個嘛……我的店也不是沒在賣啦……」

靜香店內的主力商品是槍械，不像強化服專賣店一樣展示實物，所以也無法試穿。雖然可以訂貨，但是寄過來也需要時間。靜香對阿基拉說明這些狀況。

「強化服的初期設定可以在這裡由我完成，但要買的話還是去專賣店比較好吧？」

這次換成阿基拉發出沉吟。

「嗯～但我不知道什麼專賣店的地點，也不清楚對方會不會讓我進去，而且沒有強化服的知識，感覺只能任憑店員擺布，實在有點不安。」

「嗯，也是啦。確實會有這樣的情形。」

「還有，之前莎拉小姐跟我說過，不知道要購買哪種裝備時，聽靜香小姐的建議就對了。不會給妳添麻煩的話，還是希望由妳來幫我挑選。」

靜香有些高興地微笑著表示：

「聽你這麼說，我也不好意思拒絕。那好吧，如果認為我可以，我就給你建議吧。那麼，你的預算大概多少？」

因為對方願意給自己建議，阿基拉感到高興，沒有特別在意便輕笑著回答：

「八百萬歐拉姆。我可以付現金。」

靜香聽見他的預算後有點驚訝，隨即用責備般的視線看著他。

「……那筆錢是從哪裡來的？賣掉遺物得到的嗎？八百萬歐拉姆的話，不是收集相當數量的遺物，就是賣了相當高價的遺物才能賺到吧？不論是哪一種，都必須到很危險的地點。你不久前才差點陣亡，馬上又如此逞強了嗎？」

靜香以天生的洞察力與第六感輕鬆掌握預算的來源。阿基拉急忙表示：

「啊～沒有啦，只是一次把從以前就一點一點收集的遺物賣掉。像我這樣的小孩子，要是身懷鉅款就會經常遭到攻擊，所以把慢慢累積起來的部分賣掉了。」

靜香的視線嚴厲，但裡面確實帶著擔心阿基拉安危的感情。感覺到這一點的阿基拉內心浮現自己也不太清楚的困惑，因此慌了手腳。

「我已經盡可能避開危險來行動了。正如靜香小姐所說，不久前才差點喪命，所以想趁這個機會買好一點的裝備……」

接著就像挨罵的小孩在辯解，畏畏縮縮地說出類似藉口的回答。

「之所以選擇強化服作為購買的裝備，也是為了緊急時刻可以逃走，為了今後可以不用逞強才稍微努力了一下……」

阿基拉不習慣有人替自己擔心，尤其是不帶任何心機地為自己擔心。他自己沒有注意到，其實內心相當高興。

因此對靜香的態度變成了混雜著害臊以及抱歉的心情，而這也讓他有點不知所措。

如果是謝麗爾問阿基拉同樣的事情，他只會回答「閉嘴」或者「別問」就結束對話。他雖然沒有自覺，這部分其實有相當大的差異。

阿基拉做出像是要把事情帶過的回答，然而他沒有說謊。為了盡可能不逞強而做了最小限度的逞強，這句話不是謊言。他並不是主動去拚命賺這筆錢的。

不過為了活下去所做的最小限度的逞強，剛好就是必須拚死拚活才能越過的難關。

靜香從阿基拉的態度與自身的第六感察覺到這一點後，就帶著嚴肅的表情，像是要讓小孩聽話般再三叮嚀。

「不要無謂地逞強，知道了嗎？」

「知道了。」

阿基拉乖乖地用力點頭後，靜香也滿足地輕輕點了頭回應。然後她微笑著接待客人。

「好了，那告訴我你對於強化服的要求吧。反正說說又不用錢，你就盡量開口沒關係。」

靜香問阿基拉對強化服的詳細要求，同時內心有些疑惑。這是因為以首次購買強化服的人來說，他的話裡混了一些不自然的內容。

他想購買能長時間穩定使用的強化服。跟有時間限制，但能獲得用拳頭打飛戰車的超人般身體能力相比，更希望能一直平均提升身體能力。

要穿上裝備就得靠別人幫忙，還要花上一個小時，阿基拉不打算變成像具備戰車或人型兵器般防禦力的重裝步兵。能簡單穿脫，也不必花太多時間保養的製品就可以了。

靜香對阿基拉這部分的需求沒有疑問，她在意的是接下來的部分，也就是包含許多關於強化服控制裝置的需求。

「強化服確實有許多種類，其中也有很多以控制裝置的性能為賣點的製品。我記得好像是機械式的製品比較多。」

名稱都是強化服，卻有各式種類與外型。有的像比較厚的衣物，有的外表像穿著戰車一樣看起來相當堅固，當然也有像薄絲襪般的相反例子。

然後大部分的強化服都具備動作輔助用的控制裝置。即使獲得能撕裂鋼鐵的人工肌肉，要是把握住的東西全都撕裂，就根本派不上用場了。
另外，強化服的性能並非單純只有強化身體能力，也有許多製品將資訊終端機與情報收集機器等跟強化服一體化，強調能全面提升戰鬥能力。
靜香也清楚這些推銷的台詞。在這個前提下，她像是感到不可思議般問道：
「你說想要具有強大控制裝置來操控整體性能的強化服，阿基拉，你是從哪裡聽說這些的？」
阿基拉露出有些困擾的表情。這些需求他全是從阿爾法那裡聽來的，但又不能表明真相。
「……沒有啦，我也不是很清楚，只是聽說那種強化服比較好……抱歉，是不是說了什麼違反選擇強化服的常識或很奇怪的內容？」
靜香從阿基拉的模樣運作自己的推測與第六感。他並非擁有什麼明確的知識與堅持，只是把從某個人那裡聽來的內容囫圇吞棗。靜香自身的第六感如此告訴她。
許多獵人都會穿著強化服。應該說，能夠賺取足以購買強化服的資金的獵人，除了像莎拉這種身體強化擴張者或戰鬥用完全義體者，又或者是人造人，強化服已經可說是基本裝備。
應該是巡邏任務時，阿基拉身邊的獵人為了炫耀自身的強化服，提到其選擇方法吧。靜香如此推測並說服自己。
同時認為沒必要在此詳細指點阿基拉生搬硬套的知識，就沒再繼續追問。
「沒關係，可能只是剛好，因為你的需求包含了一些專門的內容，我有點在意。你別介意，我知道大致的內容了。」
靜香笑著這麼回答完，露出身為老闆的嚴肅表情。
「所以，你希望我針對這樣的需求幫忙選擇，這樣真的可以嗎？」
「是的，拜託了。」
「那麼關於付款，既然必須透過其他批發商，我自己也是做生意的，必須全額事先給付。我選完強化服後先跟你聯絡，告訴你商品的詳細內容後再正式訂購比較好吧？只是這樣就得花一點時間。」
阿基拉稍微思考後開口問道：
「現在就先付錢的話，速度會快一點嗎？」
「嗯。跟其他批發商交涉時，如果可以立刻付款，速度會快很多。因為一秒後的一萬歐拉姆就是比明年的一百萬歐拉姆更重要。現金就是擁有如此大的力量。」
「這樣的話，我就先付錢。我開了戶頭，請妳從那裡提款。另外，今後的彈藥費等也順便設定為從那裡提款吧。」
阿基拉拿出獵人證。他已經完成開戶的手續，獵人證追加了用卡片付款的機能。
看見阿基拉不斷做出決定的模樣，靜香露出有點懷疑的表情。
「呃，真的可以嗎？八百萬歐拉姆耶，是一大筆錢，可沒辦法領出來後才說還是先還給你喔。你是知道這一點還這麼說的吧？」
「是的。我很清楚。」
「……這樣啊。那我要是選了什麼奇怪的商品怎麼辦？」
「不會的。」
即使靜香再次提醒，看見阿基拉依然立刻下決定的態度，她表現出有點困擾的樣子，然後露出宛如要勸誡阿基拉的嚴肅表情。
「……我很高興你如此信賴我，但我覺得還是再慎重考慮一下才決定比較好。」
也有許多把獵人當成搖錢樹的商人，如果光是這樣還算好的，也有商人認為反正對方馬上就要死了，就用近似詐欺的方法從對方身上詐取金錢。

阿基拉要是在別的商店也用這種方法委託會非常危險。靜香就是在擔心這件事。

靜香的反應讓阿基拉露出有點困惑的表情，之後他認真回答：

「我想就算我認真地思考，結果也不會改變。如果救命恩人推薦我的店家都不能信任，我就沒辦法買東西了。所以不用擔心。」

他這句「不用擔心」裡面不包含對方一定能提供好的結果，意思是「什麼結果我都接受，所以不用擔心」。靜香也察覺到這一點。

「如果這樣還發生什麼問題，那就是我的運氣不好。因為我倒霉得同一天被怪物群攻擊兩次，也可能遇到這樣的事情。」

阿基拉一臉近似苦笑的表情。

「這部分應該說就算我再怎麼煩惱，再怎麼思考也沒有用，就算煩惱也不會有任何改變。」

靜香默默聽著阿基拉的話，然後終於理解了。阿基拉試著盡可能完全信任自己認為可以信任的店家，而他選擇了自己的店作為能夠信任的店家，然後賭上保護自身性命的裝備。

靜香對阿基拉的選擇感到高興。而她為了讓阿基拉放心，為了讓他確信自己的選擇沒錯，露出作為老闆充滿自信與信賴的笑容。

「既然你都這麼說了，我也不能退縮。好，那就交給我吧。」

靜香從阿基拉手上接過獵人證，把它靠在櫃檯的讀取裝置上操作了起來。

付款處理立刻就結束了。從阿基拉的戶頭提出八百萬歐拉姆。正如阿爾法的宣言，這筆小錢一瞬間就全部消失，戶頭裡只剩下非常寒酸的金額。

靜香把獵人證還給阿基拉並給他忠告。

「你也是有戶頭的獵人了嗎？要小心喔，一個搞不好馬上就會開始過負債的生活。」

實際上有許多這樣的獵人，像是彈藥費出乎意料地昂貴、接受委託後失敗而必須支付違約金與賠償金，結果存款一瞬間就煙消雲散。

獵人戶頭裡的存款金額不足的話，獵人辦公室會幫忙補足。這當然算是借款，必須計算利息。

無法還款的獵人將會被獵人辦公室逮捕，強行要求其進行危險遺跡的攻略。欠款將因為利息而無限增加，獵人也為了還債，只能持續過著強制勞動的生活。

聽見靜香的忠告後，阿基拉確實地回答：

「我知道了。」

「很棒的回答。那麼來量強化服的尺寸吧，過來這邊。」

阿基拉在靜香的帶領下移動到櫃檯後方。來到堆積許多彈藥等雜物的工作場地，靜香笑著宣告：

「必須測量精細的尺寸，除了內衣褲，全部脫掉吧。」

阿基拉按照指示把衣服脫掉。靜香則以手上的測量掃描器量阿基拉全身的尺寸。

「不要亂動喔，不然測量時會出現誤差。」

「一定得量得這麼仔細嗎？」

「人類的體型每天都會改變，所以有點誤差沒關係，但還是盡可能量出正確的尺寸比較好。在專賣店購買訂做品時會量得更仔細喔。」

實際上到專賣店購買訂做的強化服時，除了要換上測量用的服裝，還會使用專用的大型測量器來將全身鉅細靡遺地量過一遍。

根據這樣的測量盡可能獲得單純的體格以及骨格，還有之外的內臟與肌肉的配置、神經的掌握、體內奈米機械的配置與殘留狀況調查等情報。

依這些詳細情報盡量符合使用者體態的強化服和一般市面上的製品可說有天壤之別。當然，價格方面也一樣。

一邊提起這些事一邊持續測量尺寸的靜香看著眼前的身體後，臉色稍微一沉。

阿基拉的身體到處是傷。在大大小小的舊傷口之中，之前跟怪物群交戰時的傷痕特別醒目。

那是幾乎成為致命傷的嚴重傷口直接撒上治療藥來強行治癒後留下的痕跡，因為是在短時間內完成維持生命與回復機能，看起來就像硬把巨大裂縫焊接起來，一看就知道不是正常的治療方法。

受此重傷的狀況源自阿基拉的霉運，而從這種狀況生還又是因為他的幸運。這樣的運氣只要稍微偏向霉運一點，阿基拉應該早就喪命了。只要繼續獵人這份工作，這樣的傷痕今後也會不斷增加。

靜香看見這個傷痕，量尺寸的手就忍不住停了下來。阿基拉則以感到不可思議的聲音對她搭話：

「……靜香小姐？」

「……沒有啦。沒什麼。」

靜香就像真的沒事一樣輕笑並再次開始作業。當她迅速完成測量之後，發出有點誇大的開朗聲音，宛如要一掃殘留在內心的感傷。

「好！結束了！」

轉換完心情的靜香表情恢復成平常的微笑。

「可以把衣服穿上了。強化服最快也要一週才會寄來，最慢我想大概要一個月吧。寄到店裡來會馬上跟你聯絡，你要盡快來拿。」

「我知道了。謝謝妳幫忙給了這麼多建議。」

「別客氣。等你裝備上強化服後，我也可以推薦更貴且更重的槍械了。我衷心期盼你能進化成更忠心的常客。」

靜香以開玩笑的口吻如此回答，同時微微露出傲慢的笑容。結果阿基拉也回以笑容。

「我會在不逞強的情況下努力賺錢，請耐心等待吧。」

「我很期待喔。」

阿基拉跟靜香一起回到店內的櫃檯之後，就直接跟靜香道別，離開了店。

靜香在櫃檯後輕輕揮手目送阿基拉離開，然後像要提起幹勁般笑了。

「那麼，對方既然如此信賴我，我也得好好工作才行了。」

靜香立刻開心地開始自己的工作。

◆

訂購完強化服回到旅館，阿基拉就問阿爾法接下來的行程，結果因為出乎意料的內容露出驚訝的表情。

在強化服寄達之前都不離開都市，當然遺跡內的遺物收集與荒野中的訓練都暫時停止。阿爾法如此清楚地宣告。

阿基拉疑惑地反問：

「收集遺物因為要到遺跡所以還能理解，連稍微到荒野做射擊訓練都不行嗎？真的完全不離開都市？」

『嗯。訂購的強化服寄達之前都打算躲在旅館裡喔。感覺最近室內課與收集情報的時間太少，這正是個好機會。節省一下住宿費的話，一個月左右沒有收入也沒關係吧？』

阿基拉露出有些厭惡的表情。

「……要調降住宿費嗎？這樣的話乾脆再去收集遺物一次……」

調降住宿費，能夠住的房間品質當然也會跟著降低，根本不可能住附有浴缸的房間。阿基拉不願意接受這一點，提議再去收集遺物，但是立刻就被阿爾法駁回。

『不是說過不行了？我太小看你的霉運了，在強化服送達之前不會讓你離開都市。你也想盡快學會讀寫吧。』

「嗯，是沒錯啦。」

在阿爾法有效率的教導下，阿基拉的識字能力有了很大的進步，但仍需要阿爾法輔助。

『那我們快點開始吧。你的成績好的話，我就把衣服一件一件脫掉作為獎勵……如果是這樣，你就不會努力了吧。以一個健全的男性來說，這究竟是怎麼回事呢？』

「別再說蠢話了快點開始吧。」

阿基拉有了不祥的預感，想把話題帶開。但阿爾法不允許他這麼做。

『那就試試反其道而行吧。成績好的話，我就把衣服一件一件穿上。不想讓我一直全裸就好好加油吧。』

阿爾法剛這麼說完就把衣服的影像全部取消變成全裸狀態。裸體的她毫不忸怩地在阿基拉面前展示發出美麗光輝的肌膚。

那種模樣在視覺上幾乎可說是完美。藉由高度演算所誕生出的身軀可以自由自在變換成任何模樣，不但具備貨真價實的非現實之美，還依照阿基拉的喜好進行過調整。在並非前往荒野的狀況下，這種模樣發揮出極大的效果。

「別幹這種傻事，快點把衣服穿上！」

阿爾法大刺刺地對慌了手腳的阿基拉展現裸體，並且微笑著說：

『不行。看來有效果。那麼，我們開始吧。』

之後阿基拉真的一直在這樣的條件下學習。阿爾法按照約定把衣服一件一件穿上，但基本上都像在挑釁般穿著融合了大量裸露或大膽剪裁的服裝，全是會削弱阿基拉注意力的性感美艷的打扮。

因此阿基拉足足花了一個星期才讓阿爾法恢復成比較正常的模樣。

阿基拉在旅館過著每天用功念書的日子。訂購強化服後已經過了兩週，正如阿爾法的宣言，他們一步都沒離開過旅館，只在沒有浴缸的便宜狹窄房間用簡單的淋浴來壓抑想泡澡的欲望，每天只是努力地學習。

即使如此，阿基拉還是對用八百萬歐拉姆購買的強化服有所期待，所以不會太難過。而且他接到產品到貨預定日的聯絡後就更加興奮，表現出有點靜不下來的樣子。

阿爾法的輔助給了阿基拉的學習很大的助力。

首先是在阿基拉的視野裡擴增現實中不存在的各種東西，建構起非常有效率的學習設備。

空中浮著像是電子黑板的物體。打開在商店購買的筆記本，上面就會追加顯示出文字與圖片，變得跟教科書一樣。在教材方面可說相當齊全。

另外，授課的內容以及教導方式都相當洗鍊、易懂且有效率，而且還不是一對多的教學，是阿爾法針對阿基拉一個人耐心仔細地跟在身邊指導，算是極為奢侈的教法。

狹窄的便宜房間裡，出現原本就算累積再多金錢都無法產生的高級學習環境。結果阿基拉就託這種環境的福，急速學會許多知識。

在這樣的日子裡，原本以教學棒指著電子黑板上的文字列的阿爾法突然將棒子前端移到資訊終端機上。

『阿基拉，有來自謝麗爾的通話請求。』

阿基拉拿起資訊終端機。這時尚未顯示來自謝麗爾的聯絡，不過隨即出現通知來電的聲音與顯示畫面。阿基拉臉上浮現感到不可思議的表情。

「為什麼能比通知還早發現呢？」

阿爾法得意地笑著說：

『之前我也說明過了，因為我占據了那個機械啊。』

真的是這樣嗎？阿基拉抱持些許懷疑，但還是沒有想太多就接受了通話請求。結果傳來謝麗爾帶著焦急與緊張的聲音。

『抱歉在百忙之中打擾您了。是不是可以請您現在來據點一趟呢？其實是有其他幫派的人表示無論如何都想跟你見面談話。我拒絕了，但是對方甚至開始說不行的話就要直接闖到你的旅館……』

阿基拉有些疑惑。

「要跟我見面談什麼？幫派的老大是妳吧？」

『對方表示跟我談沒有用。對外人來說，幫派的老大是你。或許他們認為跟作為代理人的我交涉只是浪費時間吧。』

阿基拉考慮了一下。因為長期躲在狹窄房間，無意識地想喘口氣的心情也促使他做出判斷。

「我知道了。現在就到那裡去，在我到之前先跟對方確認一下談話內容。」

『好的。謝謝您。』

謝麗爾聲音當中的焦躁跟緊張略為減緩，這麼說完就結束了通話。

阿爾法露出不情願的模樣。

『我應該說過，在強化服送達之前都希望你不要外出吧？』

「別這麼說嘛，偶爾也讓我到外面走走。又不是要去荒野，應該沒問題吧。我都說要過去了。」

阿爾法像是原諒任性的小孩般輕笑。

『沒辦法了。那還是要做好萬全準備才外出，知道了嗎？』

「知道了。」

阿基拉完成跟要去遺跡時一樣的準備就前往謝麗爾的據點。

◆

謝麗爾看著結束跟阿基拉通話的資訊終端機，放心地輕呼出一口氣。

（……雖然覺得麻煩，還是願意來一趟嗎？真是太好了。）

接著就以嚴厲的眼神看向引發問題的人們。要找阿基拉的就是叫作渡葉的男人與他的同伴。

渡葉他們的外貌看起來就是治安不好的地方一定會有的所謂混混與遊民，在貧民窟的地位也正如其外貌，應該不是某個幫派的幹部，只不過是嘍囉罷了。

即使如此還是能在貧民窟確保三餐的大人，擁有光靠外表就能威脅小孩子的體格。謝麗爾幫派內的少年少女們也露出有點膽怯的模樣。

謝麗爾身為幫派的老大，對渡葉他們也擺出了不退讓的態度。應該說至少努力這麼做了。

「阿基拉要過來了，他要我在他抵達前先問清楚是什麼事情。所以我再問一次，你們到底有什麼事？」

渡葉則是擺出瞧不起謝麗爾的態度。

「等叫阿基拉的小鬼來了，我就會說。」

「到底有沒有在聽人說話？就說阿基拉要我先把事情問清楚啊！」

謝麗爾瞪著渡葉，但是渡葉完全沒有動搖，反而像要恫嚇對方般發出粗暴的聲音。

「少囉嗦！我說等小鬼來了就會講！給我閉嘴！」

渡葉完全不把謝麗爾當一回事。這是因為渡葉原本是西貝亞的幫派成員，對謝麗爾他們有一定程度的認識。由於在之前幫派的地位，讓他有意識與無意識都瞧不起對方。

渡葉當初是剛好有其他事才沒有參加襲擊阿基拉的行動。即使如此，西貝亞他們被幹掉後，他還是有好一陣子警戒著阿基拉。然而隨著時間經過，他便開始覺得單純是西貝亞他們不小心搞砸了。

只懂得諂媚男人的無能少女；被這種程度的傢伙矇騙，成為其後盾的少年，兩者都沒什麼大不了。這樣的想法與認知讓渡葉更是自大。

謝麗爾最多只能做到狠狠瞪著渡葉。她無法順利脅迫或以力量問出來意。雖然擁有槍械，但對方也一樣，實在不想由自己扣下互相殘殺的扳機。

幫派成員也都感受到集團頭領的態度。渡葉等人的從容、樂觀與嘲諷不斷增強；謝麗爾他們的緊張、膽怯與焦躁則逐漸擴散。

這些情感隨著時間變得更為強烈，渡葉他們對於不在場的阿基拉已經降低了不少戒心。不過對方怎麼說都是獵人，還是要有最低限度的提防——就連當初抱持的這種心態都放鬆了許多。

這時候阿基拉出現了，眾人的注意力一口氣集中在他身上。阿基拉感覺到現場的氣氛，理解這絕對是麻煩事，接著就在眾人的注視下走到謝麗爾身邊，嫌煩似的問道：

「所以，找我有什麼事？」

「這、這個嘛……」

當謝麗爾吞吞吐吐時，渡葉就噗哧一聲笑了出來。

「那個傢伙完全沒有從我這邊問出什麼！你拜

託她的事，她根本辦不到！」

謝麗爾以帶著憎惡的視線瞪著渡葉，但是渡葉嘲笑的態度沒有絲毫動搖。

阿基拉嘆了一口氣，把詢問對象改為渡葉。

「那麼，你找我有什麼事？」

渡葉清楚地對阿基拉他們宣告：

「很簡單。把包含這個據點在內的勢力範圍交給我們。」

這要求讓謝麗爾他們產生極大的衝擊與動搖。

渡葉他們是隸屬於叫作志島的男人所率領的幫派。

謝麗爾的幫派繼承了西貝亞幫派的勢力範圍，然而這個範圍還算寬廣，憑目前的幫派人數很難繼續維持。

如果貧民窟內存在沒有適切管理的勢力圈，會成為無謂紛爭的源頭。這對謝麗爾他們以及其他人都沒好處。

志島發現謝麗爾的幫派成員與勢力範圍大小不一致後，認為以簡單的交易或輕微的威脅就能輕易獲得那一部分因為過於寬廣而無法管理的地盤。

於是派遣原本跟謝麗爾他們隸屬於同一個幫派的渡葉他們出面。因為他覺得與其派完全不認識的陌生人，有點交情的人前往交涉應該會比較順利。

不過渡葉看到謝麗爾他們的態度，就囂張起來並擅自變更要求的內容。

這是當然無法接受的內容。謝麗爾忍不住大叫著回答：

「別開玩笑了！怎麼可能答應這種要求！」

「我沒有問妳！給我閉嘴！」

渡葉大聲怒吼著恫嚇對方，謝麗爾就膽怯地往後退。

看見謝麗爾因不甘心而皺起臉，渡葉像是同樣瞧不起周圍的小孩子，露出嘲諷的笑容，然後把威脅的目標轉移到阿基拉。這時別說放鬆警戒了，甚至已經瞧不起阿基拉的他擺出對方一定會乖乖按照自己的期待去做的態度。

「所以，怎麼樣啊？你願意交出來吧？」

阿基拉卻出乎渡葉的預料，從容地直接否定了他的要求。

「不，謝麗爾不是已經回答辦不到了？你不用問我。」

面對阿基拉沒有絲毫動搖的態度，感到意外的渡葉嚇了一跳，但他隨即轉變成不耐煩，然後帶著這樣的情緒直接開始威脅對方。

「我是在問你。這裡是你的幫派吧？」

不過阿基拉依然不為所動，滿不在乎地回答：

「這裡是謝麗爾幫派的據點，老大是謝麗爾。我不是老大，你不用問我，去問謝麗爾吧。你要是跟謝麗爾談好，我就不必到這裡來了。別特地把我找來。事情結束了吧？我要回去了。」

阿基拉隨便的對應讓渡葉的不耐煩變成憤怒。

「你這傢伙別太得意忘形了，我隸屬於志島先生率領的幫派，我們可是跟這種全是小鬼的狗屁弱小幫派不一樣，不但人數眾多，地盤也很廣！拒絕的話別以為可以就這麼算了！」

「誰理你。」

渡葉說著就有點陷入激動狀態。阿基拉卻始終不把他的要求當一回事，擺出滿不在乎的態度。

事情無法如自己的意進行，加上對方那種瞧不起人的態度，讓渡葉的憤怒不斷膨脹。他的臉也隨著內心的情緒變得更加凶惡扭曲。看見即使如此態度依然沒變的阿基拉，渡葉也就更加激憤了。

然而渡葉臉上突然恢復成從容與嘲笑的表情。他對著阿基拉露出傲慢的笑容。

「你這傢伙完全不了解我們吧？」

阿基拉改變態度，一臉疑惑地看著渡葉。

「……不了解什麼？」

正如預想的反應讓渡葉的臉詭異地扭曲。

「不是說過我們人數眾多了？很簡單就查到你住的旅館了喔。」

阿基拉稍微思考了一下。

『阿爾法……』

阿爾法掌握了阿基拉的意圖並且做出指示。

『這裡地點不好。移動到對面。』

阿基拉默默移動到阿爾法指示的地點後，就靠著牆站著，然後像在嘲笑渡葉般回答：

「調查我住的旅館？你是想說要召集人馬攻擊那裡嗎？你這傢伙是笨蛋啊。以為住在那間旅館的獵人只有我一個嗎？會跟與該旅館簽約的警備公司為敵喔。想自殺的話就請便吧。」

渡葉看見即使威脅找到居所也完全不害怕的阿基拉，有點意氣用事地直接大叫：

「不、不只是這樣！我們連你常去的武器店都查出來了！那家店的老闆會有什麼下場，你都不在乎嗎？」

阿基拉沒有表露內心湧現的感情，刻意嘆了一口氣。暗地裡留意不要被發現，把手朝槍械伸去，接著像要給對方忠告般回答：

「為了你好，我還是告訴你吧。那間武器店的老闆，也就是名為葛城的男人，外表看起來雖然像普通的商人，但他可是能夠從最前線把商品帶回來的狠腳色。你們就算一群人發動襲擊，也只會遭到反擊。」

聽見他這麼說的渡葉露出卑鄙的笑容。這樣的反應也讓阿基拉完全切換意識。

『阿爾法，輔助就拜託妳了。』

『阿基拉，還是稍微考慮一下比較……』

阿爾法看出阿基拉的意圖後試著阻止他。然而在說服他之前，得意忘形的渡葉就笑著說：

「才不是他咧！我說的是女的……」

房裡傳出槍聲。

胸口被對怪物用子彈擊中的渡葉因為中彈的衝擊，被轟飛到背後的牆壁上。中彈時從背部飛散的血與肉片把背後的牆壁弄髒了。

接著他就帶著驚訝的表情直接往前倒，發出巨大聲響倒在地板上，就此死亡。從屍體流出來的血把地板染成紅色。

阿基拉在出乎所有人意料的情況下，毫不猶豫地射殺了渡葉。

渡葉帶來的男人們因為動搖而停止動作，然後最先回過神的倒霉男拔槍試圖反擊，但在他開槍前，腳就被阿基拉擊中而倒到地上。中彈的衝擊把他的腳打斷了。

男人因為劇痛，發出痛苦的聲音在地上掙扎。

阿基拉把槍口對準其他人，牽制其行動。

小孩子們終於開始發出尖叫。有搞不清楚狀況而環視房間的人；有逃到房間角落的人；有準備逃走的人。只有少數人能對應交涉現場突然開始殺戮的狀況。

阿爾法以有些嚴肅的表情對阿基拉問道：

『阿基拉，有必要殺掉他嗎？』

阿基拉斬釘截鐵地回答：

『有啊。』

阿爾法發出帶著些許傻眼與放棄的嘆息，接著像要轉換心情，恢復成平常的微笑。

『這樣啊，那就沒辦法了。別以為結束了就放鬆警戒喔。』

『嗯，我知道。』

阿爾法並不在乎阿基拉殺了多少人，但是希望避免只會讓狀況惡化的無謂殺戮。她同時持續推測阿基拉的想法。

阿基拉明明很討厭麻煩，現在卻主動增加麻煩事。即使認為自己很倒霉，還是自行增加會招致霉運的要素。

然後這樣的情況在阿基拉心中沒有形成矛盾，他心中的某個基準肯定他做出這種乍看之下無法理解的行動。這次的行動也是渡葉的言行超出那個基準的結果。

不把握那個基準的話，今後要促使阿基拉展開行動將會很困難。阿爾法做出這樣的判斷，持續觀察阿基拉。

阿基拉以槍械牽制其他男人並做出警告。

「把槍丟掉。5、4、3……」

站著的男人們急忙把槍丟掉。然而中彈倒在地上的男人卻因為劇痛，顧不得阿基拉的指示。

阿基拉持續倒數，並把槍口對準地板上的男人的頭。

「……2、1……」

「等等！我馬上讓他丟掉！不要開槍！」

其他男人急忙阻止阿基拉，接著從地板上的男人那裡拿走槍，跟自己的槍一起踢到遠處。這下子阿基拉才終於放下槍。

現場籠罩在一片寂靜當中。所有人都以膽怯的眼神看著毫不猶豫就在沒有任何警告的情況下射殺渡葉的阿基拉，只有阿基拉看起來跟平常沒有太大的不同。

阿基拉對男人們問道：

「所以，你們是那個叫志島的傢伙所率領的幫派的成員嗎？」

「是、是啊。別開槍、別開槍喔。」

「帶路吧。謝麗爾，我們走。」

謝麗爾無法掌握事態，僵在現場。當她理解阿基拉的指示後，就又因為另一個理由而僵住。回過神的謝麗爾表情出現極大的扭曲。

「……咦咦！」

謝麗爾發出慘叫般的聲音。

◆

志島的幫派跟謝麗爾的幫派一樣，都是存在於貧民窟的無數幫派之一，但是跟謝麗爾他們的弱小幫派不同，人數與地盤大小都算是中等。

阿基拉與謝麗爾來到志島等人的據點。

阿基拉他們和其他志島的部下正待在據點內部較大的房間。阿基拉他們是被志島的部下帶來這個房間。

志島從一臉慌張的部下那裡聽到阿基拉他們來訪的消息，接著對令人懷疑是否為真的報告內容有些煩惱，但是考慮到繼承西貝亞地盤的幫派老大以及作為其後盾的獵人都特地一起過來了，就決定與他們見面。

志島進入阿基拉他們等待的房間之後，眼前就是正如報告的光景。

保持平靜的阿基拉；僵著臉的謝麗爾；因為中彈的劇痛露出痛苦表情的部下以及幫忙攙扶的其他部下們；然後就是被一路拖到這裡，在地板上留下血跡的渡葉屍體。

殺掉渡葉的阿基拉拖著屍體來見志島。進入房間的志島見到的光景具備讓他相信部下報告的強大說服力。

失去一隻腳的男人為了報告狀況，只做了緊急處置就留在現場。志島對部下做出指示。

「……那傢伙可以退下了。好好地幫他治療，去吧。」

志島的部下們扶著負傷的男人離開房間。志島稍微以視線目送他們離開後，就把目光移回阿基拉身上並從容地問：

「是你幹的嗎？沒錯，我就是志島。附近的幫派是由我指揮。」

阿基拉鎮定地回答：

「嗯，是我做的。我是阿基拉，她是謝麗爾。雖然她和殺人沒什麼關係，也算是相關人員，所以把她帶過來了。因為我覺得還是讓她掌握一下狀況比較好。」

「是嗎？那我就簡單問一句，你來做什麼？」

「交涉與確認。」

「原來如此。那麼，先坐下吧。」

房間中央有一張桌子，左右兩邊各擺了沙發。阿基拉按照志島的建議坐到沙發上，志島則坐到他的對面，謝麗爾像被留下來般站在那裡。

阿基拉鎮定地對謝麗爾搭話：

「妳不坐嗎？」

完全不像闖入敵境的小孩子會有的大膽態度。

志島也沉著地對謝麗爾搭話：

「妳就坐下吧？」

完全不像部下被殺害的男人會有的平靜態度。

謝麗爾以僵硬的動作坐到阿基拉身邊。來到更大幫派的據點，而且是跟殺害該幫派手下的人一起來，這是極為自然的態度。

志島觀察阿基拉。在他眼裡看來，阿基拉是態度很自然的普通小孩，也就是說，這個小孩子是個怪人。

由自己殺害的男性屍體；那個男人隸屬的幫派的老大；以不懷好意的視線看過來的眾武裝人員。

跟這些人一起處於同一個房間還能滿不在乎的小孩顯然不是普通人。

身邊坐著因為焦躁與緊張而皺起臉的謝麗爾，也襯托出阿基拉的非比尋常。

謝麗爾拚命想虛張聲勢，卻無法順利成功，只見她不斷冒出冷汗並且發抖。想把視線從志島身上移開，結果看到前方渡葉的屍體又急忙看向其他方向，一副靜不下來的模樣。

志島看見這一幕就降低了對謝麗爾的警戒，同時提升對阿基拉的戒心。

「你來這裡是要交涉與確認嗎？雖然不知道發生了什麼事，嗯……不過就先聽聽看內容好了。你說吧。」

志島這麼表示並拿出資訊終端機開始操作，對於跟阿基拉他們的交涉沒有興趣，沒打算認真聽他們要講什麼。志島表現了這樣的態度。

謝麗爾知道自己跟志島他們之間力量的差距，所以不認為志島的態度沒有禮貌，反而看見他面對自身幫派手下被殺還沒有太大反應，就認為不會突然被殺而放下心來。

阿基拉平靜地對志島宣告：

「會遭到各個擊破，勸你還是不要。」

志島正在操縱資訊終端機的手停了下來。他正要傳送集合眾主要戰鬥成員的指示。

說起來志島之所以會讓阿基拉他們進入據點，是因為認為謝麗爾等人是為了跟渡葉他們交涉時發生偶發的戰鬥，因而有人死亡一事前來道歉。

但是實際見面後，謝麗爾就不用說了，至少可以知道阿基拉並沒有那個意思。

要是要求追加人員，在集結前就會加以各個擊破，自己將率先攻擊這個房間裡的人。如果是現在這個房間裡的人數，自己應該可以全部幹掉——阿基拉如此暗示，而且是認真的。

不想死就住手。志島理解阿基拉的警告了。

志島的表情沒有任何變化，直接開始思考。就算阿基拉的警告是虛張聲勢或者誇大妄想，一旦交戰，我方也會出現一定程度的犧牲，而且幾乎可以確定自己會包含在犧牲者裡面。這是絕不希望發生的事情。

如果可以避開阿基拉的耳目呼叫完追加戰力，那就能順利把他幹掉。不過已經被他發覺還開口阻止了。

正確來說是阿爾法發現並通知阿基拉，但志島根本無從得知。而這對志島來說沒有什麼差別。

志島再次判斷阿基拉是深不可測的對手，更加強警戒。

（……看來西貝亞他們被這個小鬼殺死並非偶然。看起來只是沒什麼實力的普通小鬼，但就是被這個小鬼的外表所騙，輕易發動襲擊，才會遭到反噬嗎？這小鬼真像地雷一樣。）

志島緩緩把資訊終端機放到桌上，然後保持冷靜，發出具有幫派老大威嚴的聲音。

「你倒是很強硬嘛。」

阿基拉稍微加強語氣回答：

「比遺跡和荒野好多了。怪物就算被幹掉，其他傢伙也不會逃走。」

「原來如此。是獵人才會有的回答嗎？」

謝麗爾無法掌握現況，只是默默聽著阿基拉他們的對話。但是對莫名的氣氛感到疑惑，於是在腦袋裡再次確認兩人的言行，思考了一陣子後才終於理解是怎麼一回事。

然後當謝麗爾發現剛才狀態一觸即發，最後是志島收手才免於一場死鬥的瞬間，臉就一口氣變得蒼白。

阿基拉完全不在乎身邊謝麗爾的狀況，以沉穩的態度繼續說：

「我想確認的事很單純。不論情況如何，我終究是殺了你們的一個人，然後讓一個人受傷了。」

「是啊。」

「那麼，你們接下來有什麼打算？做出蠢事的傻瓜死了，事情就這麼結束？還是自己人被殺了，要徹底抗戰作為報復呢？如果是後者，要殺幾個人才能讓其他人放棄抗戰？我要確認一下這些事。」

阿基拉把視線移到謝麗爾身上。

「舉個參考的例子，西貝亞他們的話，幸好是只有包含了西貝亞在內的十個人左右。對吧，謝麗爾？」

在極為危險的對話當中，話頭突然被丟到自己身上，謝麗爾急忙回答：

「咦？嗯！是、是啊！我的幫派裡絕對沒有人想殺害阿基拉！絕對沒有喔！」

志島以憤恨的態度接著說：

「沒有人會因為那個臭傢伙被殺就想報復啦，反而覺得高興的人還比較多，包含我在內。」

這時候志島注意到過於焦躁的自己，於是刻意像要轉換心情般恢復成原本沉穩的態度。

「嗯，別這麼快下結論。雖然從結論說起會讓事情比較快結束，但有時候仔細聽事情經過，印象會因此改變而讓之後的判斷也跟著不同。要慎重地談論這件事的話，也得重視過程才行。那麼我問一下，你為什麼殺了那個傢伙？」

「因為他威脅我。」

「……就因為這樣？」

「要補充的話，就是他用了讓我想殺人的威脅方式。我們沒有可以互開玩笑的交情，應該要多注意發言。」

如果這單純是思慮、心胸都很淺薄的混混所說的話，志島應該會嗤之以鼻吧。

「即使誠心誠意、誠懇仔細地說明也不保證能正確傳達自己的意圖，要如何解釋發言是隨聽的人。我是個膽小鬼，如果有人表示要殺掉我，在被幹掉之前不先下手的話我晚上會睡不著。」

然而如果是滿不在乎地把屍體拖過來的瘋狂流氓說的話，志島就必須思考一下了。

「對我說這種話的盡是些言出必行的人，因此在對方實現所說的話之前就先幹掉對方了。」

阿基拉一直盯著志島。他對志島傳達這樣的訊息：我很注意用詞遣字；別威脅我；我不會認為你的發言是在虛張聲勢。

「加上那個傢伙要求謝麗爾交出據點及所有地盤，說不定原本就是用來作為抗爭藉口的砲灰？」

「……那傢伙竟然說出這樣的話嗎？」

志島對謝麗爾投以帶有確認之意的視線，結果謝麗爾就急忙用力點點頭。

「的、的確這麼說了。」

謝麗爾看起來像在敷衍了事，但又不像在說謊。志島如此判斷後嘆了一口氣並抱住頭。

渡葉的言行確實可能被判斷為是整個幫派發動了抗爭。志島掌握事情經過之後，將完全不把戰鬥與殺戮當一回事的阿基拉考慮進去，便開始思考要溫和地結束這整件事情。

「嗯，我知道我們也有不對的地方了。我只是想消除可能引起抗爭的憂心事項，因為沒有完善管理的地盤就像是紛爭的種子。」

志島嫌麻煩般嘆了一口氣，刻意對阿基拉他們展現出轉換了心情的態度。

「那我們回到主題。考慮到我方的缺失，也就是渡葉拙劣的言行，我也想和平地解決這件事。」

志島尋求回答般望向阿基拉。

「我也是。我不打算進行無謂的殺戮。」

阿基拉這麼回答完就看向謝麗爾，志島也把視線移到她身上。結果至今一直被排除在外的謝麗爾突然變成當事者，便開始慌張。

「……咦？我、我嗎？我也認為和平解決比較好。」

志島把視線移回阿基拉身上，繼續表示：

「看來我們三個人都同意和平解決這件事，那麼接下來就是該怎麼和平解決了。不論事情是如何開始的，希望能考慮到只有我方有人員傷亡。」

阿基拉以沉默回答對方。志島思考他沉默的意義，繼續說道：

「……但也不能要求你們叫幾個人出來讓我們開槍射擊，這樣只會引發新的紛爭。我看就用錢來解決這件事吧。」

接著他像在思考般隔了一段時間才說出結論。

「……這個嘛，就一百萬歐拉姆吧，這樣雙方就算扯平了。然後今後也跟你們幫派締結良好的關係，這也是為了避免再度發生類似事件。我認為以出現死者的紛爭來說，這樣算不錯的解決方式了，你認為呢？」

阿基拉沉穩地對謝麗爾宣告：

「謝麗爾，對方說要一百萬歐拉姆。」

謝麗爾一瞬間無法理解阿基拉的話代表什麼意思，臉上浮現困惑之色。但她立刻就了解是怎麼回事，臉色也跟著變成鐵青。

要他們靠自己付一百萬歐拉姆是不可能的事，然而回答不願意的話，和平解決事情的機會將會消失，恐怕會再次變成互相殘殺的情況。這樣的擔心讓謝麗爾更加慌張，只能發出近似尖叫的聲音。

「辦不到！等等，我不是不想付，但我們沒有這麼多錢！之後也不會獲得這麼大一筆錢！」

阿基拉的表情變得有些嚴肅。

「我現在手頭也沒那麼寬裕，沒辦法付這筆錢喔。我沒騙人，錢都花在裝備和彈藥上了。省這些錢的話我會因此喪命，所以沒有多餘的錢。」

志島的語氣增加了一點魄力。

「我們也同樣在賭命。稍微威脅一下只有小鬼的幫派，結果遭到反擊還有人死亡，最後還垂頭喪氣地退讓。要是這種事情傳出去，我們會被附近的幫派瞧不起然後開始一陣腥風血雨。能夠用錢解決的事情也有最基本的金額啊。」

他又強調「何況這是大的幫派對小幫派讓步」這一點。

「話先說在前面，光是願意用錢解決出現死者的事件，我們已經做了很大的讓步嘍。」

沉默持續了一陣子，所有人都因為自己的理由無法退讓。令人窒息的沉默持續著。

之後阿基拉認輸，伴隨著輕聲嘆息說出替代方案。

「我先付五十萬歐拉姆作為訂金，之後再付五十萬歐拉姆，這樣如何？我能拿出來的現金最多就只有五十萬歐拉姆了。」

「另一半什麼時候能付？」

「獵人沒有定期收入，要等我賺到有多餘的錢才能付。」

志島開始深思般沉默下來，其實大部分是在演戲，但剩下來的部分是在思索拒絕這個替代方案時該如何應對，最後做出了結論。

「那好吧。」

阿基拉從背包裡取出五十萬歐拉姆放在桌上。那是為了需要現金時預先從戶頭提領出來的錢。

志島用下巴對部下做出指示。其中一名部下拿著那五十萬歐拉姆離開房間。

「雖然只是暫時，在付完錢之前就先認定這件事和平結束了。那麼請回吧，還有許多事情得跟部下說明，我很忙的。」

阿基拉默默站起來離開房間，謝麗爾也急忙跟在他後面離開。

志島默默目送阿基拉他們離去後，留在房裡等待部下報告。不久，進到房內的部下開口：

「離開據點了。」

「這樣啊……可惡的傢伙！」

志島大叫，開始露出憤怒的模樣。

「那個小鬼是怎麼回事！竟然真的要來殺人！腦袋是不是有問題啊？」

他趁勢吐出內心的話。

「才想說西貝亞那個傢伙終於死了，結果冒出一個更瘋狂的小鬼！那個小鬼會出現也是因為西貝亞攻擊了他！也就是說一切都是西貝亞害的！」

地位上比較接近志島的男性部下對調整急促呼吸的志島露出疑惑的表情。

「老大，我們真的要跟那個小鬼的幫派和平相處嗎？」

「暫時是這樣。那個叫作阿基拉的小鬼還活著的時候，先裝出和善的樣子，何況剩下的錢也還沒付。」

原本一百萬歐拉姆根本不夠，調降和解金是考慮到阿基拉的危險性所做出的結論。

「在那個叫什麼謝麗爾的小鬼使用阿基拉這個危險物品期間沒必要隨便與其對立，知道了嗎？」

「那個叫阿基拉的小鬼死了的話怎麼辦？」

「如果那個小鬼死了，不用我們出手，那個幫派就會瓦解了吧。到時候再來思考即可。也必須跟其他傢伙調整地盤分配等事情吧。」

原本應該能更快進行這種調整，卻因為謝麗爾而停止了。

「……沒錯。如果那個叫什麼謝麗爾的小鬼沒有把阿基拉當成後盾來組成自己的幫派，就不會發生這種麻煩事了。只要跟其他傢伙把地盤分一分就可以了。」

無意識回想起造成意料外紛爭的原因，志島內心的焦躁感再度高漲。

「……那個叫謝麗爾的小鬼原本應該隸屬於西貝亞的幫派……也就是西貝亞害的嗎！可惡啊！」

試圖保持平靜的志島看見放置在地上的渡葉屍體，再次叫道：

「……這傢伙原本也是西貝亞的手下，由於帶來不錯的禮物才讓他加入，結果竟然引發超過禮物價值的紛爭！西貝亞這個臭傢伙死了也要作祟！可惡！真是礙眼！快點把這個垃圾丟掉！」

渡葉的屍體被粗暴地搬離房間，之後也隨便被處理掉了。

荒野有自己需要賭命的事情，不過貧民窟當然也有自己的賭命時刻，在那裡做出錯誤選擇的笨蛋將會死去。被胡亂丟棄的屍體就是同時滿足兩個條件的人的末路。

結束跟志島的交涉後，阿基拉送謝麗爾回到據點。但是他的腳步非常慢，甚至比拖屍體時還慢。

原因出在謝麗爾身上。走在阿基拉身後的謝麗爾步伐非常緩慢。由於實在太慢了，就算阿基拉以平常的速度走，還是會變成像丟下謝麗爾不管。

一開始每當距離拉開被阿基拉輕聲搭話，謝麗爾還會慌張地跑過來。

但是走一陣子後，距離又會再次拉開。當重複好幾次同樣的過程，謝麗爾跑過來的速度也變慢，然後變成步行，最後終於停下腳步，再也不繼續往前走了。

即使是在各方面都很遲鈍的阿基拉，這下也覺得謝麗爾很奇怪，走到她身邊想仔細確認她的樣子，接著就感到更加困惑。因為謝麗爾正低著頭無聲地哭泣。

在困惑的阿基拉面前，謝麗爾終於注意到旁邊的阿基拉。她隨即默默地緩慢抬起頭。

如果是平常的謝麗爾，就會做出某些回答來討阿基拉歡心。但是她現在沒有這麼做，只是抬起頭來。抬頭已經是目前謝麗爾的極限了。

相當困惑的阿基拉與靜靜哭泣的謝麗爾四目相交。隔了短暫的時間，阿基拉即使對完全超出自己應對能力的狀況極為困惑，還是努力向對方搭話。

「怎、怎麼了嗎？」

結果謝麗爾整張臉皺在一起，開始大聲哭泣。

之前也發生過這種事，阿基拉如此回想初次跟謝麗爾見面的情況，並對阿爾法投以求救的視線。

『這次不是我的錯吧？』

阿爾法露出意義深遠的微笑。

『哎，誰知道呢？總之就跟上次一樣，要是繼續維持現狀，很可能又要被周圍的人懷疑了。』

阿基拉厭惡般皺起臉。

阿基拉在狹窄的旅館裡不知該如何是好。雖然暫時成功逃離周圍的視線，超越阿基拉應對能力的狀況依然持續當中，必須思考如何面對在眼前不斷嗚咽的少女。

要是強行把持續哭泣的謝麗爾送回據點將會引起不必要的誤會，但又不能丟下她不管。如此思考的阿基拉稍微猶豫後，就跟上次一樣把謝麗爾帶回旅館。

上次建議謝麗爾去泡個澡，她就恢復冷靜了。然而這次的便宜房間沒有附浴缸，阿基拉也不認為簡易的淋浴能替代泡澡。

以亂成一團的腦袋持續思考的阿基拉決定嘗試混亂當中想出的辦法。平常的阿基拉不會用這種方法，這也顯示出他有多麼混亂。

他畏畏縮縮地來到謝麗爾身邊，默默抱緊她。他想起之前被靜香抱緊時一開始雖然驚慌，最後卻感到很平靜的經驗，於是沒有想太多就跟著模仿。他只是單純想著對方討厭的話立刻停止就好了。

謝麗爾毫不抵抗，只是默默被抱緊。過了一會兒，謝麗爾也抱住阿基拉，同時嗚咽變得更嚴重。

嚇一跳的阿基拉急忙想離開謝麗爾，謝麗爾卻拚命用力抱住阿基拉不讓他離開。

阿基拉拗不過她，只能輕嘆一口氣，接著便放鬆力道不再將她推開，就這樣輕輕抱住她。

過了一會兒，謝麗爾的嗚咽聲停止了。阿基拉確認她的狀況，就發現她似乎是哭累而睡著了。

「……搞什麼嘛。」

阿基拉露出有點疲憊的表情，嘴巴則呢喃著自己也搞不太懂的台詞。

◆

謝麗爾已經快到崩潰邊緣了。著實幾乎快要崩潰的她精神狀態相當危險，就像出現無數裂痕，只要稍有衝擊就會粉碎的玻璃工藝品。

所屬的幫派瓦解，想加入其他幫派也失敗，失去能獲得一定生活保障的生活基盤及後盾後，被丟到貧民窟的巷弄裡。這樣造成的精神負擔可以說相當嚴重。

或許是對過於殘酷又看不到未來的狀況感到疲憊的心讓判斷產生錯誤，謝麗爾即使是攻擊阿基拉的成員之一，還是抓著或許對方不記得自己的一絲希望，鼓起勇氣與阿基拉交涉，盼能脫離苦境。

但是這種樂觀的希望輕易就被擊潰。沒談到什麼話就被看穿，接著受到威脅，因為害怕遭到殺害而發抖。這也讓疲憊的心靈繼續被刨開、貫穿以及受傷。

之後經過出乎意料的發展，謝麗爾獲得了阿基拉這個後盾，不過相對地必須成為老大率領繼承西貝亞地盤的新幫派。

這個後盾也不是能夠立刻保證自身的安全。後來以虛張聲勢騙過闖進據點的人，好不容易才度過難關。逃過一死的真實感也持續讓謝麗爾的心感到疲憊。

之後幫派的營運也是問題一大堆。阿基拉一直不到幫派來露臉，好不容易現身，幫派成員又開始找阿基拉打架。然後被阿基拉介紹的商人狠狠地威脅，連阿基拉也威脅她如果幹蠢事就要把她殺掉。

阿基拉雖然是合作者，但並非夥伴。謝麗爾好幾次都被提醒這件事。

再加上這次的騷動。在幾乎快開始槍戰的狀態下所進行的交涉，把謝麗爾好不容易才保留下來的精神削弱到臨界點。謝麗爾真的快崩潰了。

被削弱到快粉碎的心，以及用這樣的心思考的今後的各種問題，都讓謝麗爾回據點的腳步變得又慢又沉重。

然後她不小心注意到了，今後這種不斷消磨精神的日子還得持續下去。這個事實讓謝麗爾已經快到臨界點的心靈一口氣潰堤。

她幾乎是無意識地不停哭泣。她沒有注意到自己正在哭，只是持續流著眼淚，像是要尋找能依靠的對象般不斷地哭。

之後不知道經過多少時間，謝麗爾發現自己正被某個人緊抱著。雖然不知道是誰，謝麗爾感覺這個擁抱像是某個人在對自己說「可以依靠我喔」。

謝麗爾用絕不放手的力量抱緊對方，當力氣用盡時發現沒有被推開而有些放心，接著就睡著了。

◆

阿基拉坐在地上操作資訊終端機，謝麗爾則依然抱著他。

他差點被纏住他後直接睡著的謝麗爾推倒，急忙重新坐好後謝麗爾似乎還是不放手，於是決定在她醒來之前隨她高興。

然後現在謝麗爾還沒起來，阿基拉正在閱覽網路情報打發時間。這也算是使用資訊終端機的情報收集訓練之一。

網路上存在龐大的情報。因為實在太多了，沒有搜尋技術的話幾乎不可能得到想要的情報。

　雖然有許多搜尋用的網站，然而對不久前還在貧民窟巷弄裡生活的阿基拉來說，要使用這種網站還是十分困難。

　重要情報與高價值的情報基本上都需要付費，必須靠以買賣情報維生的個人與組織仲介才能獲得。網路上有無數供獵人使用的付費網站，販賣能賺錢的遺跡所在地以及擊破強力怪物的方法等各式各樣的情報。

　另外也有因為各種理由免費公開各式情報的網站。能從這樣的網站篩選出高信賴度的有益情報也是獵人能存活並出人頭地的重要能力。

　只不過阿基拉的搜尋能力並不怎麼高明，現在連明天的天氣還有附近的飲食店都無法順利找到。雖然拜託阿爾法就能一瞬間找到，但阿基拉作為訓練自行努力著。在搜尋過程中被映入眼簾的其他情報吸引，不小心就繼續查看內容而耗費不少時間。結果他也跟一般人一樣，累積了不少這種經驗。

　當阿基拉度過一段可以稱為浪費時間或者學習一般常識的光陰後，謝麗爾終於醒過來了。

　謝麗爾幾乎維持擁抱的姿勢，茫然在非常近的距離持續凝視著阿基拉。

「醒來的話就放開我。」

　應該冷靜下來了吧。這麼想的阿基拉只這麼說完就想把謝麗爾推開。

　下一瞬間，謝麗爾就像要拚命纏住阿基拉般灌注力道，表情也變成快崩潰的哭臉。

　謝麗爾懇求一臉困惑的阿基拉。

「……請救救我。」

　像是沒有其他人可以求救的她以虛弱的表情、泫然欲泣的雙眼懇求幫助。

「……請救救我吧～～」

當阿基拉因為困惑而無法回答時，謝麗爾就把他的沉默解釋為拒絕，再次哭了起來。靠著睡眠取得的休息給了情緒不穩定的謝麗爾再次哭泣與叫喚的力氣與體力。

阿基拉習慣別人用帶著敵意、輕蔑或嘲弄的視線看著自己，但是對朝自己投以懇求視線的人卻是相當陌生，也因此有點被謝麗爾所震懾，不由得說出臨時想到的答案。

「知、知道了。我會救妳。」

謝麗爾微微停止動作，然後像是感到放心般露出微笑，帶著有點高興的表情閉上眼睛。

宛如一放開就會墜崖而死般拚命抓住的手放鬆力道。原本想抓住他的手所支撐的身體像要把自己交給對方，整個人輕輕靠向他。

即使如此，謝麗爾還是緊抱著阿基拉，就這樣以沉穩的表情睡著了。

「到底在搞什麼……」

阿基拉輕輕抱住頭，嘆了口氣。

阿基拉先讓謝麗爾睡到旁邊的床上，接著開始最近的日課兼訓練的槍械保養。

他跟平常一樣逐步完成ＡＡＨ突擊槍的保養。除了有這把槍是自己的生命線這樣的自覺，他還一邊對自己說隨便保養的話就會喪命，謹慎仔細地持續作業。

ＡＡＨ突擊槍不但堅固耐用，就算在惡劣的環境下使用時稍微粗暴一些也很少故障，屬於比較容易保養的名槍。從一百年來都受到東部許多獵人的愛用，就能知道它絕非空有虛名。

阿基拉也在各個方面受到它的恩惠。不論是保養還是射擊的技術，阿基拉不久前都還是個外行人。即使如此，他目前在保養ＡＡＨ突擊槍的領域已經達到熟練的程度，光靠著這把槍就存活到現場。這正是它身為名槍的證據。

『在隨便購買其他槍械之前，或許再買一把來備用比較好喔。』

『是啊。也有雙手持槍這個手段。』

阿基拉的腦海浮現自己在荒野被怪物包圍依然毫不膽怯地雙手各自握著ＡＡＨ突擊槍的模樣。

腦海當中，阿基拉交叉手臂以右手的槍瞄準左側敵人，左手的槍則攻擊右側的敵人，但是視線沒有看向左右的敵人，以嚴肅犀利的表情震懾周圍敵人般看著前方。

那是只重視外表的外行人所描繪出來的經過無謂渲染的帥氣模樣。

『……聽好了！』

阿爾法正確讀取到他腦中的影像。原來是阿基拉無意識地以念話傳送出去了。

『用那種持槍方式，開槍命中的機率很低，一個搞不好手臂還可能因為後座力而骨折喔。』

阿基拉因為腦袋描繪的模樣被發現，露出有點害臊的樣子。

『真、真的完全不行嗎？』

『因為支撐槍械的身體能力壓倒性不足。現在的你用單手拿ＡＡＨ突擊槍射擊，最多只有威嚇的效果吧。穿上強化服的話就算是有些勉強的姿勢，也可以壓抑槍械的後座力，要同時拿兩把就得等到那個時候。』

『越來越等不及強化服寄達了……在強化服抵達之前不會再發生奇怪的騷動或什麼了吧？』

『別說觸霉頭的話。』

『……知道了。』

阿基拉重新打起精神進行保養，途中無意間看向謝麗爾的方向。

『阿爾法，妳覺得那到底是怎麼回事？』

阿爾法輕輕搖頭。

『我也不太懂謝麗爾的反應。原本以為是碰到許多事感到疲憊，但似乎更加嚴重。謝麗爾醒來之後，你還是別問太多比較好。』

阿爾法沒有跟阿基拉說明推測謝麗爾的精神狀態轉變一事，因為她判斷不說明才對自己有利。

『你今天就休息吧？我想麻煩都結束了，為了明天可能還會發生的事，還是充分休息比較好。』

『說的也是。結束之後我馬上就會睡了。』

阿基拉完成槍械保養，跟平常一樣靠簡單的淋浴壓抑想泡澡的欲望。

接著就到床邊，把先睡著的人移開後躺到剩下的空間。這樣變成跟謝麗爾同床共眠，但是阿基拉沒有想太多就閉上了眼睛。

地板很硬，付住宿費的也是自己。而且雖然搞

不太懂，不過她都拚命抱住自己了，這樣就算睡在旁邊應該也不會有什麼怨言吧。這麼想的阿基拉就不再介意，進入了夢鄉。

◆

隔天，謝麗爾比阿基拉早醒來，她試圖以朦朧的意識確認狀況。當她注意到睡在旁邊的阿基拉，就放心地帶著還沒睡醒的臉抱著阿基拉再次沉睡。

然而突然被抱緊的阿基拉醒了過來，接著就把抱住自己準備睡回籠覺的謝麗爾叫醒。

「別睡了，快起來。放開我。」

阿基拉這麼說完，有些擔心昨天的狀況會不會又再度上演。

但是謝麗爾這次就乖乖地放開阿基拉。她睡眼惺忪地撐起身子，伸了一個大大的懶腰，輕輕揉了

眼睛後就盯著阿基拉並露出開心的微笑。

「早安。」

「……早、早啊。」

阿基拉看到謝麗爾跟昨天完全不同的模樣，感到有點困惑。

她的表情洋溢著自信與從容，完全不見昨天的陰影。燦爛的笑容讓少女天生的美貌提升了好幾倍，劇烈的改變甚至讓人覺得有點恐怖。

之後一起吃早餐，餐點是平常的冷凍食品，也就是一如往常不怎麼美味的食物，但是吃著的人模樣跟平常不同。

阿基拉也在稍微被氛圍完全改變的謝麗爾所震懾的狀態下用餐，謝麗爾則是一副沉穩但很高興的樣子。如果味道直接反應在表情上，這幅光景看起來實在不像在吃同樣食物。

謝麗爾暫且停下用餐的手，客氣地對阿基拉低下頭。

「阿基拉，昨天很抱歉，給你添麻煩了。」

「咦？噢，看來妳已經沒事了，不用在意。」

阿基拉沒有仔細想過就這麼回答，然後回想起昨天發生的事。

昨天騷動的源頭是謝麗爾他們的紛爭，但是把紛爭擴大成那種地步的是阿基拉。阿基拉不怎麼覺得是自己的錯，不過至少有這樣的自覺。

難道是拐了彎在諷刺自己嗎？即使如此猜疑，還是把它當成只是一般的道謝。

阿基拉有點在意謝麗爾對隨便跟自己扯上關係結果引發的麻煩事有何感想，就做出混雜著各種情緒且無關痛癢的回答：

「嗯，昨天發生許多事情，下次有什麼事再告訴我吧。」

還是別找你比較好——如果這麼想，應該會有一定的反應。阿基拉心裡這麼認為。

謝麗爾卻展現了出乎意料的反應。她很開心似的微笑著拜託阿基拉完全看不出關聯性的事情。

「這樣的話，現在可以抱著你嗎？」

這下就連阿基拉都感到困惑了。他一臉疑惑地反問：

「……為什麼？」

「抱住你就覺得安心。怎麼說呢，就是給人很沉穩的感覺。」

「不行。」

「有什麼關係嘛，又不會少塊肉。」

「不行，會少。我的機動性和運動性會減少。首先，目前在吃飯，被妳抱住會很難進食吧。」

「這樣的話就讓我來餵你吧？」

「……吃飯這點小事我自己來就可以了。」

「那吃完飯就可以了吧？」

謝麗爾持續帶著微笑追問。阿基拉面對她強硬的態度，有些驚慌地退後，結果她輕輕探出身子。

「營運幫派真的很累人，我想我的精神因此感到疲憊，昨天也是因為這樣才會給你添麻煩。這是為了防止再犯，這麼一點小事就能減少麻煩你的機會，不是很好嗎？」

面對謝麗爾跟昨天完全不同的態度，比起疑問，困惑的感覺更為強烈，阿基拉心裡茫然想著。

感覺要是一直隨便找答案來拒絕，在自己答應之前對方會加上各種理由，這樣的對話將會沒完沒了。但是強烈拒絕的話，可能又會回到昨天那樣的狀態，那就麻煩了。

既然如此，被她抱住還好得多，畢竟並不會感到不愉快。阿基拉做出這樣的判斷。

「好吧，就等吃完再抱。」

謝麗爾露出很高興的微笑。

「謝謝你。」

雖然很輕微，謝麗爾確實成功誘導了阿基拉的思考。阿爾法注意到這一點，稍微提升對謝麗爾的警戒。

吃完飯，謝麗爾按照約定抱住阿基拉。面對坐著的阿基拉，她擺出從正面輕輕跨過他腿部的姿勢，把手繞過他的脖子跟背並露出沉溺在安心感的表情，接著又說出追加的要求。

「可以請你把手繞過我的背，然後撫摸我的頭嗎？」

「……嗯，是可以啦。」

阿基拉按照對方的指示做，謝麗爾就從嘴裡發出模糊的聲音，臉上露出幸福的放鬆表情。

（我到底在做什麼……）

阿基拉一臉尷尬，對自身的行動感到懷疑。他看見露出別有深意的微笑的阿爾法後，就有些不高興地皺起臉。

『怎麼了？』

『沒事。話說，你倒是很聽話嘛。』

『妳要我怎麼辦呢……』

『誰知道？我也不曉得該怎麼辦。不過這樣下去她永遠不會離開你，今天要這樣學習嗎？』

繼續下去的話，真的得淪落到被謝麗爾抱著學習。這麼想的阿基拉把手從謝麗爾頭上移開。

「謝麗爾，差不多該放手了吧。我還有許多事要做。」

「……我知道了。」

謝麗爾以寂寞般的聲音回答完，依依不捨地放開阿基拉。原本認為她會強烈反抗的阿基拉這才稍微鬆了口氣。

謝麗爾像要轉換心情，微笑著說：

「我要回據點了，必須跟大家說明昨天事情的經過。不介意的話，是不是可以送我回據點呢？」
「嗯，好吧。」
「謝謝你。」
謝麗爾開心地微笑，有禮貌地低下頭。
之後阿基拉就送謝麗爾回到據點。這段期間謝麗爾一直很開心，途中即使被阿基拉的疑惑視線盯著看也完全不在意，只是回以高興的微笑。
謝麗爾在據點入口客氣地低下頭。
「謝謝你送我回來，有什麼事的話會再跟你聯絡。另外，你有空就請來這裡露個臉，這樣我會非常高興。」
接著她對阿基拉露出帶著期待的笑容。
「我也會努力不再給你添麻煩。只不過，管理幫派真的很累人，能像今天一樣有轉換心情的機會將會給我很大的幫助。」
「……嗯，我會找空檔來露個臉。」

「太感謝了。靜候你的光臨。」
謝麗爾目送阿基拉離開，一直到再也看不見他的身影。
阿基拉在回家路上微微發出沉吟。自覺被謝麗爾操控的他回想昨天到今天為止發生的事情。
『阿爾法，謝麗爾果然很奇怪吧？總覺得變化很大，我也說不上來……』
『她也沒有悶悶不樂，我想不用太在意吧。』
『嗯，是沒錯啦。』
阿爾法臉上出現感到不滿的表情。
『跟那種事比起來，我希望你把心思放在強化服抵達前不要再引起麻煩這件事上。這次也很危險喔。』
阿基拉帶著苦笑辯解：
『抱歉啦，我也沒想到事情會變成那樣。』
阿基拉的藉口是為了自己粗心而沒想到會發生

預料外的事情辯解，並非為自己讓事情更加惡化做解釋。

而他並沒有這樣的自覺。理解這一點的阿爾法再次確認要控制阿基拉有多麼困難。這時，她露出有點認真的表情叮嚀：

『在強化服送達之前，真的不讓你外出了。』

『我知道啦。這次我會乖乖待在房裡。』

阿基拉為了討阿爾法歡心，確實地這麼回答。

◆

謝麗爾幫派的孩子們度過了難以成眠的一晚。由於發生那麼大的騷動之後，離開據點的阿基拉與謝麗爾過了一晚都沒有回來，大部分的人都抱持悲觀的想法。

阿基拉與謝麗爾已經被殺掉了，事態發展成跟志島幫派的全面戰爭。許多人有這樣的想法，也有不少人逃離幫派了。目前還留著的成員與其說是相信謝麗爾他們，其實很多人是因為根本沒有其他地方可去。

隔天早上，留在據點的成員像說好了一樣聚集在大廳。其實也沒有要在這裡商量什麼改善事態的辦法，只是因為大家聚在一起比較容易舒緩不安的感覺。

這時候，謝麗爾回來了。這個瞬間就引起了一陣騷動。

謝麗爾即使見到眾人驚訝與不安的模樣，依然帶著從容的微笑。

「我回來了。我不在的期間發生什麼事了？」

孩子們慌張地逼近謝麗爾。

「還問發生什麼事！之後你們究竟怎麼了？」

即使就某種層面來看算是被包圍，謝麗爾還是非常冷靜。

「別擔心，已經好好跟志島他們談好了。沒問題喔。」

孩子之間出現更大的騷動。雖然是盼望的回答，但內容實在太過出乎意料，因此所有人都開始要求詳細的說明。

「真、真的不用擔心？阿基拉呢？那傢伙沒有跟妳一起嗎？被殺掉了嗎？」

「真的跟志島談好了？但那些傢伙的夥伴被殺了耶。是怎麼談的？」

「必須交出據點還是地盤嗎？這部分又怎麼樣呢？」

謝麗爾像是要讓大家安心，微笑著說：

「阿基拉沒有受任何傷，也不必因為這次的事件把這個據點跟地盤交給志島他們。跟志島他們談好了今後要好好相處，沒問題的。你們放心吧。」

謝麗爾對眾人展現了自信與從容的模樣，從語氣也感覺不到是在說謊或敷衍。孩子們見狀，即使半信半疑還是開始冷靜下來。

這時謝麗爾的表情與口氣變得有些嚴厲。

「那麼，還留在這裡的人在做什麼？應該分配了打掃地盤、巡邏以及收集破銅爛鐵等工作吧？拜託你們的工作都完成了嗎？」

「沒、沒有，就覺得在這種狀況下不是做那些事情的時候……」

「不在這裡的人呢？是請他們代班了嗎？」

孩子們面面相覷，不久才吞吞吐吐地回答：

「……不在這裡的人大概是逃走了。」

謝麗爾很乾脆地回答：

「這樣啊，那就得重新排班了。」

謝麗爾已經預料到會發生這樣的事情。即使從在場的人數推算出脫逃者的數量，也還是完全不感到焦慮，甚至覺得趁早知道因為這種程度的事就逃走的人還比較好，同時以沉穩的聲音做出指示。

「耶利歐，你帶幾個人去找脫離幫派的傢伙，夾帶槍械或食物逃走的話全部拿回來，人就沒必要帶回來了。」

「咦？喔喔，知道了。」

「艾莉西亞，去問一下所有人，掌握留下與脫離的人數，結束後來跟我報告。」

「咦？啊，嗯。」

「其他人去做預定的事情。」

有人與其他成員面面相覷；有人還想詢問許多事情；有人還跟不上事態發展；也有人只是發呆。有各式各樣的反應，但就是沒有人有所行動。

謝麗爾繃起臉大聲表示：

「馬上去做！」

下一刻，所有人都急忙動了起來。謝麗爾看了這一幕才回到自己房間。

耶利歐與艾莉西亞這兩個留在幫派裡的代表性人物看著對方的臉。耶利歐露出疑惑的模樣，更因為有些不安而皺起臉。

「欸，妳不覺得謝麗爾變得有點恐怖嗎？」

看見經過昨天的騷動依然帶著自信與從容笑臉的謝麗爾，艾莉西亞也有同樣的印象。但是她為了紓解耶利歐的不安，也為了保持自身的平靜，輕笑著說：

「是你想太多吧？我看她很從容，而且很有自信啊。」

「是嗎？這樣啊。嗯，她都說沒問題了，還是在那種情況之後，總比看起來不安要好多了。」

「是啊。好了，我們也開始做事吧，不然會挨老大罵喔。」

「說的也是。」

耶利歐他們也打起精神開始工作。

回到自己房間的謝麗爾很開心地構思著今後幫派的營運。

原本謝麗爾就是聰明的孩子，待在西貝亞幫派的時候也是靠這份聰穎投機取巧，藉此過著還算不錯的生活。

但是相對地，她很不喜歡逞凶鬥狠。既然是在貧民窟生活，就有許多被捲進紛爭的機會，然而她都躲在某個人後面來避開這些事情。

不過隸屬的幫派瓦解之後，突然就被丟進隨時都可能死亡的世界。沒有任何準備，瞬間就被丟到原本應該一點一點習慣的世界，而那裡對謝麗爾來說是太過嚴苛的地方。

毫無間斷的緊張、重壓與恐懼死亡的日子持續繃緊謝麗爾的神經。而她的神經無法承受這樣的壓力，無數裂痕已經覆蓋整個精神層面，然後終於受到致命的一擊而碎裂。

四散的碎片在飛散途中尋找可以倚賴的物體。當它們找到之後，就把該物體當成新的支柱，再次聚集，形成新型態的精神軸心。

只是聚集起來的碎片，其不安定的縫隙由軸心湧出的物體填補起來。被稱為救贖、安心、依存的感情強力地黏起碎片與碎片之間，最後甚至讓碎片本身產生質變。

名為謝麗爾的精神經過與阿基拉邂逅而開始的工程，再次建構為同樣名稱但似是而非的物體。

至今為止的謝麗爾因為對世界的恐懼，幾乎沒有發揮她的聰明，但獲得安心，取回自信與從容之後，感覺腦袋就像原本空轉的齒輪忽然開始咬合，變得異常清晰。

謝麗爾思考著，回顧自己近期大部分粗心、滿是漏洞又愚蠢的行動。她從中找到無數需改善的地方，大大地反省之後決心活用在今後的營運上。

腦袋裡浮現一大堆想嘗試的點子，然後不斷重複對這些點子的驗證、重新思考並提出改善案例。

她思索著自身率領的幫派今後的發展。必須更加成長才行，需要獲得更大的成功才行。為了自己，為了阿基拉，也為了創造出在建構自身時已經不可或缺，同時讓雙方充滿幸福的世界。

謝麗爾夢想著充滿希望的未來，獨自露出妖豔的笑容。

第21話　頭部裝備、第六感與超自然

　從靜香那裡接到訂購的強化服送達的聯絡後，一路累積到今天的期待感就讓阿基拉臉上露出極為燦爛的表情。

　他立刻中斷等待期間已經成為日課的學習，迅速完成準備，離開旅館，快步前往靜香的店。

　靜香看見阿基拉壓抑著急的心情走進店裡，就得以窺見他有多麼期待強化服的到來，於是開心地笑著說：

「歡迎，您想要的商品送達了。到這裡來吧，我帶你過去。」

　阿基拉就這樣被帶到商店的倉庫裡面。倉庫裡雜亂地堆著許多貨物，在阿基拉的視線容易停留的位置，放著強化服用的有如槍架的堅固衣架。

　一看到掛在上面的全新強化服，阿基拉立刻注意到那是自己訂購的東西而笑逐顏開。

　強化服是由看起來很柔軟，接近黑色的灰色素材所製成。表面附加了金屬製骨架，背後有像脊椎的支柱沿著骨架，一路延伸到四肢末端，沒有頭盔等頭部裝備。

　阿基拉繞著衣架周圍打轉，興致勃勃地觀察強化服。靜香看見阿基拉比平常更孩子氣的模樣，臉上露出了微笑。

「這就是你想要的商品，ＴＬＴ型Ｃ式強化服。商品名是凱隆。」

　這個商品雖然是2世代左右前的版本，基本的硬體跟最新版沒有太大的差異。只不過基本控制軟體的更新服務已經停止，無法期待藉由軟體更新來提升性能。

對於這樣的商品，有一些熱心的人在網路上公開自行開發的更新版軟體，有時使用之後會發現實際的性能提升了許多。

不過當然不保證動作的流暢度，一個搞不好就可能出現設定錯誤，造成關節反折的危險，所以絕不建議這麼做。靜香如此提醒，說明也告一段落。

阿基拉聽著靜香的說明一邊點頭，但視線完全沒有從強化服上移開。他看起來就像得到新玩具而興奮不已的小孩子。

屈服於好奇心的他直接摸起強化服的布料。可以感覺到化學纖維的手感，以及一起織進布料裡的無數細微硬芯。繼續感受硬芯的手感，就發現與金屬骨骼般的零件連接在一起。

接著觸碰強化服的金屬骨骼部分，結果比想像中還要柔軟。以觸碰金屬的感覺稍微加強力道，骨骼就像橡膠一樣彎了下去。阿基拉急忙放開手。

「靜、靜香小姐，感覺軟綿綿的耶，原本就是這樣嗎？」

「別擔心，沒有啟動簡單穿脫時就會變軟。」

靜香笑著要阿基拉放心。她的笑容看得出很享受阿基拉的反應。

「那就不要只是盯著看，快點試穿一下。要重新取得強化服初期設定用的身體檔案，跟量尺寸時一樣把衣服脫掉吧。」

靜香跟之前一樣以掃描器測量阿基拉的身體，測量後移動到強化服的背部，操作手邊的機器來傳送檔案到強化服的控制裝置。

強化服開始藉由輸入的情報自動調整尺寸。袖子、胯下與身軀部分等開始一點一點縮小，整體變成適合阿基拉的尺寸。

阿基拉看了就發出輕微的驚呼，之後在靜香的幫忙下穿上調整後縮小一些的強化服。

金屬骨骼就像橡膠一樣柔軟，不論是著裝還是之後稍微活動身體時，阿基拉的行動都不會因為硬度而受到阻礙。

但是重量就另當別論了。雖然變成配合阿基拉身體的形狀，強化服的重量也沿著體型分散到身體各處，但還是感覺到直接行動的話體力馬上就會耗盡的沉甸甸的重量。

靜香看著穿上強化服的阿基拉，輕輕點頭。

「嗯，很帥氣嘛。」

「謝謝。」

阿基拉有些害羞，但還是覺得很開心。這時阿爾法插話表示：

『好帥喔！太好看了！』

『閉嘴啦。』

阿爾法面對冷冷拒絕自己讚美的阿基拉，以簡單易懂的態度表達不滿。

『為什麼對我那麼狠呢？』

『因為聽起來只像在調侃我。』

阿爾法還是一副不滿的樣子，阿基拉卻當作沒看見。

靜香開始確認強化服的動作。

「那麼試著啟動強化服看看，啟動開關在腰部一帶。我覺得應該沒問題，不過如果感到異常就立刻停止啟動喔。」

「知道了。」

阿基拉啟動了強化服，結果金屬骨骼與織進布料裡的金屬纖維就傳來硬化的觸感，同時強化服的重量也消失了。

自己以身體支撐的重物突然失去重量，讓阿基拉稍微失去平衡，發出細微的驚呼。他有些手忙腳亂地恢復姿勢後，對與啟動前完全不同的狀況感到驚訝，同時開始動起手腳。

強化服是以自己的力量支撐自身重量，然後配合穿著者的動作活動關節部位，因此阿基拉才會感覺重量消失了。

靜香看見阿基拉這副模樣，就判斷強化服順利啟動了。

「看來是正確啟動了。暫時先緩緩行動，習慣身體機能經過強化後的動作吧。」

實際上有許多人都被突然提升的身體能力弄得手足無措，靜香就針對這一點提出建議。

「拿起那邊看起來很重的大型槍械來仔細了解強化服的性能——雖然很想這麼說，但弄壞商品我會很困擾，所以你不要去碰它喔。到時候就去荒野舉一些瓦礫起來確認吧。」

接著又針對經常出現的失敗提出建議。

「還有，握槍時要特別注意。以經過強化的身體機能粗魯地使用會很容易壞掉。」

然後繼續對強化服的防禦提出建議。

「強化服在啟動中連金屬纖維的部分也會硬化，但那是為了支撐沉重的槍械類或外加的裝甲板。別以為沒有追加的裝甲就能抵擋子彈或怪物的攻擊喔。」

阿基拉確實地點頭。

「知道了，我會多加注意。」

「附屬品在那邊的箱子裡，備用的能源包與保養組，還有簡易的紙本說明書，應該註明了能用資訊終端機閱覽的說明書要去哪裡下載。」

很多人都輕鬆地認為只要穿上去應該就沒問題了。關於這一點，靜香也做出指點。

「記得要先好好看過使用方法……大概就是這樣吧？你有什麼事情想先問我的嗎？」

阿基拉思考了一下，提出漠然浮現於腦海裡的問題。

「對了，強化服沒有頭盔之類嗎？」

聽見他這麼問，靜香有些抱歉的樣子。

「強化服與防護服的頭部裝備基本上是選購品。你是喜歡戴頭盔的人嗎？對不起，我應該事先確認才對。」

阿基拉急忙對道歉的靜香補充：

「沒有啦，只是覺得有頭盔也很正常。我不是在抱怨。如果需要，我也應該在找靜香小姐商量強化服時就確實提出來，請不用在意。」

「是嗎？那就好。」

靜香這麼說完就露出安心的微笑，阿基拉看了也因為沒有惹她不開心而鬆了一口氣，接著又開口詢問有點在意的問題。

「剛才靜香小姐問我是喜歡戴頭盔的人嗎，所以也有不戴的人嘍？」

「嗯，其實很多，所以頭部裝備基本上是選購品。」

也有人認為因為要使用頭部穿戴型情報收集機械，不需要強化服的頭部裝備。另外也有人與此無關，純粹是希望盡可能不戴覆蓋頭部的裝備。而且這樣的比例多得足以影響強化服的販賣內容。

阿基拉聽了這樣的說明就感到很不可思議。

「有那麼多嗎？我是覺得戴頭盔好像比較安全耶……」

「有喔。比如艾蕾娜與莎拉就沒有戴全罩式頭盔對吧？」

阿基拉回想起艾蕾娜她們的樣子，心想確實如此，順便想起在遺跡攻擊艾蕾娜她們的那群男人也是這樣。但就算如此，阿基拉還是無法接受，反而因為疑問加深露出懷疑的表情。

「確實是這樣……那是為什麼呢？」

「還是有理由啦，只不過理由有點超自然就是了。」

「超自然嗎？」

「是啊，超自然。想聽聽看內容嗎？」

「拜託了。」

看見阿基拉似乎很有興趣，靜香就開心地說了起來。

為了滿足購買力足以媲美企業的高等級獵人，強化服的製造業者每天都努力開發商品。

根據其開發的成果，誕生了性能高得異常的全罩式頭盔。

又輕又薄，而且具備抵擋砲彈直接打中的防禦力，內部則藉由全方位螢幕確保完整的視野，收音方面也能確實聽見周邊的聲音，即使戴上也完全沒有壓迫感。

性能這麼高的話，價格當然是水漲船高，但仍屬於高等級獵人的所得買得起的範疇。

然而一部分的獵人卻拒絕使用這種製品。當然企業便開始調查理由。

「阿基拉，你認為是什麼理由？當然不是金錢方面的問題喔。」

阿基拉思考了一下，但完全想不出能解釋的理由，臉上露出無法解開難題的表情並表示投降。

「……完全想不出來。」

「竟然說是戴上那種頭盔第六感會變遲鈍。」

「第六感……嗎？」

阿基拉因為預料之外的答案，表現出困惑的模樣。靜香則因為他預料中的反應而開心地微笑。

「沒錯，第六感。即使捨棄高性能頭盔的防禦力與機動性，也想防止第六感變遲鈍。我也覺得第六感比較重要，所以不是不能理解這種心情。」

阿基拉無法完全接受這個答案，露出困惑的表情。

「嗯～～只能說我似懂非懂……」

「是啦，這部分的感覺確實每個人都不一樣，也有許多懷疑的人。」

靜香是覺得自身第六感很敏銳的人，所以屬於贊成派。

「除此之外，也有許多人認為既然是自己的裝備，只要順著自己的感覺即可。所以個人自行判斷的時候一點問題都沒有。」

靜香以像在說某種怪談的口氣繼續表示：

「問題是民間軍事公司採購部隊的武裝時，某個負責採購部隊裝備的人堅決表示不相信那種無稽之談，所以規定部隊所有人都必須穿戴高性能頭部裝備。結果你覺得發生什麼事了？」

「發、發生什麼事了？」

「即使為了壓下反對的聲音，備齊很高性能的裝備，結果部隊全體的死傷率好像還是上升了。」

阿基拉忍不住露出驚訝的表情。看見他的反應後，靜香像是感到滿足般露出微笑。

「沒有能讓人接受的明確根據，不想戴頭部裝備是因為本人的第六感這種模糊的原因，但是確實出現死傷率上升的結果，才被說是超自然啊。」

阿基拉有些困惑地詢問：

「……那麼，我也不要戴頭盔比較好嗎？」

靜香像是要讓阿基拉冷靜下來，有些過意不去似的微笑著說：

「對不起，這我也不知道。這部分正如我剛才所說，只能由各自的感覺去判斷。你也只能這麼做了。」

「這樣啊。嗯～～不過就算妳這麼說……」

除了本來就喜歡戴全罩式頭盔的人，也有誤解剛才的話而看輕頭部裝備，因而死亡的人。阿基拉舉棋不定，靜香也沒辦法直接告訴他戴或不戴。

「只不過，經驗豐富的獵人似乎能明確感覺到哪個部分的裝備不適合自己。你將來或許也能產生那種感覺。」

靜香這些話只是安慰用，但阿基拉煩惱了一下就露出做出決定般的苦笑。

「我知道了。反正我目前也沒有錢買選購品，所以決定告訴自己是屬於贊成不戴的人。」

靜香也回以苦笑。

「比起無謂地煩惱，這樣可能還比較好。也能單獨訂購選購品，改變心意的話就跟我說吧。」

「好的。」

接著靜香轉換話題。

「遇到故障或出廠瑕疵品之類的情況就跟我聯絡。雖然能從我的店送修，但還有運送等時間，最少也得花一個月，你要注意一下。啊，回去之前要先脫下來嗎？要脫的話我可以幫忙。」

「不，我就這樣穿著吧。」

「這樣啊。那在離開店之前要先關上強化服的身體強化機能，或是把動作切換成日常生活輔助模式，不然很危險。」

阿基拉按照靜香所說，先關掉強化服的機能。結果強化服的重量回到身體上，沉甸甸地整個加諸身體。

很難在這個狀態下回到旅館。阿基拉如此判斷後就把機能調到日常生活輔助模式，結果雖然還感覺到一些重量，但是對一般動作沒有影響了。

「我已經盡量選擇符合你想要的強化服，實際使用之後應該會出現很多要注意的地方，現在只能祈禱你滿意了。」

「別擔心，我很滿意。請妳代替我選擇真的幫了我很大的忙。」
「別客氣，這也是我的工作。有什麼想抱怨的就盡量來找我發洩吧，有我可以幫忙的地方一定會盡量幫忙。」
「好的。有什麼事情會再來跟妳商量。」
靜香看著滿足的阿基拉，臉上也露出滿足的微笑，然後又補充：
「忘記說了。今後除了彈藥費，別忘了把強化服的能源費加進必須的經費裡。如果沒有能源而無法使用，花這筆錢就根本沒有意義了。既然都花錢買了，就得讓它保持隨時可以使用的狀態。」
「好的，我會注意。」
「還有另一點，別因為買到強化服就亂逞強，知道了嗎？」
「那是當然。真的非常謝謝妳。」
面對輕輕低下頭的阿基拉，靜香露出帶有開玩笑意味的微笑。
「別客氣。因為你這下就穿上了強化服，我也可以跟你推薦重的槍械了。期待你今後的選購。」
「我希望能賺到足以回應妳期待的收入，但還是先別逞強。請耐心等候吧。」
阿基拉也回以帶有開玩笑意味的苦笑，接著輕輕低下頭後就回去了。

◆

目送阿基拉離開，回到店裡櫃檯的靜香以感慨良多的口吻呢喃：
「話說回來，不久前才剛買ＡＡＨ突擊槍，現在已經買強化服了嗎？真的很快呢。」
實際上阿基拉的裝備在短期間內已經強化了許多。即使在靜香的經驗當中，他也是稀有的例子。

「危險的時候被艾蕾娜她們救了一命，運氣也算不錯。照這樣看來，將來應該可以成為很棒的獵人……大概啦。」

靜香只短瞬露出有些擔心的表情，之後就立刻消失了。

在出人頭地的道路上前進時，速度越快就越會因為變狹窄的周邊視野而增加判斷錯誤的情況，遇上霉運時受害也會更加嚴重。

為了不讓不小心脫口而出的話成真，靜香在浮現於內心的話說出口前就把它替代成其他內容。

◆

從靜香店裡回來的阿基拉非常開心。他的視線前方，拿回來的強化服掛在強化服用的衣架上。

「既然已經得到強化服，終於可以恢復收集遺物了吧。」

由於付給志島五十萬歐拉姆，阿基拉的存款已經見底。再這樣下去，不久也會被趕出這間又窄又沒有浴缸的便宜旅館。

阿基拉想快點賺取收入回到附有浴缸的房間，但是阿爾法輕易粉碎他的期待。

『還有好一陣子都不會去遺跡喔。』

「咦？等等，都買到強化服了，就算去荒野也沒關係吧？」

『會去荒野，但不會進入遺跡，因為太危險了。我已經決定要強化對你的保護，我將竭盡全力抵抗你的霉運。』

阿爾法的口氣有點誇張，甚至讓人感覺到面對強大敵人時的覺悟。

自己的不幸需要那麼堅定的決心才能對抗嗎？這麼想的阿基拉不由得有些驚慌。

「這、這樣啊。妳這麼說的話就沒辦法了，那今後要怎麼辦？連這間便宜旅館的住宿費都要耗盡了耶。」

『別擔心，這陣子就接獵人辦公室的任務賺日薪過生活。完成任務來提升你的獵人等級，成為能租借越野車的身分。這就是現在的目標。』

「車子嗎？嗯～～以這個為優先的理由是？」

『用跑的從怪物群當中逃走很累吧？』

阿基拉即使能接受這個理由，臉上還是露出難以形容的表情。以會再次遭遇怪物群為前提訂立接下來的行程，讓他產生各種複雜的心情。

『以收集遺物為目的的遺跡探索要在那之後了。任務就由我來選擇，你放心吧。』

「……嗯，妳這麼說的話，就交給妳了。」

『今天就直接在房間裡休息吧。我在這段期間會完成強化服的調整，明天一整天就進行強化服的訓練，藉此讓你習慣強化服，能進行最低限度的戰鬥。實際接受任務並行動是從後天開始。』

阿基拉露出不可思議的表情。

「妳說強化服的調整，但靜香小姐不是已經完成了嗎？」

結果阿爾法露出驕傲的笑容。

『那真的只是最低限度的基本設定。我接下來要仔細地完成能接受我高等輔助的阿基拉專用個人化設定。你幫忙把強化服跟資訊終端機連結起來就可以了，之後只要交給我，你放心吧。』

阿基拉從強化服的保養組取出連接線，連結資訊終端機與強化服。結果資訊終端機上浮現許多阿基拉看不懂的文字列、圖片以及花紋。阿基拉記得之前也看過類似的東西，就沒有特別在意，接下來全交給阿爾法，直接開始休息。

資訊終端機正在使用，阿爾法也忙於設定。當阿基拉用筆記本與書寫工具自習時，突然想起靜香的話。

「阿爾法，關於靜香小姐提到的戴上頭盔會讓第六感變遲鈍那件事，是真的嗎？」

『是真的啊。』

確實存在這種事，懷疑的人才有問題呢——阿爾法展現這樣的態度與回答，讓阿基拉有點驚訝。

「妳倒是很肯定嘛。靜香小姐明明說是超自然啊。」

『那是對現象的認知所需的情報準確度低落，還有因此導致的誤認與誤判、無法自覺的知覺阻斷、無意識的通訊障礙等總合的結果。因為憑現在的科技力量無法解析這些，才會被稱為超自然。』

阿基拉露出超越困惑，已經近乎混亂的表情。

「……可以說明得更簡單一點嗎？」

『好喔。比如說，你看到了某張解析度低的照片好了。』

拍攝同一個地方的兩種相片，一張比較清晰，一張則比較模糊，但兩者的解析度都能讓看的人知道是拍攝同一個地方。然而跟清晰的照片比起來，模糊的照片絕對喪失了某些情報。

以極為清晰的相片與實際的風景做比較也是一樣。就算相片清晰得讓人分不清是不是真實的風景，直接看見風景時情報量還是有天壤之別。

在全罩式頭盔內設置全方位螢幕來映照出外界影像的情況也是，甚至是戴上乍看之下透明的護目鏡，有時也會喪失某些情報。

而如果喪失的情報裡面包含了某種危險的預兆，就不可能基於這種預兆察覺危險。那樣將不能識別即使無法認知與知覺也能無意識地感應到的危機。這不是僅限於視覺而已，能用頭部感知的所有感覺都一樣。

也就是第六感會變遲鈍。

阿爾法對阿基拉說明了這些。阿基拉的表情充滿對不可理解的事情所產生的疑問。

『感覺背後有視線，結果一回頭真的有人在那裡。也有這種感覺很敏銳的人吧。』

大部分是偶然或錯覺，但偶爾真的會有特別敏銳的人。不過感知到他人視線的並非視覺、聽覺、觸覺、味覺或者嗅覺，這些五感沒有能感知視線的機能。

這種時候，雖然很難像五感那樣產生自覺，還是可能保持某種可以感知到視線的感應器。

也有可能是以舊世界技術追加可以探知氣息的感應器的人的後代。另外也可能是不知道那是具備同樣效果的遺物，使用之後獲得了類似的能力。

像這樣的人把那個感應器保持在頭部的話，那些感應器有可能因為頭部被覆蓋住而變遲鈍。

阿爾法繼續說明。阿基拉的臉逐漸充滿了解說超過自己理解能力的困惑之色。

『你看得見我，所以情報的交流是我跟你之間雙向進行。之前也稍微提過，這都是靠你腦裡的某個機能。』

而且不僅限於這個機能，也有許多跟某個人或某種東西進行某種情報通訊的事例。像是雙胞胎之間的心電感應，察覺遠方親近人士的危險等等。

就算這些無法自覺或溝通，也可能藉由某種通訊能力進行某種收傳訊而無意識地認知各種情報。

而該種機能在頭部時，覆蓋頭部就有阻絕這些通訊的可能性。如果是靠這些情報來察覺危機，那麼察覺的準確度也會降低。

需要大量專門知識的艱深說明一直持續著。阿基拉好不容易才壓下對超越理解能力的現象所產生的抗拒反應，但表情因此增添了更多混亂與困惑。

『第六感很敏銳，說的就是綜合這些無意識間進行的各種通訊所獲得的情報，基於這些情報的判斷能力相當優秀。』

假設有人因為賭命的獵人工作持續衝過險境，為了存活拚盡全力，在非刻意且無意識的情況下將這些感覺磨練到極為敏銳，卻因為頭部被覆蓋住而無法再獲得察覺危機的情報。

那就像是突然閉上眼睛。在這種狀態下跟怪物戰鬥的話，光是因為一直以來都依靠這個能力，就會讓這個人很容易死亡。

阿爾法對阿基拉說明這些事情，這時暫且中斷，然後笑著問阿基拉對內容的理解度。

『懂了嗎？』

阿基拉以混亂至極的腦袋好不容易生出答案。

「……也就是說，我要是戴上奇怪的東西，原本不會注意到的事物就會變得更難發現，無法跟妳對話的可能性也會跟著提高嗎？」

阿爾法露出有些意外的表情，之後很高興地微笑著說：

『這樣的認知就可以了。所以不論是多麼高性能的裝備，只要是會妨礙或降低我的輔助就無法讓你使用。』

「但是該怎麼做才能調查出來呢？」

『我立刻就能知道了，不用擔心。到時候我會告訴你。』

「這樣啊。我知道了。」

有可能因為奇怪的裝備，不知不覺間無法接受阿爾法的輔助。阿基拉知道能夠避開這樣的事態，就放下心來。

『那麼，剛才的說明可以嗎？還是要更簡單一點比較好？』

「不，剛才那樣就夠了。詳細說明在之後的相關課程再教我吧。」

『是嗎？想聽詳細一點的說明，隨時都可以跟我說。』

「啊、嗯。」

阿基拉之所以拒絕，是因為他有預感隨便詢問詳情的話，難以理解的內容將會一直持續下去。

而阿爾法識破了他的想法。她微笑著觀察阿基拉想把話題帶過的模樣。

從那種表情到底下的心理狀態；那種心理狀態的變化到人格的傾向與本質；好惡、動搖以及其根幹。自從與阿基拉相遇那天，她就一直在觀察。

第22話 強化服的真正價值

得到強化服的隔天，阿基拉再度來到荒野進行強化服的訓練。

阿基拉散發危險氣息的打扮很適合有怪物徘徊的荒野。他穿著全新強化服，拿著對怪物用槍械AAH突擊槍，揹著裝有備用彈藥與回復藥的背包，那副模樣已經不像是菜鳥，而是一般的獵人。

另一方面，身穿白色洋裝的阿爾法完全不適合荒野。白色布料帶著一看就知道相當高級的光澤，透過布料的光產生讓人聯想到底下裸體的陰影。

可不可以換成比較適合這個地方的服裝——阿基拉心裡這麼想，但是沒有多說什麼。

他擅自判斷就像以前穿上純白禮服或初次見面時全裸那樣，這種打扮應該也有某種意義。

最重要的是，要是多嘴讓她又換上讓人容易分散注意力的裝扮就糟了。已經許久沒來到荒野做訓練，希望不要出現多餘的麻煩。

比全裸好多了；這也習慣了。這麼想的阿基拉選擇閉嘴。

阿爾法笑著宣告訓練開始。

『阿基拉，現在就開始強化服的訓練。』

「知道了。」

阿基拉才想啟動強化服，強化服便擅自啟動了。阿基拉有點驚訝，但是看見露出得意微笑的阿爾法，就理解是她幹的好事了。

「那麼，首先要做什麼才好呢？」

阿爾法指著一百公尺前方的荒野。

『首先走到那裡。』

阿基拉把視線移向該處，空無一物的荒野就浮現表示目標地點的箭頭。那是藉由阿爾法能力的擴增顯示。

由於阿基拉已經不會被這類事情嚇到，他直接按照指示走到指定的地點。順利抵達後就接下一個指令。

『接著是那邊。』

來到指定的地點後又接到下一個地點的指令，之後就一直重複走到阿爾法指定的地點，經過十幾遍後，連阿基拉都感到懷疑了。

「阿爾法，難道不用做更提升對周圍的警戒來行走，或是架起槍前進之類的練習嗎？還是現在只是確認強化服的行動，之後才會進行正式訓練？」

『不，訓練已經開始嘍。同時也在收集相關資料。』

「只是走路也算嗎？」

看見一臉疑惑的阿基拉，阿爾法露出意義深遠的微笑。

『不讓你體驗一下沒有我輔助的狀態，確實是無法讓你了解我的輔助有多重要。』

「輔助？只是跟平常一樣走路而已吧。妳已經在輔助了嗎？」

阿爾法的微笑變成帶有惡作劇意味的笑容。

『你馬上就知道了，阿基拉。你再走到那個地方，但這次沒有我的輔助了。為了讓你更容易了解，我會提升強化服的力量輸出。那麼，你就好好享受我輔助的價值吧。』

阿基拉對阿爾法的微笑產生一抹不祥的預感，卻還是試著踏出一步，接著就跌了個狗吃屎。剛跨步的瞬間，重心腳就用力把地面的土往後踢，結果因為反作用力，整個人失去平衡跌倒。

他對這莫名其妙的狀況感到驚訝，還是試著站起來。準備起身的他急忙用右手撐住地面。

但是右手不要說支撐身體了，根本直接把土刨開，連手腕處都埋進地下。

急忙把左手放到地上想抽出右手，結果又因為被反作用力拉動而躺下。灌注力量想恢復姿勢，就因為用力過猛，整個人失去平衡再度倒在地上。

阿基拉雙腳用力想盡辦法要站起來，結果猛然刨開地面的土，再度倒地。

之後小心翼翼地盡可能慢慢行動才好不容易站起身。再次嘗試跨出一步的瞬間就失去平衡快要跌倒，於是急忙放棄以盡量維持姿勢。

阿基拉留意著避免跌倒，以緩慢的動作看向阿爾法。這時阿爾法正開心地笑著。

『這下你知道了吧？無法對應經過強化的身體能力，就連像平常那樣走路都很困難。』

實際上阿基拉確實寸步難行。這是能深刻體認到阿爾法的輔助有多麼重要的狀態。

『平時你之所以不會跌倒，是因為無意識間調整步伐來配合平常的體重與肌力。穿上強化服還能正常行走是很重要的訓練喔。』

阿爾法笑著宣告：

『我已經恢復輔助，你可以正常走動了。』

阿基拉畏畏縮縮地跨出腳步。這次實際感受到能正常行走，臉上跟著露出帶有苦笑的嚴肅表情。

「沒有妳的輔助，就連走路都很困難嗎？使用強化服的人一開始都像我這樣嗎？要從這種根本無法隨心所欲行動的狀態訓練到能正常戰鬥嗎？搞不好不穿強化服還比較好耶。」

『那就要看強化服的性能了。高性能的強化服對應的控制軟體也很優秀，能仔細配合使用者的動作來調整輸出，所以很多製品都從一開始就能正常動作。』

輸出越高的強化服就需要越精密的動作修正，因此許多製品都以作為調整機能的自動平衡裝置有多麼優秀為賣點。

就算擁有能轟飛戰車的輸出，沒有可以調整這個輸出的控制能力，大多會因為反作用力淪落到把自己彈飛的下場。

某方面來說，穿上強化服的人可以毫無問題地輕易活動，是比單純提升身體能力更重要的機能。

阿基拉興致勃勃地聽著阿爾法說這些，然後注意到某件事。

「也就是說，妳一直在幫忙修正動作嘍？」

『正是如此。』

「太厲害了吧。」

阿基拉露出驚訝的表情，由衷稱讚對方。阿爾法是否對強化服提供輔助，兩者之間竟然能產生如此大的差異。這就是親身體驗後浮現的感想。

阿爾法對阿基拉的反應露出滿足的微笑。

『我厲害的地方還不只這樣喔。為了讓你有更多體驗，你也要更加努力。』

「了解了。」

強化服的訓練持續進行。阿爾法做出指示，阿基拉則照著指示行動。然後重複這樣的過程。

緩步行走、快步行走、慢跑、全力奔馳。跌倒後快速起身；倒立只用手臂的力量彈起來；全力奔跑時緊急轉換方向。從輕鬆動作開始的指示內容，慢慢變成活用強化服的身體能力的訓練。

也開始混雜以使用的強化服性能來說通常需要長時間訓練的動作。阿基拉沒有注意到這件事，只是跟平常一樣行動，甚至沒有懷疑過讓他實現這些動作的阿爾法異常高水準的動作修正。

上午的訓練結束，阿基拉開始吃簡單的食物。

嘴裡咬著的是塞進背包裡的獵人用乾糧。是以便宜、營養均衡且能抑制空腹感取勝的商品，至於味道就不重要了。

阿基拉咬著無謂地有嚼勁，像西點一樣的東西，無意識地對它的口味感到不滿。當他突然發現這樣的自己時，就有些驚訝地露出苦笑。

（至今為止只要能有東西吃就很感謝了，看來我也變奢侈了呢。）

即使如此自嘲，還是對於生活水準已經比過去提升許多感到有點開心。

「阿爾法，下午要做什麼？要繼續運動嗎？」

『下午預定先進行射擊訓練，之後再做近身戰鬥術訓練。』

「近身戰鬥術？那個……是對身邊的敵人拳打腳踢的訓練嗎？」

『是包含射擊在內的綜合近距離戰鬥訓練。先從對人的格鬥技術開始學起，然後是以我為對手的實戰形式。』

阿基拉一臉懷疑又困惑的表情問道：

「……等等，應該辦不到吧，我又摸不到妳。應該摸不到吧？」

不知不覺間獲得實體了嗎？阿基拉把手朝阿爾法伸去，想驗證這個微微浮現的懷疑，結果手就跟之前一樣直接穿透阿爾法的身體。

一方面接受她沒有實體，一方面又困惑地想著那該怎麼辦。阿爾法對同時露出這兩種表情的阿基拉展現開心的微笑。

『到時候就知道了。好好期待那一刻到來。』

阿基拉有點在意，但判斷阿爾法目前還不想透露，就依然帶著些許疑問之色，繼續啃著乾糧。

用完餐，阿基拉開始進行射擊訓練。穿上強化服的感覺，尤其是雙手透過略厚的手套握槍的手感多少讓他覺得不對勁。為了習慣這種手感，他們的目標不是視覺上的怪物，而是從瞄準小石頭開始。

確實架好槍，以準星對準一百公尺前方的小石頭，慎重地瞄準後扣下扳機。射出的子彈準確命中，小石頭彈了起來。

有了好的開始，阿基拉笑逐顏開，接著慎重地瞄準並扣下扳機。這次也確實命中了。然後下一次、再下一次也都是一發命中目標。

「哦！今天的狀況很好耶！」

阿基拉為意想不到的成果感到非常開心。阿爾法也微笑著催促他取得更大的成果。

『那麼，接下來就一點一點拉開與目標的距離吧。』

「知道了。」

阿基拉比之前更慎重地瞄準稍遠的目標並扣下扳機。子彈分毫不差地擊中標的。

之後阿基拉每次命中，標的都會變遠，而他也持續準確命中目標。但是過程中，到目前為止都相當開心的臉龐卻開始浮現困惑的表情。

靠強化服的身體能力確實壓抑槍械的後座力，減少開槍時的晃動或許可以提升命中率吧。這麼想的他按捺湧出的疑問，持續狙擊目標。

但是跟標的之間的距離已經遠得無法用這個說明來蒙蔽自己。即使如此，子彈還是以不自然的準確度，像被吸過去一樣朝著目標飛去。

之後當子彈命中五百公尺前方的小石頭時，阿基拉就露出近乎確信的懷疑的表情面對阿爾法。

「阿爾法，妳應該動了手腳吧？」

阿爾法笑著表示肯定。

『我確實提供了輔助。』

「……果然是嗎？」

自己的射擊技術不可能突然變得如此高超。雖然早就預料到，阿基拉還是微微露出苦笑。

『你粗略地瞄準後，我就藉由強化服來對瞄準進行微調，也調整開槍時的姿勢與重心。另外細微地調整力道來活動強化服的可動部位，幾乎吸收了所有槍械的後座力。』

「竟然連這種事都做得到嗎？太厲害了……嗯？這樣的話，我不就不需要做射擊練習了？」

『不行。你瞄準得越準確，我就越不用提供藉由輔助的命中修正。而且今後也會遇到無法使用強化服的情況，或在我的輔助效率低落的環境交戰的時候，所以要確實繼續訓練。』

「說的也是。我知道了。」

『既然現在我也能操作強化服讓你的身體徹底習慣有效率的射擊姿勢，就要有今後的訓練會變得更加嚴格的心理準備。』

託強化服的福，阿基拉的身體能力有了飛躍性的提升。而原本有些不安定的射擊姿勢也不再因為肌力不足等因素，造成射擊的準確度明顯降低。

也就是說，不論是失去平衡的姿勢、奔跑時還是目標沒有進入視野的狀態，只要有技術就能擊中目標。

將來要靠他自己的力量來完成這一切，因此必須繼續訓練。聽阿爾法這麼說，阿基拉試著想像要實現這個目標需要多少練習量，就感到有些畏縮。

結果阿爾法露出帶著自信的笑容。

『別擔心。就算你累得無法自己走，我也會操作強化服強行讓你走回去。你放心接受訓練吧。』

「……請手下留情。」

面對帶著有點恐怖的笑臉如此宣告的阿爾法，阿基拉只能回以複雜的笑容。

阿爾法切換成較為嚴肅的表情。

『那麼，多虧強化服，今後也能提供射擊方面的輔助了。你理解藉由操作強化服來提供輔助的有效性後，我也有件事情要先問你。』

「什麼事？」

『我目前在操作強化服提供輔助方面只能微調你的動作。也就是說，是對你以自身意志採取的行動提供輔助，不能無視或阻礙你的意志。』

讓阿基拉實際體驗過輔助的好處後，阿爾法提出之後的要求。

『但是你想要的話，我也可以完全控制強化服的動作。也就是我能無視你的意志操作強化服，也可以依我的意志來操縱你的身體。』

告知特定的壞處來操作對整件事情的印象。

『當然我保證不會做出對你有害的事情。不過就算這樣，還是會有一定程度的好處與壞處，你仔細聽完好好考慮，慎重地判斷後告訴我答案吧。』

阿基拉從阿爾法嚴肅的模樣回想起以前她曾經要求自己許可各種麻煩的規則。他判斷這應該是相對重要的事情，轉換心情後確實地回答：

「我知道了。那就先告訴我好處吧。」

『我完全控制強化服的話，可以把它的性能發揮到最大限度，應該也能做出類似超人的行動。』

強調好處來調整將強化服的控制權完全交給他人的印象。

『比如說，可以閉上眼睛在大樓屋頂的邊緣奔跑，雙手持槍準確命中從左右迫近的怪物。』

剛才的射擊訓練也已經實行類似的行動。

『格鬥戰時接受我輔助的話，你也能用熟練的動作戰鬥。即使敵人從死角發動奇襲，我注意到之後就能讓你迴避，並展開確實的反擊。』

「感覺好像都是好處。那麼壞處是？」

『首先是身體遭到擅自操縱的厭惡感，接著是強化服強行活動你的身體，會對身體造成很大的負擔。』

將對於身體擅自行動的厭惡感跟造成身體負擔的印象混在一起來讓人混亂。

『不是我配合你的行動，而是你配合我的動作。如果你反射性違反強化服動作，行動就會變慢，對身體的負擔也會變大，有時甚至會骨折。』

話說完，阿爾法等待阿基拉回答。阿基拉則是一臉嚴肅地思索著。

（雖然感覺好處比壞處多，但是她特別叮嚀我要考慮清楚再做出選擇，難道是另有隱情？）

然而就算再怎麼想，阿基拉也不知道究竟是什麼隱情。

「……可以讓我試試看嗎？」

『當然可以。』

「那就讓我試一下。」

『好。我現在就操縱強化服。一開始是行走，然後慢慢加速奔跑，如果你覺得難受就立刻叫我停止吧。』

「知道了。」

『開始嘍。』

強化服擅自開始行動，強行讓阿基拉邁開腳步。阿基拉有些嚇到，但也只有這樣。外部力量稍微強行讓雙腳行動，不過不會覺得難受。

讓自身動作配合強化服的動作後，身體承受的負擔就更小了。即使就這樣開始奔跑，多虧強化服支撐住身體，不要說感到負擔了，甚至覺得很輕鬆就能跑動。

（什麼嘛，就這樣嗎？這種程度的話，不用威脅我也……）

當阿基拉稍微感到安心時，奔跑速度慢慢變快且不斷加速。阿基拉注意到這一點，開始慌張的期間，雙腳已經反覆以自身意志不可能出現的速度快速交錯。

每當雙腳交錯，無法追上強化服動作的腳就會受到強化服的壓迫，因此產生的疼痛逐漸變大。每當腳用力踏上地面，衝擊都會讓骨骼開始嘎吱作響，迅速擺動的手臂也發出慘叫。

阿基拉已經揚起土塵持續在荒野中奔跑。他的速度就跟車子一樣快。他邊跑邊因為驚訝、恐懼與痛苦而皺起臉，然後立刻回過神來請求停止。

「停！快停下來！」

像是要減輕阿基拉的負擔，奔跑的速度逐漸放慢。充分減速之後，強化服的控制權就回到阿基拉身上。阿基拉停下腳步，膝蓋跪地並劇烈喘氣。

『再跑快一點的話，就算又被怪物群攻擊也能逃走了。或許很辛苦，整體來說有很大的好處。你覺得如何？』

阿基拉終於理解阿爾法要自己好好想清楚的意思了。

「……只有需要的時候才拜託妳。然後要操控時，可以的話先跟我說一聲。」

『了解了。那我取得許可了喔。』

「……妳說的許可是那個吧，就是很多繁瑣程序的許可。」

『沒錯。脫離穿著者意志的操縱需要相對應的許可。我不會亂來，你放心吧。接下來是近身戰鬥術的訓練，你可以活動了就開始，先休息一下。』

「……了解。」

阿基拉躺到地上。以強化服強行控制身體會造成很大的負擔。獲得強化服，今後將會輕鬆許多。這種樂觀的預想已經被侵襲全身的疼痛粉碎。

即使如此，得到了新力量依然是無庸置疑的事實。阿爾法的輔助也提升好幾個等級，自己確實變強了。阿基拉這麼告訴自己，並忍耐著疼痛。就這樣在荒野躺了一陣子，疼痛大致消失時才好不容易撐起身子。

『休息夠了嗎？』

「嗯。也不能一直躺在荒野吧。回到旅館再好好睡一覺。」

光是躺著也無法變強，要以獵人身分出人頭地就需要更強大的力量。由於想獲得力量來抓住想要的東西，阿基拉就此站了起來。

『是嗎？這樣的話，馬上開始近身戰鬥術的訓練吧。』

阿爾法看見阿基拉幹勁十足，就露出微笑。

近身戰鬥訓練開始了，但無法一開始就稱得上格鬥戰。

『這種打扮不適合。來換裝吧。』

阿爾法改變服裝，白色洋裝消失後一瞬間變成全裸，接著馬上穿上帶有特殊氛圍的戰鬥服。

這身戰鬥服沒有腿部的布料，是由臀部兩側開了極度高衩的緊身衣以及短得像在開玩笑的褲子所組成。

基本上是相當單薄的布料，所以身體曲線一覽無遺，甚至有一部分用途不明的洞來露出肌膚，簡直就像在挑釁戰鬥實用性的戰鬥服。

阿爾法就以這種對某些人來說比全裸更加吸睛的魅惑模樣，對阿基拉露出平時的微笑。阿基拉見到這身打扮，就簡短地提出腦袋浮現的簡單疑問。

「……這身打扮是？」

『舊世界戰鬥服的一種。』

「真的有這種東西嗎？」

『嗯。在某些遺跡尋找應該能找到。』

阿基拉稍微加深對舊世界的誤解後，決定先不管這件事。

就算這套戰鬥服是以舊世界技術製造出來的極度高性能服裝，沒有實際存在的阿爾法就算穿上它也無法發揮其性能。大概啦。阿基拉如此判斷後，再次詢問詳情。

「一定得做那種打扮嗎？」

『你有想要的打扮，那我當然願意配合，但必須是能更正確看到我行動的設計。憑你的實力，要是不盡可能正確捕捉到我的動作，就無法成為有效率的訓練。只要是稍有降低動作預測準度的打扮，我就不會答應。』

也有人能從對方四肢的細微動作預測出下個行動，或是用服裝掩蓋以防被察覺。真要說的話，最能掌握對方動作的打扮就是全裸。阿基拉無意識間注意到這一點，就不再多說什麼了。

「我知道了，那開始吧。所以，該怎麼做？我就算攻擊妳，也只會穿透過去吧？」

『你先隨心所欲地攻擊我吧。』

阿基拉感到懷疑，但還是按照對方所說的發動攻擊。阿爾法則以右手遮住阿基拉的拳頭，結果原本應該會穿透阿爾法的拳頭就撞到某種東西，停了下來。

「……咦？碰到了？……等等，不對。這是什麼？」

當阿基拉因為預料之外的事情感到驚訝時，阿爾法就笑著揭開其中奧祕。

『引發衝突判定的時候，就固定你身上的強化服的關節部位，某種程度重現擊中目標時的感覺。這樣就能多少抓住感覺了吧？』

「原來如此。這也是擅自操縱我的身體的那種功能吧？」

『沒錯。那我們正式開始，放馬過來吧。』

阿爾法露出引誘對方的從容微笑，並且動著食指挑釁。阿基拉則重新打起精神來挑戰阿爾法。

阿基拉當然是近身戰鬥術的外行人。基本上他的攻擊根本無法擊中阿爾法，就算阿爾法真實存在，阿基拉也碰不到她一根寒毛。

阿爾法對阿基拉的每一個動作做出指點。握拳的方法、踢擊時伸腿的方法、攻擊的位置、站位、架式、踏步、注視點、重心移動、迴避預備行動、防禦與迴避的方法。這些全都用念話逐一迅速地加以指點。

阿基拉的動作越正確，強化服就會做出越容易活動的修正，錯誤的動作則會引發相反的修正。多虧這個系統，阿基拉得以從感覺學會正確的動作。

衝突判定與藉由強化服的戰鬥模擬不只適用於阿基拉的攻擊，阿爾法的攻擊也有同樣的效果。

阿基拉腹部被打就會被往後轟飛，腳被掃中就會失去平衡跌倒。就算好不容易擋住攻擊，沒有確實承受衝擊的話還是會被轟飛。

阿爾法的攻擊種類、方向以及時機都會事先用念話通知阿基拉。即使如此，阿基拉要擋住阿爾法的攻擊還是很困難。

就算閃開了，如果不是正確地閃避就會遭到準確的追擊。就防禦來說，如果動作不正確也會失去平衡並遭到追擊。阿基拉只有極稀少的反擊機會。

阿基拉頭部受到攻擊的話就會判定為死亡，重新開始。

如果實際被穿著強化服的人擊中，阿基拉的頭一擊就會被轟飛，有時候甚至連原本的形狀都認不出來，防禦也不知道有多大的效果。阿基拉被徹底教導以迴避為優先。

仰躺著倒地的阿基拉面前，阿爾法正高抬起一隻腳，角度幾乎垂直，然後笑著踩下。

阿基拉在某種時光流動緩慢的世界裡看著這足以輕易粉碎堅硬瓦礫的一擊朝自己迫近。過了一瞬，那一擊就直接命中阿基拉的頭。

如果阿爾法是實體，阿基拉的頭不要說被踩扁，可能會被轟飛到灰飛煙滅。但她終究是只有影像的存在，所以腳只是直接穿透阿基拉的頭，連腳踝都沉進土裡。即使如此，還是足以讓阿基拉感受到迴避失敗時的末路。

『好了，又死了一次。立刻站起來，還是要我用強硬的手段讓你起來？』

阿基拉從阿爾法的腳下看著臉稍微被胸部擋住的她。往下看著阿基拉的阿爾法臉上掛著微笑。阿基拉覺得那一如往常的微笑有點恐怖。

「……不用了。我自己起來。」

阿基拉搖搖晃晃地撐起身子。地上躺著頭部被踏碎的阿基拉屍體。跟射擊訓練時一樣是顯示在擴增視野只有影像的冒牌貨，但已經足以讓阿基拉的臉抽搐了。這附近已經全是阿基拉的屍體。

『又增加了一具你的屍體。真正的你要努力別加入他們的行列啊。』

「嗯，我知道。」

阿基拉覺得露出溫柔笑容的阿爾法有點恐怖，同時拚命繼續訓練。

阿基拉在持續訓練中產生了某種莫名的感覺。

「阿爾法，可以問妳一下嗎？」

『什麼事？』

「那個……怎麼說才好呢？從剛才就偶爾會有奇怪的感覺，妳又在做些什麼了嗎？」

『奇怪的感覺？我只有操縱強化服來教導你的身體如何有效率地活動，你指的是這個嗎？』

「不對，不是這個。怎麼說呢，好像才剛想動就已經那樣動了，類似這樣的感覺。」

『在你意識到身體並想加以運動之前，身體就先行動了，而且不是用強化服強行操縱身體。你的意思是這樣嗎？』

「嗯，大概就是這樣。」

『應該是某種錯覺喔。恐怕是肌膚無意識地感覺到強化服的動作，然後身體就配合那個動作來運動，你的意識又追認那個動作。我想是這個認知的時間差所造成。』

「是這樣嗎？」

『但你要重視這個錯覺。配合那個感覺來活動身體的話，負擔應該會減輕許多。而且強化服的動作是以經過大量訓練的高手作為基準，只要跟著那個感覺去動，將來就算沒有我的輔助，或許也可以做出高手的動作。』

「知道了。總之這個感覺是好事吧？」

『大概吧，沒什麼好擔心的。好了，要繼續訓練嘍？』

阿基拉與阿爾法再次擺出架式。阿基拉就放心地把身體交給那種感覺，再次開始訓練。

近身戰鬥術的訓練一直持續到日落之前。當訓練結束時，阿基拉已經累得連自己走路都很困難，但是靠著強化服的恩惠順利回到旅館。

也就是正如阿爾法先前所說，用強化服強行活動身體回到旅館。

阿基拉的訓練因為獲得強化服，變得更有效率且更加嚴苛。

第23話 新手獵人的認知

位於久我間山都市外圍部的廣場上聚集了大量獵人，其中也能看到阿基拉的身影。

位於都市與荒野交接處的廣場相當寬敞。由於定期會有許多獵人聚集於此，也有很多移動店鋪來到這裡。

在場的大部分是承接獵人辦公室任務的獵人。廣場是承接完任務的獵人們的集合地點。

居中把來自各種企業與個人的委託仲介給眾獵人也是獵人辦公室的重要業務。藉由包含網路在內的各種方法提出各式各樣的任務，而大部分的任務在承接時都設有獵人等級的限制。

獵人等級10，連菜鳥都稱不上，評價跟外行人沒兩樣的獵人可以承接的任務當然有限。

而等級10的阿基拉承接的任務就是久我間山都市周邊的巡邏。主要工作內容是搭乘都市準備的車輛在荒野裡巡邏，清除都市周邊的怪物。

這種任務就算沒有遇到怪物也有基本酬勞，還會根據討伐內容追加報酬。

缺乏實力者只要運氣好，光是坐在車上就能賺錢，就算倒霉遇上大量怪物也能跟其他獵人一起戰鬥，所以生存率比較高。

如果追求金錢與實績，那只要比其他獵人更快擊倒大量怪物就可以了。

就某方面來看，對於想出人頭地的菜鳥獵人是相當划算的任務。獵人工作基本上隨時都有可能死亡，在不至於心靈崩潰的情況下挫挫新人銳氣，還不會真的死亡，以這個層面來說也是很適合菜鳥的任務。

由於資訊終端機的普及，藉由資訊終端機來完成承接手續的獵人也增加了，因此最近手續的方法也是以比照該形式為主流。

連資訊終端機都不太會操作的阿基拉，原本連申請承接任務都很困難，但是請阿爾法代勞之後就順利完成了。託阿爾法的福，阿基拉只要在集合時間前往指定的地點就可以了。

時間到了之後，獵人辦公室成員就以擴音器對獵人們做出指示。

「排隊並且提出獵人證！然後坐上指定號碼的車子！在出發時間前可以自由活動，但來不及上車就視為放棄任務！快排好！」

獵人們以熟練的動作排好隊伍，阿基拉也加入隊伍當中。一陣子之後，當輪到阿基拉時，他就模仿前面的人把獵人證拿到職員的機械前面。

職員讀取阿基拉的情報後進行公事上的分配。

「搭14號車！下一個！」

離開隊伍前往指定的車子途中，阿爾法露出難以形容的表情，說出阿基拉有點在意的事情。

『14嗎？應該說是很符合你的號碼嗎？』

『什麼意思？』

『別在意。只是覺得這是有點意思的號碼。』

『……所以這個數字到底有什麼意思？』

『不用在意。放心吧，交給我就可以了。只要有我的輔助就沒問題，好好努力活著回來吧。』

一開始只是感到有點疑惑的阿基拉在聽見一連串令人在意的內容後就開始慌了手腳。

『所以到底是什麼意思？』

『指定的車子就是那一輛。快點上車吧，別遲到了。』

阿爾法只是露出堅定的微笑，沒有打算說明數字代表什麼意思。

指定的14號車是荒野用的大型卡車。沒有頂部的車斗兩側安裝了看起來很便宜的長凳。

車斗已經坐了其他獵人。這些獵人中有幾個把視線移到準備上車的阿基拉身上。

在極近距離有許多武裝人員。交戰的話，可以說不可能光靠自己的力量獲勝。這樣的狀況讓阿基拉無意識想像著最糟糕的事態，開始緊張起來。

結果阿爾法突然就在阿基拉面前改變服裝。

『阿基拉，這裡有空位。』

阿基拉雖猶豫，還是坐到她所說的地方並看向前方。接著因為眼前的光景暫時忘記剛才的緊張，臉上浮現些許疑惑的表情。

『阿爾法，為什麼突然改變服裝？』

阿爾法稍微擺了一下姿勢，然後笑著對阿基拉說：

『適合我嗎？』

武裝的獵人聚集在荒野用的大型卡車上。在這樣的光景中，身穿極暴露泳裝的美女大方展現自己的身材還很開心般笑著。這個時間點已經有許多不自然的地方。

加上正常來說無論怎麼想都會受到矚目的阿爾法的裝扮，這時候卻沒有任何獵人注意到她。而這也讓現場的氣氛顯得更加不自然。阿基拉這時再次感受到阿爾法是多麼異常的存在。

阿爾法穿在身上的泳裝將她充滿魅力的肢體裝飾得更加美麗性感。阿基拉不知為何就是不想老實說出對那件泳裝的評價，反而回答以其他視角做出的感想。

『……至少可以知道的是絕對不適合這個地點。就連沒有什麼常識的我都知道這裡不是應該穿泳裝的地方，不適合前往荒野的卡車車斗。』

阿爾法露出惡作劇的笑容。

『我是擔心接下來好一陣子都只能看著單調荒野景象的你，才會幫你的視野增添一些色彩。怎麼樣？華麗的我，一個人就能補足周圍的單調吧？』

阿爾法確實添加了許多色彩，這一點阿基拉也承認。但是壓倒性的不自然感覺基本上已經掩蓋過色彩。

『那不重要，快點換回來。』

阿爾法像要調侃阿基拉一樣露出挑釁的微笑。

『一臉嚴肅地看著這邊會被當成怪人喔。』

阿基拉輕嘆一口氣，放棄要阿爾法穿回衣服。坐上車斗時產生的過度緊張與不安也因為這次愚蠢的對話，完全煙消雲散。阿基拉也還沒敏銳到足以發現這正是阿爾法換衣服的目的。

當阿基拉準備轉換心情時，坐在旁邊那個名為羽澤的獵人就不高興地咂了一下嘴。

「又是小鬼嗎！到底在搞什麼？坐到這輛車算我倒霉嗎？」

附近的獵人也輕笑著起鬨：

「你在說什麼啊。這樣就不用搶獵物了，應該算中大獎吧？」

有沒用的傢伙坐上同一輛車——這個認知雖然一致，之後的判斷就沒有共識了。羽澤看著周圍的獵人，揚聲表示：

「我想要安全地完成任務！最近崩原街遺跡附近有陌生怪物棲息，聽說周邊地域的怪物分布有變化了！」

羽澤再次把視線移到車斗上一部分成員身上。

「在情況穩定下來之前想安全地完成任務有什麼不對！在這種狀況下被分配到像這種全是小鬼的組，當然算是倒大楣了！」

阿基拉環視卡車車斗確認同車的成員，結果裡面也有跟阿基拉同年齡層的年輕獵人。

獵人工作基本上很危險，而危險度又跟報酬成正比。過度膽小與慎重是讓難得的賺錢機會逃走而且無法出人頭地的壞習慣，但同時也是壓抑強烈欲望來避免死亡的煞車皮。

累積一定經驗的獵人們因為羽澤的膽小而發出輕笑，但也表示能夠理解他的反應。

不過其中一名年輕獵人再也無法忍受羽澤無禮的發言。終於到達極限的他帶著嚴肅的表情迅速起身，發出粗暴的聲音追究起羽澤。

◆

對羽澤發怒的是名為克也的年輕獵人。他是年紀與阿基拉相仿的少年，有著強壯的體格與端正的容貌。

在乘坐大量武裝人員的現場毫不猶豫揚聲發言的模樣，其實不會讓人覺得是年輕人莽撞的行動，反而飄盪著一股實力者的霸氣。

自從上車之後包含自己在內的年輕人就一直被瞧不起，克也現在全力對他們發洩自己的怒氣。

「獵人工作看的是實力！跟年紀無關吧！我們也是獵人！裝備也相當齊全！當然也有實力！別因為年紀輕就瞧不起我們！」

由於克也的氣勢逼人，讓身為獵人早就習慣打鬥的羽澤稍微感到膽怯，但仍不足以完全消除對方帶著偏見的情緒。羽澤以輕蔑的態度看著克也並且回答：

「你有實力？那你的獵人等級是幾等啊？你說說看。」

「19等！這樣你還有什麼意見嗎！」

羽澤稍微繃起臉。

只湊齊裝備的外行人等級是10。從那裡開始努力從事獵人工作，在荒野累積一定經驗的人大概是15等左右。以參加這個巡邏任務的眾人平均等級來看，18等就已經算高了。

也就是說，獵人等級19的克也具備待在這個地方的水準。至少正如克也所說，不是因為年輕就該被瞧不起的數字。

重新確認克也的裝備就發現性能確實相當高。剛完成獵人登錄的菜鳥或者經歷雖然長但只是為了追求安全而不斷參加巡邏任務的人，又或者是不長進的落魄獵人，應該沒辦法穿上這樣的裝備。

湧起的陰暗忌妒讓羽澤試著尋找可以發洩的地方，而他立刻就找到了。原本有些嚴肅地皺起的臉再次浮現嘲諷的表情，然後輕蔑地繼續表示：

「哼。你們是多蘭卡姆的小鬼吧。只會跟在老手的屁股後面提升數字的小鬼，獵人等級根本不值得信任啦。」

克也因為憤怒而皺起臉。

「……你說什麼？」

克也確實是隸屬於多蘭卡姆的獵人。

多蘭卡姆是以久我間山都市為中心活動的獵人幫派。許多獵人隸屬於該處，算是相當龐大的組織，也活用組織的力量獲得許多成果。

出於各種理由，獵人辦公室會比較優待像這種具備強大影響力的幫派。

比如說長期需要多數人員的任務，除了可以把人員調整的細節與人手短缺時的對應交給幫派，也可以把麻煩的報酬分配推到他們頭上。

加上獵人基本上氣血方剛者比較多，讓其隸屬於某個幫派，讓該幫派負起責任來壓抑紛爭也比較容易管理。

由於這些原因，獵人辦公室會推薦獵人加入幫派，也支持大規模的幫派誕生。

獵人辦公室也管理這些獵人幫派，然後以各種指標評價幫派。當然，特別重視任務的達成率，並依此進行綜合的評價。

但是為了能接下足以讓對方做出評價的任務，就需要達到讓對方看得上眼的評價。而事前審查又跟獵人等級有很大的關聯，尤其是隸屬幫派者的等級平均值與總和的影響更是大。

因此就開始流行由老手獵人跟比較容易提升獵人等級的新人一起承接任務，藉此提升幫派的獵人等級平均值這樣的手段。某方面來說，這其實是竊取實績來刻意有效率地培養菜鳥獵人。

獵人辦公室在某種程度上也默認這樣的行為，因為從另一方面來看，這也算是在培育後進。只要提升評價的幫派能夠完成危險度與其相符的任務，

那就沒有任何問題。

因此也有因為想要獵人辦公室的優待處置，奮力提升獵人等級總數的幫派。而這樣的幫派裡面就有許多獵人等級雖然高，但跟菜鳥沒兩樣。

如果只是這樣就算了，當中也有誤認那是自己真正實力而幹出蠢事的笨蛋。集團行動時，跟這種蠢貨一起行動的人也就必須付出代價。

羽澤之所以惡形惡狀地抱怨，就是因為曾經被這樣的蠢貨拖累而遭遇危險。他認為克也的反應是因為被自己說中了，於是態度更加自大。

「反正你那身高級裝備也不是自己賺錢買的吧。把高級裝備的性能誤認為自身實力，但其實只是虛有其表的笨蛋。這種傢伙在隊伍裡只會礙手礙腳，專門扯後腿的啦。」

克也過去也聽過好幾次類似的謾罵，因此展現怒氣激動地反駁：

「礙手礙腳的是你吧！說不定會遇到怪物群還待在都是小鬼的組讓你感到不滿？光是在這種狀態下還不覺得能多打倒一些獵物就知道你打從一開始就打算讓別人去戰鬥了！」

「你說什麼！我只是在說不想幫你們擦屁股而已！」

克也跟羽澤開始沒完沒了地爭吵，粗暴的聲音也越來越大。一開始在旁邊對克也他們瞎起鬨的其他獵人也因為騷動擴大而開始繃起臉。

克也的兩側坐著身上裝備與克也相同的兩名少女。

看見克也他們爭吵的模樣，稍微板起臉嘆了一口氣的長髮少女是由米娜。

看著同樣的場景，很不高興般皺起略嫌稚嫩的臉龐的嬌小少女是愛莉。

兩個人都是跟克也一樣隸屬於多蘭卡姆的年輕

獵人。

由米娜她們都對視線前方的光景感到不滿。愛莉不滿的對象跟克也一樣是羽澤，但由米娜並非如此。她雖然覺得羽澤的態度確實有可議之處，但她不滿的對象主要是克也。

然後由米娜站了起來，輕笑著對克也搭話：

「克也。」

「由米娜！別阻止……！」

由米娜在克也把臉轉向她的瞬間就動手揍了克也，克也倒到車斗地板上。突如其來的事態讓現場的喧囂聲暫時消失，轉變成感到疑惑的騷動聲。

由米娜抓住倒地的克也的胸口，把仍處於混亂狀態的他拉起後強行讓他站好，然後直接把他的臉拉到自己面前，狠瞪對方嚴厲地斥責：

「別刻意跟其他獵人吵架！我們確實是小孩子吧！只不過被抱怨一下，沒必要一一反駁吧！接下

來要到危險的荒野了，為什麼還要增加怪物以外的敵人！」

克也忍不住瞪著由米娜。

「被批評成那樣，妳還要我保持沉默嗎！」

但是由米娜以更嚴厲的視線回望他。

「我們是獵人吧？那就展現出實力來讓對方閉嘴！吵架獲勝讓對方安靜就滿足了嗎？」

接著就這樣沉默下來，雙方以視線展開強烈的衝突。沉默籠罩了現場一會兒，雙方都稍微恢復冷靜之後，由米娜開口說：

「……展現實力之後還不閉嘴的傢伙就是只會找我們這種年輕人麻煩的嘍囉，那就不用管他了。這就是所謂強者的自信吧？」

「……我知道了。」

克也心不甘情不願地回到位子上。由米娜輕嘆一口氣後也坐回克也旁邊，然後放鬆表情開始以熟練的手法幫克也療傷。她把含有回復藥成分的治療用貼布貼到克也被猛力毆打而腫起來的臉頰上。

克也一邊苦笑一邊有點不滿地抱怨：

「……引起騷動是我不好，但是與其幫我療傷，倒不如一開始就不要動手。」

由米娜照顧眼前的青梅竹馬，輕笑著說：

「你變成那樣的話光用嘴勸告根本沒用吧，所以才揍你。幫你療傷跟揍你是兩回事。」

「總覺得不太能接受。」

「這不能怪我。」

面對露出有些不服氣的態度的克也，由米娜毫不在意地笑著如此回答。

在旁邊看著整件事情經過的愛莉則小聲地鼓勵克也。

「我們馬上就會往上爬，爬到聽不到那種酸民聲音的位置。」

聽起來是很平淡的口氣，但是確實帶著愛莉替克也著想的心情。

「在那之前要忍耐。」

克也也因而不再生氣。他笑著回答愛莉：

「說的也是。謝謝妳。」

「嗯。」

愛莉面無表情，但滿足地點了頭。

現場騷動仍未完全靜下來。有人因為無聊的爭吵終於結束而失去興趣，也有人因為感覺克也他們的態度帶著某種自信，反而感到不愉快。

特別是羽澤，爭吵的對象某種意義上展現出強者的自信，所以完全無法冷靜下來。依然焦躁不已的他持續謾罵。

但是這個時候，現場一名叫作西卡拉貝的獵人出聲了。

「抱歉引起了騷動。」

他說出的是道歉的言詞，但開口的目的卻是別再吵下去的威脅。他以這樣的語氣正確地傳達這個意思給在場所有人。

同車的西卡拉貝是率領克也他們的領隊，同樣是隸屬於多蘭卡姆的獵人。他的裝備與風格都跟其他獵人不一樣，散發出一股熟練高手的氛圍。

「我會負責照顧他們，所以他們不會扯你們的後腿，在這方面不會給你們添麻煩。就這樣。」

西卡拉貝一臉嫌煩的表情看著四周。光是這樣，殘留在現場空氣中的騷動餘燼就完全熄滅了。

等級明顯較高的獵人所做出的宣言禁止所有人繼續吵下去。包含羽澤在內，仍感到不滿的眾人也沒有膽子與西卡拉貝為敵，只能不甘願地退下。

獵人辦公室的職員從駕駛座對著車斗大叫：

「時間到了！現在就出發！接下來引發騷動的人將視為放棄任務，直接趕下車！還有，那邊多蘭卡姆的傢伙！好好照顧你們家的小鬼！出發了！」

因為職員的斥責，原本受到西卡拉貝威脅而退下但內心仍殘留著怒火的獵人也氣消了不少。這下現場氣氛終於變回跟平常的巡邏任務時一樣了。

◆

巡邏工作開始後，卡車就以大型搜敵裝置搜索附近的敵人，並且往荒野出發。

阿基拉因為騷動平息下來而感到安心，但臉上還是浮現感到麻煩的表情。

『那些傢伙搞什麼？為什麼出發前會發生這種騷動？』

阿爾法有些開心似的微笑著說：

『可能是因為你運氣不好啊。』

『……不是吧，也有看起來很強的獵人同車，應該跟我的倒霉無關。』

阿基拉無法接受阿爾法的話，像要甩開般加以否定。

巡邏任務是依據怪物的討伐實績來計算個別的報酬。基本上獵物是先搶先贏，怪物的擊倒判定與打倒的獵人識別，是由車上的情報收集機械等收集的資訊來做綜合的判定。

獵人們齊射打倒怪物或正確的討伐者不明時，報酬就由可能打倒的人平分，或是平均分配給車上的所有獵人。任務內容包含不能對判定與分配有怨言。

討伐的怪物屍體與殘骸所有權將屬於獵人辦公室。這是預防獵人在任務途中為了把這些帶回去而延遲行程的處置。

雖然回收班有時候會回收這些殘骸，基本上是直接丟在原地。單純是因為效率太差了。

卡車順利地巡邏著，遭遇過怪物好幾次，但大部分是單隻或從遠方接近，從車斗進行遠距離射擊就解決掉了。

獵人是以所坐的椅子位置來分配負責的方向。怪物大多是從多蘭卡姆等人坐的右側出現，阿基拉坐在左側，所以目前仍沒有成果。

羽澤誤認為坐在旁邊的阿基拉是多蘭卡姆的成員之一，於是態度惡劣地要他退到別的地方。

「你也到那邊。為什麼待在這裡？」

阿基拉平靜地回答：

「我跟那些傢伙無關。」

羽澤露出有些疑惑的表情。

「是這樣嗎？你不也是小鬼？」

「小鬼也需要錢啊。獵人等級低的小鬼也能承接的任務本來就不多，和那些傢伙搭同一輛車單純是偶然。」

「那你身上那套強化服是怎麼回事？不是從多蘭卡姆借來的嗎？」

強化服就算便宜一點的製品也相當昂貴，至少不是剛出道的獵人出得起的金額，像阿基拉這樣的小孩子就更不用說了。羽澤以這些作為根據，對阿基拉投以懷疑的眼神。

阿基拉的表情變得嚴肅一些，散發出某種決心與覺悟。

「我用儲蓄自己買的，是大約2世代前的產品，所以比較便宜。即使如此，還是得刪減住宿費才買得起，沒辦法住有浴缸的旅館，有一陣子沒泡澡了。」

阿基拉說出切身的想法。

「我要用這次委託的報酬，恢復可以泡澡的生活。」

阿基拉的口氣以及意志散發出強烈的覺悟與決心。羽澤感受到之後有點害怕。

「這、這樣啊。把你當成跟他們一夥是我不好。嗯，我也是每天都想泡澡，實際上也每天都有泡，所以能夠理解你的辛苦。」

光靠刪減住宿費真的買得起強化服嗎？平常會冒出的簡單問題，在被阿基拉的氣勢震懾後也沒有浮現在羽澤的腦袋。

◆

克也從卡車車斗以狙擊槍瞄準遠方的怪物。車輛的晃動傳遞到槍身，透過瞄準鏡的光景持續產生劇烈晃動，因此要讓獵物進入射線可說相當困難。

即使如此，還是盡可能瞄準並且扣下扳機。發射出去的子彈飛過荒野，命中距離目標相當遙遠的地方。

「……失手了嗎？真是困難啊。」

考量到車體的晃動以及與對象之間的距離，想要命中真的需要神一般的射擊能力。雖然克也擁有稀世的才能，目前仍在鍛鍊當中。現在的實力尚未符合將來受到期待的才能，當然會有這種結果。

但就算這樣，還是完成了最低限度的工作。靠著命中比較接近的位置，讓怪物注意到卡車而迅速衝過來。光是能命中那個地方就足以證明克也擁有高超的射擊能力。

克也自己也不認為會擊中，但他是認真想命中目標，想確實命中目標來展現自己的實力，展現給那些瞧不起小孩子的傢伙看，好讓他們閉嘴。

對象沒有遠距離攻擊能力，所以目前只能成為槍靶。當然，打倒之後就是成果。再來只要在目標抵達卡車前把它打倒就可以了。然後靠著狙擊槍的射程，現在的狀態是只有克也能夠擊中敵人。

但是克也到最後都沒能打倒目標。雖然命中靠近的敵人好幾次，卻都不是致命傷。當怪物進入由米娜她們的槍的射程時，就被掃射而倒下。

克也完成了吸引獵物這種最基本的工作，沒辦法提供更多貢獻。

愛莉對克也伸出手。

「接下來換我了。」

克也惋惜般嘆了口氣，把狙擊槍交給愛莉。由米娜看了就露出苦笑。

◆

在距離克也等人稍遠的地方，從卡車車斗另一側看著他們的羽澤不高興地呢喃：

「這幾個小鬼，如此得意忘形……」

克也他們活用槍械的性能獨占了成果。獵物是先搶先贏，獵人工作本來就是實力社會，沒有讓出戰果的道理與義務。某方面來說，是為了確實展現實力給其他獵人看，讓他們知道我們不是拖油瓶。

但是不是能得到正確的評價就另當別論了。

克也他們非常認真地從事獵人這份工作，不過是在西卡拉貝這名實力者的庇護下，以多蘭卡姆借出的高性能槍械來獨自持續打倒怪物。

從對年輕獵人有偏見的人看來，只會覺得那副模樣果真如同惡劣的風評，就是一群過度相信自己實力的傢伙。

而就算他們的實力獲得正確的評價，要問這樣是否就不會惹其他獵人不開心，其實也不見得。因為他們依然靠著性能更好且有效射程比同車其他獵人遠的槍械來獨占算作成果的獵物，這樣的狀態不會有任何變化。

抱怨克也等人的羽澤想起旁邊還坐著阿基拉，便稍微加了一句：

「噢，我不是在說你喔。」

阿基拉似乎並不在意。

「沒關係啦，我也知道自己是小鬼。」

羽澤的心情平復了。跟剛才克也那種態度比起來，阿基拉可說是謙虛，為了裝備刪減住宿費的事情也讓羽澤稍微提升對阿基拉的評價。

「這樣啊。對了，你的槍是ＡＡＨ突擊槍吧。我的也是。」

羽澤對阿基拉展示自己的槍。確實同樣是ＡＡＨ突擊槍，但是跟阿基拉的槍比起來，保養的狀態完全不同。即使如此，發現有人使用的槍跟自己的愛槍一樣還是讓他很高興。

「這是一把好槍對吧，可以說是名槍。雖然有人覺得是便宜貨而瞧不起它，但不是使用昂貴的槍械就很厲害。就算使用高級的槍，技術跟不上的話射不中就是射不中。」

羽澤瞄了克也一眼。

雖說不是刻意說給他聽，然而車斗不是那麼寬敞，他也聽見這段話了。

克也很憤怒，同時像有些不甘心地皺起臉，不過反應就只有這樣。持續失手是不爭的事實，而且也被西卡拉貝禁止引起騷動，因此無法提出反駁。

注意到這一點的羽澤瞧不起克也般笑了起來。

阿基拉忍不住說出自己的意見。

「是從移動中的搖晃卡車車斗瞄準遠距離的怪物，沒那麼容易命中。而且瞄準的目的是要引誘怪物，應該打從一開始就沒有想靠那樣擊倒目標。」

阿基拉擁護克也般的發言讓羽澤不開心地皺起臉。反倒是克也的心情較為平復了，但馬上就被接下來的話惹火。

「有看起來很強的傢伙說會照顧對面的年輕人，不會給我們添麻煩。在出現怪物貼著卡車的事態之前就別管那麼多吧。」

對阿基拉來說單純就是「所以別管他們了」這種程度的小事，然而依照解釋的不同，這句話聽起來也可以是「如果沒有實力者照顧，只會礙手礙腳」的意思。

而羽澤以及克也就因為內心偏頗的想法而做出這樣的判斷。羽澤感到開心，克也則覺得憤怒。

羽澤的心情完全平復了，因此失去對克也的興趣，把視線移回阿基拉身上後開心地宣告：

「基於使用同一種槍的情誼，這邊出現怪物時就先讓給你吧。」

「……？謝謝。」

阿基拉有些疑惑，但也沒有太在意。

一陣子之後，阿基拉他們負責的範圍出現怪物。外表看起來像大型肉食獸，發現卡車後就迅速衝了過來。

看見這一幕的阿基拉先深呼吸了一下以保持冷靜，接著露出嚴肅的表情。

『阿爾法，輔助就拜託妳了。』

與阿基拉相反，阿爾法臉上浮現從容的微笑。

『知道了。要提供多少輔助？難得有跟平常訓練不一樣的機會，要不要自己稍微瞄準看看？』

『不了，盡量輔助我吧。如此搖晃的話，不靠妳幫忙感覺就無法命中。這個難得的機會，就拿來活用在測試妳的輔助究竟多有效這方面吧？』

阿爾法得意地微笑著說：

『既然你都這麼說了，我也得展示一下我的輔助究竟多有用。交給我吧。』

『拜託了。』

阿基拉在搖晃的車斗上舉起槍，透過瞄準鏡仔細瞄準。視野裡出現擴增的彈道預測線以及怪物的弱點部位。

因為車體搖晃造成槍械晃動，瞄準鏡前方的景色應該會劇烈變動才對。但是透過瞄準鏡的視野卻持續在快超出ＡＡＨ突擊槍有效射程的位置正確捕捉到目標。

這全是靠阿爾法配合車體的震動，以細微又絕妙的動作移動槍械，才能消除複雜的晃動，讓透過瞄準鏡的光景看起來簡直就像靜止畫。

阿基拉準備扣動扳機。讀取到動作的阿爾法加入車斗搖晃的計算後開始操縱強化服，輸出提升到極限的強化服精密地固定住阿基拉的姿勢與舉著的槍械。

阿基拉扣下扳機。在阿爾法極度精密的射擊輔助下，發射出去的子彈正確地命中遠方標的的弱點部位。

接著又扣下兩次扳機。共三發子彈以難以置信的準確度分毫不差地命中目標的同一個部位。

最後的子彈穿透肉食獸堅硬的頭蓋骨，直達腦部。大型野獸每次中彈，負傷就依序從輕傷惡化成重傷以及致命傷，最後誇張地癱倒，失去生命。

羽澤看見被打倒的怪物，太過驚訝而露出僵硬的笑容。完全沒想到能從這個距離擊中。

「很、很有一套嘛。」

阿基拉放下槍，彷彿覺得沒什麼地回答：

「因為是名槍啊。」

「說、說的也是。」

面對阿基拉「命中目標是理所當然」般的態度，羽澤產生更強烈的驚訝與困惑。

阿基拉原本就認為命中是理所當然，因為實際命中的是阿爾法，不是他。

而阿爾法本人正對阿基拉露出得意的微笑。

『怎麼樣?很厲害吧?』
『好厲害。』
阿爾法露出有些不滿的表情。
『但你的反應很平淡。』
『是嗎?因為和妳相遇之後遇見許多令人驚訝的事，我大概也差不多習慣了吧。』
『是嗎?這樣的話最近還會讓你嚇一跳喔。』
阿爾法這麼說完就一如往常開心地笑了起來。
阿基拉刻意保持平靜，這是因為不想隨便對阿爾法有所反應而被當成怪人。
在無法看到阿爾法的其他人眼裡看來，阿基拉就是輕易完成高難度狙擊卻連笑都不笑的實力者。
看見這一幕後感到驚訝的不只有羽澤。
剛好看見阿基拉開槍的克也臉上也浮現驚訝的表情。

結束都市周邊巡邏的卡車將前進路線變更為都市，踏上歸途。車斗內的獵人已經解除警戒，許多人都放鬆下來與其他人閒聊，車斗內有些吵雜。
阿基拉表面上很正常地默默坐著，實際上持續跟阿爾法聊天，不過他還是特別注意視線不要朝向特定方向。
阿爾法注意到這一點後就輕笑著說：
『阿基拉，有人從剛才就看著你喔。』
視線的主人是克也。阿基拉在阿爾法的輔助下完成令人驚奇的射擊後，克也就看了他好幾次。阿基拉也注意到了，卻刻意無視這件事。
『他也沒來找我吵架，別管他吧。』
『說的也是。可能單純覺得難得看到除了他們的孩子吧。』
阿基拉判斷克也等人是隨便引起麻煩事的幾個傢伙，只要對方不干涉自己，阿基拉也不想跟他們扯上關係。

就引起麻煩事的人來說，前幾天在謝麗爾他們的據點引起騷動的阿基拉其實更加惡劣。阿基拉自己知道這一點，但是選擇不去理會。

『阿爾法，結果只有打倒一隻怪物就結束了，這陣子都要持續這種任務嗎？這樣能得到多少報酬啊？』

『至少能知道金額離可以住附浴缸的房間還很遙遠。我想要是像之前那樣被怪物群襲擊，報酬的金額也會跳好幾級吧。』

阿基拉想起那個時候的事情，忍不住皺起臉。

『饒了我吧。我不想再遇到那種事了。』

阿爾法卻露出充滿自信的笑容。

『已經得到強化服，下次可以跑著逃走啦。』

『我不要。腳要是斷了怎麼辦？』

『到時候就在腳斷掉之前使用回復藥吧。斷掉之前應該可以爭取到不少時間。』

『請往避開腳斷掉的方向去想具體的對應方法好嗎？』

阿基拉保持皺起的臉看向荒野。要是有人針對現在自己臉上的表情詢問，就說是因為沒辦法賺太多酬勞而感到不滿吧。阿基拉這麼想著。

◆

在歸途的卡車車斗上，克也臉上浮現洩漏內心複雜情緒的表情，而且總是無意識地把視線移到阿基拉身上。

由米娜注意到這樣的克也後露出疑惑的表情。

「克也，你從剛才就一直看那邊，發生什麼事了嗎？」

「……沒什麼事啦。」

「沒什麼事的話就不要一直偷瞄人家，要是被誤會想找麻煩怎麼辦？」

「說的也是。抱歉。」

克也乖乖道歉，臉上還是掛著陰鬱的表情。被點出無意識地看著阿基拉後，有自覺的克也就刻意克制自己不要把視線移過去，結果反而更加在意。

愛莉像是感到不可思議般問道：

「你看著對面在想些什麼？」

「沒有啦，就說沒事了，妳不用在意。」

「會在意啊。」

愛莉一直盯著克也。這是對自己就待在克也身邊，他的意識卻在別人身上的小小吃醋。

然而有些陷入煩惱的克也沒辦法注意到如此細微的心情，他放棄掙扎似的輕嘆一口氣，還是保留一部分真正的想法，開口回答：

「我看到那個傢伙開槍射殺怪物，那讓我有點在意。」

克也完全省略自己的心情後，對由米娜她們說明自己看見了阿基拉神一般的射擊技術。

愛莉思考了一下才回答：

「不是偶然，就是你看錯了。」

「那種距離下，偶然能射中嗎？」

「那是AAH突擊槍的有效射程內，所以有偶然射中的可能性，也可能沒有命中。搞不好其實是射到地面，嚇一跳的怪物失去平衡，迅速倒地後脖子骨折了；也可能是其他獵人幾乎在同一時間狙擊了怪物。很難相信是他刻意瞄準且命中目標。」

確實有可能是這樣。即使這麼想，克也還是無法接受。

「這樣嗎？但我看來是那個傢伙射中的啊。」

「我沒看見，只能說或許是偶然。而且……」

「而且什麼？」

「就算他是瞄準並且命中，也跟我們無關。」

由米娜也露出有些覺得不可思議的模樣。

「如果真的是刻意瞄準並且命中，雖然會覺得很厲害，但需要這麼在意嗎？噢，你是想問他射擊的祕訣嗎？」

「不，不是這樣。」

「那就好啦。我們不用在意其他獵人的實力，一步一腳印提升技術就行了吧。我有說錯嗎？」

「嗯，是沒錯啦。」

愛莉有些不滿地繼續表示：

「更重要的是，克也你是我們的隊長，跟其他獵人比起來，還是注意自己隊上的獵人比較好。」

克也開心般露出苦笑後，又以堅定的笑容對愛莉表示：

「沒錯。我明明是隊長，卻在意不是小隊成員的傢伙，真的很抱歉。接下來我會確實關注我們的夥伴。愛莉，這樣可以嗎？」

「嗯。」

愛莉幾乎是面無表情，但臉還是稍微放鬆並滿意地點了頭。由米娜看了也露出開心的苦笑。

克也之所以無法老實回答自身的心情，是因為裡面還參雜了羨慕之外的感情。

阿基拉以高超的射擊技術打倒怪物的模樣，某方面來說是那個時候的克也想要實現的。

雖然是跟自己年紀差不多的獵人，卻依然展現實力，讓輕視孩子的傢伙安靜，承認其實力。這從羽澤的態度就能明顯看出來。

對方原本是如此瞧不起自己，結果僅靠一次機會，光是展現一點實力就改寫了他的認知。

如果只是這樣，克也也會老實地稱讚阿基拉，單純地認為也想變成像他那樣，自己一定會成功給大家看。

但是阿基拉本人無論怎麼看都不怎麼強。如果是展現如此高超射擊技術還神色自如的實力者，怎麼會完全感覺不到那種氣氛？聽人家說那只是偶然命中還差點就要相信了。

不過克也稀世的才能告訴他那並非偶然，也告訴他那不是阿基拉的實力。這完全相反的內容讓搞不懂的克也產生混亂。

即使如此，湧出的羨慕還是讓克也把阿基拉跟自己重疊在一起，但也因為這樣，連對自己的惡評也重疊在一起了。

把別人給予的力量錯認為實力，因而得意忘形的蠢貨。他從阿基拉身上看見自己的這種模樣。

因此克也無論如何都無法老實地稱讚阿基拉。

◆

看見克也他們很開心的模樣，再次累積不滿的羽澤便對阿基拉搭話：

「真是的，那群傢伙到最後還是這麼礙眼。」

阿基拉以滿不在乎的態度回答：

「別管人家了。光是反應都覺得累，隨便扯上關係也只會引發紛爭，根本一點好處都沒有，何況還有很強的傢伙在附近。」

羽澤瞄了克也他們附近的西卡拉貝一眼。

「……嗯，說的也是。話說回來，有像你這樣的傢伙，也有像那些小鬼的傢伙。為什麼有如此大的差異？」

對羽澤來說，這是隨口說出的呢喃，但是聽見的阿基拉還需要幾秒鐘的沉默才能做出回答。他接著就以有點嚴肅的口氣回答：

「沒什麼太大的不同啊。」

「是嗎？我覺得看起來差很多。」

「都一樣。即使有程度的差異，大家都是賭命來到荒野，就算本人沒有這種自覺也一樣。」

隸屬於獵人幫派最大的好處就是可以接受其他人的輔助。

「遺跡探索的運氣與實力；面對怪物時的運氣與實力；處理麻煩事的運氣與實力。賭金越高勝率越低的話就能贏得更多報酬，這對那些傢伙來說也一樣。」

從這一點來比較的話，受到阿爾法輔助的阿基拉可說獲得遠遠超出克也他們的優渥待遇。

「既然來到荒野，就可能遇到那種人吧。我們沒有避開那種傢伙的實力與不會與其相遇的運氣，就是這麼簡單。而我們有能夠平安無事回來的運氣，事情就是這樣。」

靠著遇見阿爾法的運氣，阿基拉現在也像這樣活了下來。

然而還是經歷了數次瀕臨死亡的狀態。

阿基拉強烈地警告自己，不能在不知不覺間就把阿爾法帶來的優遇與恩惠變成自大與鬆懈。

◆

羽澤在卡車車斗上默默看著阿基拉，接著產生某種想法。

阿基拉的槍跟自己一樣是ＡＡＨ突擊槍。自己確實看見阿基拉用那把槍輕鬆打倒怪物。當時表面上雖然試著保持平靜，內心其實相當驚訝。

自己無法用同一種槍辦到同樣的事情，沒有自信能在那種距離下命中目標。

期待能射中某個地方而持續掃射，命中幾發子彈讓對手的動作變慢再繼續開槍給予致命傷，最後才確實奪走對手的性命。自己最多只能做到這樣，不可能像阿基拉以最低限度的子彈打倒對手。羽澤理解到這一點。

羽澤比較阿基拉與自己的槍。雖然同樣是AAH突擊槍，阿基拉的看起來有經過仔細的保養。

他看著自己的槍，試著回想最後一次認真保養是什麼時候的事，卻想不起來。

沒有好好保養仍保有一定程度性能的AAH突擊槍確實是名槍，不過怠於保養的話性能就會降低。羽澤突然感覺自己的槍看起來很寒酸。

羽澤露出苦笑。

（……拿這種槍來到荒野還活著回來，我可能也算運氣不錯的人。）

明明害怕死亡而接下危險性較低的討伐任務，卻冒著沒有好好保養槍械就來到荒野的危險。把原本就覺得不符比例的工作變得更加不符比例。

羽澤過去也是以更積極的態度從事獵人工作，潛入許多遺跡，找到大量遺物，與許多怪物戰鬥並從荒野生還。

同時也看過許多死亡。不論是一起前往遺跡的同僚之死，還是交戰的盜賊之死，甚至是突然就沒再來酒館的朋友之死。

大量死亡讓羽澤感到膽怯而開始遠離危險。結果雖然得以保全性命，相對地羽澤也失去出人頭地的可能性。

（……害怕危險，只從事便宜的任務，當然只能變成不長進的獵人嗎？我以前渴望出人頭地的心情也很強烈……）

羽澤之所以對克也產生強大的厭惡感，也是因為感覺到想以那種態度獲得成功的人的意志。

至少克也不顧危險想出人頭地。只要他確實擁有運氣與實力，一定馬上就能衝到更上面的領域。
而從他討厭因為是年輕獵人而被輕視的態度，也能感受到不甘於現狀的上進心，就像是過去的自己一樣。
展現實力的人、不甘於現狀的人。看見這兩名少年後，羽澤也開始重新檢視自己。
（……今天就回去好好保養槍械，然後重新來過。我算是運氣不錯的人，今天遇見這些人也算幸運，是命運在告訴我可以重新來過。）
再次以懷抱著夢想的獵人為目標重新努力。羽澤暗自下定決心。
實際上，羽澤確實運氣不錯，才會為了保養槍械，結束今天的工作回到旅館。
羽澤比他自己所想的還要幸運。

載著阿基拉等人的卡車回到出發地點廣場。

廣場相當擁擠。除了巡邏結束的人，還有下一次巡邏的參加者，以及自己接下的任務時間到之前正在打發時間的人。

不只有改造成巡邏用的越野車，還能看見以獵人為對象的移動店鋪聚集在這裡，可以說是人車鼎沸的狀態。

阿基拉從卡車車斗下來之後才終於解開仍殘留一些的警戒與緊張。他像要吐出精神的疲勞，呼了一口氣。

阿爾法很開心地笑著說出慰勞的話。

『辛苦了。順利活著回來了呢。』

『是啊。』

『真是太好了。這也是託我輔助的福喔。』

『……是啊。』

『被指定到14車時，連我都不由得對你的霉運產生了過度警戒，但是看來是沒這個必要。』

阿基拉對阿爾法投以疑惑的視線。

『所以說，那到底是什麼意思？』

『沒什麼，你不用擔心。』

阿爾法還是帶著微笑。這時候職員響徹周邊的聲音打斷了仍感懷疑的阿基拉。

「提出獵人證接受結束任務的手續！想直接領報酬的人到辦公室的領取窗口！今天十八點開始支付！開始支付的四十八小時內不領取者將視為放棄報酬！重複一遍！提出獵人證……」

獵人辦公室職員不斷對巡邏回來的獵人大叫同樣的內容。這也是為了盡量減少關於支付的紛爭。

『阿基拉，快點過去正式完成任務吧。忘記這個手續就不得了了。好了，快點。』

『知道了。知道了啦，妳先把衣服穿回去。』

『哎呀，你不喜歡這種打扮嗎？』

阿爾法對阿基拉擺出展示身材的姿勢並且露出誘惑的微笑。對回到都市將意識從荒野用的緊張狀態恢復正常的阿基拉來說，那是有些刺激的打扮與動作。

阿基拉冷冷地回答：

『夠了，快穿回去。』

『真拿你沒辦法。』

阿爾法笑著開始換裝，最後恢復成裸露度比泳裝低的打扮。即使如此還是有許多肌膚裸露在外，但阿基拉決定先不管她，因為要是抱怨太多讓她再次換上讓人分心的打扮就糟了。

之後排到完成任務手續的隊伍裡，讓職員的機械讀取自身的獵人證，讀取聲宣告阿基拉完成了巡邏任務。

冒出輕微成就感後，阿爾法就催促他快點到獵人辦公室的網站上去確認任務履歷。

在阿爾法的幫忙下操縱資訊終端機，連上獵人辦公室的各個獵人的個人網頁確認任務履歷的最新情報。裡面已經追加了剛才完成的任務。

然後從那裡閱覽任務的詳細情報。上頭列著任務的名稱、日期與時間、難易度與具體工作內容、詳細達成內容等情報。另外報酬金額的欄位則寫著計算中。

『對了，報酬要怎麼領取？』

『設定成匯入戶頭了。基本報酬是五千歐拉姆，不清楚追加報酬有多少，但你只打倒一隻怪物，還是不要有太大的期待比較好。到開始支付的時間就會從獵人辦公室匯入戶頭。』

阿基拉因為暫定報酬的金額而稍微繃起臉。

『……這金額不足以支付附有浴缸的房間。』

『才剛結束上午的第一次任務而已。把今天賺的酬勞總計起來大概就沒問題。』

『如果是這樣就好。』

『還有作為報酬的獵人等級升等我也不是很清楚。等級上升的計算方式似乎是非公開的情報。』

對現在的阿基拉來說，今天的住宿費比獵人等級上升更重要，所以並不在意這件事。

巡邏任務上午總共分成三次，下午則是分成四次進行。依照巡邏途中遭遇的怪物數量，消耗的彈藥量也會出現差異，所以是以「能在彈藥殘量不會出現問題的前提下平安歸來」來分配巡邏時間。

另外，接受巡邏任務的大多是新手獵人。而新手很容易有即使完成事前預約也沒到現場的情況。

至於理由則是五花八門。首先有人單純是放棄了任務，再來是一次完成了幾件任務的承接手續，但在首次巡邏時受到強力個體攻擊而開始感到害怕，隨即放棄之後的任務。

最後則是因為怪物的攻擊，陷入包含死亡的無法戰鬥狀態。這也是新手獵人常見的理由。

獵人辦公室不會區分這些理由。因為不論是什麼樣的理由，都絕對跟該名獵人的意志與實力不足有關。

阿基拉承接了接下來十一點開始的任務。由於只用了三發子彈，不需要進行彈藥補給。

當他和阿爾法閒聊打發下一次任務前的時間，艾蕾娜就剛好走了過去。

◆

艾蕾娜注意到阿基拉後就笑著對他搭話：

「果然是阿基拉，好久不見了。」

「好久不見。」

阿基拉禮貌地低下頭。

「原本以為能在靜香的店裡相遇，但你最近好像都沒去。發生什麼事了？」

「向靜香小姐訂購了強化服，在商品送達之前我先中斷獵人工作躲在旅館裡了。因為強化服終於送達，今天重新開始獵人的工作。」

「原來是這樣啊。不是因為之前的傷勢在休息嗎？真是太好了。」

艾蕾娜注意到阿基拉的強化服。

「這就是你說的強化服？嗯，很適合你喔。看起來很帥氣。」

「謝謝。」

阿基拉有點害羞的樣子。艾蕾娜才剛因為他的模樣露出微笑，隨即表情又變得有點嚴肅。

（……這樣看起來，阿基拉就像是普通的小孩子。但是……）

接著阿基拉發覺艾蕾娜的變化，便感到有點不可思議。這時艾蕾娜客氣地對阿基拉低下頭。

「雖然有點晚了，就由我來開口吧。謝謝你救了我跟莎拉，真是太感謝你了。」

面對像是有些困惑的阿基拉，艾蕾娜確實與其眼神交會，並繼續以嚴肅的口氣表示：

「我聽莎拉說了。我也跟莎拉一樣不會對你多問什麼。我保證，也可以發誓。」

阿基拉一瞬間露出複雜的表情，接著才像是要把事情帶過般笑著說：

「……啊，好的。我知道了，拜託妳了。」

艾蕾娜看見阿基拉的態度後覺得有些遺憾。

（……果然沒辦法立刻信任我們嗎？嗯，也是啦。）

艾蕾娜把阿基拉的態度視為對自己的不信任，所以有點心痛，同時也能接受他的反應。

阿基拉應該是舊領域連結者，也很清楚這件事被別人知道的危險性吧。這樣也難怪他無法信任。這件事被別人知道，有時甚至比性命更加沉重。

這麼想的艾蕾娜露出溫柔、誠實且堅強的微笑，想盡可能讓阿基拉放心。

「怎麼說我都是有一定實績的獵人，所以很清楚信用的重要性。況且我也不想讓莎拉和靜香討厭，當然你也是。所以，放心吧。」

「啊，沒有啦，我不是在懷疑艾蕾娜小姐和莎拉小姐……」

「這樣啊？謝謝你的信任，好高興喔。」

艾蕾娜這麼說著對阿基拉展現笑容。結果從剛才就因為艾蕾娜對自己誠實的態度有些慌張的阿基拉，又因為這樣的笑臉感到害羞而稍微慌了手腳。

艾蕾娜從阿基拉的模樣得知他並非不信任自己，便笑逐顏開，然後又像有些遺憾般繼續表示：

「雖然很想跟你多聊一會兒，但我還有急事，下次再到靜香的店裡好好聊聊吧。既然人在這裡就表示你也接下了巡邏任務吧，隔了許久才重新開始獵人工作的話千萬不能掉以輕心，要提高警覺喔。那下次見了。」

「好的，我會小心。妳也要多小心。」

艾蕾娜對於能好好跟阿基拉道謝感到滿足，輕輕揮手後就離開了。

◆

艾蕾娜的身影從視野消失後，阿基拉稍微低頭並大大呼出一口氣。他的胸口產生跟被莎拉道謝時同樣強烈且沉重的感情。

阿爾法察覺後就對他搭話。

『阿基拉……』

阿基拉也回想起阿爾法以前對他說過的話。

下次不是把拯救艾蕾娜她們當成想殺人的藉口，而是因為想救艾蕾娜她們而救。培養實力就是為了做到這一點。這是為了艾蕾娜她們，也是為了自己。

『我知道，放心吧。』

阿基拉再次下定決心，並且打起精神。

阿爾法看了就微笑著說：

『那就好。差不多快到下次任務的時間了，開始移動吧。』

『知道了。』

阿基拉抬起臉，踏出堅定的腳步。

下一次巡邏任務的時間即將來到。當阿基拉跟上次一樣前往指定的車輛時，身邊的阿爾法表情就變得有些嚴肅。

『……又是這個號碼耶。是跟你有緣的號碼嗎？』

指定的號碼又是14。看見阿爾法再次以別有深意的表情說出別有深意的發言，阿基拉就微微繃起臉。

『就說了，既然要做出那種令人在意的發言，就告訴我那個號碼的意思。』

『沒什麼大不了的意思。只是以彩頭來說，這不是個很吉利的數字。』

『……啊啊，原來如此。是我運氣不好的意思嗎？』

『正是如此。』

阿基拉接受了這種說法，阿爾法也就沒有繼續說明下去。

下一次的巡邏開始了。環視車斗稍微確認了一下同車的人，發現幾名跟上次一樣的成員。裡面沒有多蘭卡姆的獵人跟羽澤的身影。

這次的年輕人只有阿基拉一個。雖然沒有像上次那樣的騷動，但有人以認為阿基拉會扯後腿的視線看著他。然而在阿爾法的輔助下以精密射擊打倒怪物幾次後，這樣的視線就消失了。

也有人因為如此高超的射擊技術就認為阿基拉是義體者。乍看之下相當少見的精密射擊，對將高性能狙擊軟體安裝到義體內控制裝置的義體者來說並不困難。而為了讓身體熟悉新的義體，接下低難度的任務也不是不可思議的事。

巡邏在沒有什麼大問題的情況下進行，只是遭遇個體的強度與攻擊頻率比平時提高了一些。對期待追加報酬的人來說，這次算是中獎了。

阿基拉混在其他獵人當中打倒了許多獵物，聽見獲得的追加酬勞後，臉上稍微有了笑容。

結束巡邏的卡車開上歸途時，認為應該可以期待高額報酬的男人們開始笑著談論要怎麼使用報酬，其中也能聽見在紅燈區揮霍的豪爽對話。

阿基拉也很開心。雖然沒辦法從打倒的怪物數量推測報酬金額，不過從周圍獵人的模樣可以推測出應該值得期待。

『這樣的話，應該能住附有浴缸的房間了。今天就好好泡個澡吧。』

阿基拉在結束二次巡邏任務後感到比較從容

了。阿爾法則是微笑著叮嚀他：

『下午也要接巡邏任務，可別鬆懈了。為了明天之後也能住附浴缸的房間，好好努力吧。』

『我知道，但是那種程度的話應該沒問題。會出現下一次的任務難度特別高的情況嗎？』

『接下的任務難易度都是一樣喔，但經常出現說明上的難易度與實際上的難易度不同的情況，尤其是像這種討伐類任務。你的話應該很清楚我的意思吧？』

阿爾法說完便露出別有深意的微笑，阿基拉看了也回以苦笑。

『說的也是。我會注意。』

阿基拉有過同一天被怪物群襲擊兩次的經驗。光是有這個前例，他就很清楚自己有多倒霉了。

因此充分理解的他確實地打起了精神。

之後完成巡邏任務手續的阿基拉就在廣場啃著獵人用的營養乾糧。下一次搭的車依然是14號。

『我看這大概是一直沿用同樣的號碼吧。』

先前聽見這是不祥數字的阿基拉因為接連都是這個數字，露出了難以言喻的表情。反而是阿爾法已經不在意般微笑著說：

『大概是吧。不用在意了。那麼距離下次的巡邏任務還有一些時間，你有什麼打算？』

『問我我也不知道啊……剩餘的子彈還很充足，也不必回去補充彈藥……乾糧也吃完了……我想不出要做什麼。』

『這樣的話，就去巡邏車的車斗休息一下好了。因為順利完成任務的亢奮感可能會讓人無法察覺自己的疲勞，慎重起見還是先休息一下。小睡片刻也能輕鬆許多。』

『是這樣嗎？我知道了。』

阿基拉前往巡邏用卡車後，就坐到仍空無一人的車斗角落。他把背包放到腳邊，擺出小睡片刻的姿勢。

阿爾法微笑著以溫柔的聲音對他說：

『時間到會叫你起來，好好休息吧。』

『拜託了。我睡一下。』

阿基拉輕輕點頭，閉上眼睛，結果睡意立刻來襲。正如阿爾法所說，他累積了不少沒有自覺的疲勞。於是阿基拉放鬆，不再抵抗睡意，直接進入夢鄉。

在貧民窟巷弄裡生活時的阿基拉不可能在這種環境下放鬆自己並進入睡眠狀態。在全是武裝成員的環境中睡覺就等於自殺行為，根本睡不著。

阿基拉沒有自覺，然而能做到這一點全是因為對阿爾法的信賴。

◆

廣場因為與巡邏任務相關的獵人、商人等而熱鬧非凡。在那裡等人的艾蕾娜她們比其他人更加吸睛。

原因出在莎拉的胸口。她的衣服胸口大大地敞開。因為弄錯奈米機械的補充量，防護服無法收納作為保管庫的豐滿胸部，只能緊急將前面的拉鍊大大地拉開來對應。

在敞開的部位上下兩邊以固定裝備用的強韌帶子緊緊綁住，以防拉鍊打開，也因此更加強調出豐滿嬌豔的美麗胸部。而且從敞開的地方看到的乳溝，一眼就能看出她沒有穿內衣之類的衣物。

艾蕾娜露出苦笑。

「妳還是披個什麼或是穿件內衣之類的比較好

吧？」

莎拉則有點豁出去般笑著說：

「隨便披東西會阻礙動作，不行。內衣也已經全都破掉了，大概是不適合防護服吧。也沒有備用的了，能配合身體強化擴張者的內衣又那麼貴，所以我也沒辦法，妳暫時忍耐一下吧。」

「妳的防護服兼具提升奈米機械性能的效用，內衣也要看是否適合這個部分。舊世界製的內衣真的很耐用，所以大部分都沒問題，我們手頭也還沒寬裕到能多買一些備用嗎？嗯，的確是沒辦法。」

莎拉露出惡作劇般的笑容並且提案：

「妳也跟我一樣把胸口拉鍊整個拉開的話，注意力多少會轉移到妳身上。妳就當成是在救我，快把拉鍊拉下來吧？」

艾蕾娜很乾脆地笑著回答：

「不要。」

「太可惜了。」

莎拉以有些誇張的動作垂下肩膀，笑著這麼回答。

正好在這個時候，一名少年跑了過來，那正是她們等待的人之一。少年來到艾蕾娜她們面前就笑著展現出幹勁十足的模樣。

「艾蕾娜小姐！莎拉小姐！今天請多指教！」

少年正是克也。晚了一會兒，由米娜與愛莉也來到現場。

愛管閒事的由米娜看見這樣的克也，臉上就浮現帶著傻眼的苦笑。

「克也，別一個人先跑掉好嗎……看你那麼興奮。」

由米娜以不被任何人聽見的細微聲音呢喃著混雜些許忌妒的抱怨，然後立刻像回過神來，打起精神禮貌地低下頭說：

「艾蕾娜小姐、莎拉小姐，今天請多指教。」

愛莉也以有點缺乏感情起伏的表情接著說：

「請多多指教。」

克也等人很崇拜艾蕾娜她們，其中當然還附帶各種不同的感情，但同樣都承認她們兩人比自己優秀，也相當尊敬她們。

多蘭卡姆裡面有許多等級比克也等人還要高的獵人，但是他們大多輕視包含克也等人在內的年輕獵人，所以對他們沒什麼好感。

另一方面，克也等人過去曾數次跟艾蕾娜她們一起工作，當時她們完全沒有因為對方是新手就露出輕視、侮蔑、嘲笑或嫌棄的態度。

雖然曾感覺到兩人會替實力確實低於自己的成員擔心，但克也等人認為這是無可奈何。他們反而因為這份擔心而感到高興。

由於這些因素，能夠跟又強又溫柔又值得尊敬還是美女的艾蕾娜她們一起從事獵人工作，克也顯得興奮且幹勁十足。

而由米娜與愛莉則把同為女性獵人的艾蕾娜她們當成自己的理想目標，所以某種程度也認為克也會如此興奮是沒辦法的事，也告訴自己要忍耐。

晚克也他們一會兒，西卡拉貝也來了。西卡拉貝先是對露骨地表現出幹勁十足的克也等人露出傻眼的表情，然後切換成工作模式對艾蕾娜搭話。

「我遲到了嗎？」

「沒有，別擔心。」

「這樣啊。那接下來就拜託妳們了，好好操他們吧。」

多蘭卡姆透過獵人辦公室，對艾蕾娜她們提出跟克也等人一起承接巡邏任務的委託。使用的名目千變萬化，但暗地裡都包含了照顧克也這些新人，並且加以訓練與擔任護衛，亦即新人獵人的保姆。

艾蕾娜她們也是知道這一點而接下這個任務。

隸屬多蘭卡姆的年輕獵人在獲得一定的經驗、實力與實績之前，幫派都賦予他們必須在主管獵人底下活動的義務。

獵人工作原本就很容易陣亡，而新手更是容易死亡，這麼做是為了提升他們的生還率，也算是一種優待措施。

克也因為天生的才能受到賞識，被分配到即使在多蘭卡姆也是實力深厚的成員西卡拉貝底下。這是因為發掘他稀世才能的人就是西卡拉貝。

但是西卡拉貝雖然認同他的才能，卻對他個人沒有好感，所以很不願意照顧他。也因為這樣，才會以任務作為藉口，試圖將照顧克也等人的工作推到艾蕾娜她們頭上。

面對像要表示自己的工作到此為止的西卡拉貝，艾蕾娜以有些抱歉的態度宣告：

「關於這件事，雖然很臨時，我只能取消這次的委託了。」

原本就相當期待這次任務的克也也因此發出很大的驚呼聲。

「咦咦？為、為什麼？」

驚訝的西卡拉貝對艾蕾娜露出有點不高興的表情。

「這是怎麼回事？前一刻才取消任務，應該有能讓人信服的理由吧。」

「那是當然，有經由獵人辦公室的任務插隊了。雖然很抱歉，我們要以那邊的任務為優先。」

聽見艾蕾娜的說明，克也他們也只是露出強烈困惑中混雜著不滿的模樣。

但是西卡拉貝就沒有那麼簡單了。身為多蘭卡姆這一邊的人，對艾蕾娜她們光是因為這樣的理由就想拒絕委託表達不高興的意思後，就稍微施加壓力並繼續說：

「光是因為這種事就想拒絕曾經從多蘭卡姆接受過的委託？如果妳們真的認為我們這樣就能夠接受，看來我們也得做出適當的對應了。」

但西卡拉貝的態度在聽見艾蕾娜接下來的話之後就為之一變。

「即使委託是來自統企聯也一樣？」

「……統企聯？」

西卡拉貝顯露出驚訝。這個理由確實足以轟飛對艾蕾娜她們的不滿。

東部統治企業聯盟，通稱統企聯，是實際上支配東部的巨大組織。獵人辦公室也不過是其旗下的組織之一。

「委託本身是久我間山都市周邊的巡邏任務，只不過是危險度比較高的地域，然後委託者是統企聯。」

「沒搞錯吧？」

「嗯。一般來說，這種程度的任務，委託者應該是久我間山都市。雖然不清楚理由，既然是藉由獵人辦公室的委託，我不認為單純只是錯誤。」

對獵人們來說，出現統企聯的名字具有絕大的意義。隨便拒絕來自統企聯的任務，最糟糕的情況甚至可能與整個東部為敵。

「抱歉，我們也沒有膽子因為要跟熟人到附近巡邏這樣的理由就拒絕統企聯的委託。取消的費用會由獵人辦公室代替我們匯過去，這次只能說抱歉了。」

艾蕾娜說明到這裡就露出有些挑釁的微笑。

「還是說，多蘭卡姆願意負起全責幫我們跟統企聯交涉？如果願意做到這樣，那我們也可以考慮改變心意。」

西卡拉貝苦笑著搖了搖頭。

「別開玩笑了。好吧，多蘭卡姆方面就由我來聯絡……不過統企聯嗎？到底發生什麼事了？」

「誰知道呢？總之就是這樣，我們也還有許多準備工作要忙。抱歉，得先走了。直接見面拒絕也算沒有失禮了。你就對多蘭卡姆這麼說吧。」

獵人辦公室基本上只會對在最前線附近活動的一流獵人以統企聯的名義進行委託。

艾蕾娜她們在久我間山都市附近的獵人裡也算是實力強大，但仍不足以讓統企聯直接指名。

西卡拉貝跟艾蕾娜她們也都清楚這一點，所以對委託本身就感到更加懷疑。

莎拉輕聲對克也他們搭話：

「嗯，事情就是這樣。今天很抱歉，下次再一起巡邏吧。」

「……啊，好的。很可惜，但也沒辦法。」

克也有點不滿，但也沒辦法對艾蕾娜她們要任性，只能感到遺憾般這麼回答。同時視線也被莎拉的乳溝吸引過去，但立刻又移了回來。莎拉只是稍微露出苦笑。

艾蕾娜她們離開了。之後西卡拉貝就跟多蘭卡姆聯絡說明事情經過，並且協議之後的對應。

這時克也嘆了一口氣。

「來自統企聯的委託嗎……讓人嚇了一跳，跟我們的工作也因此受到阻礙，真的很可惜……下次不知道什麼時候才能再見面了。」

由米娜她們也跟克也一樣，對這次的任務完全取消感到可惜。但是看見克也感到遺憾的模樣後也產生複雜的感情，而且稍微顯露在臉上。

由米娜為了轉換心情，露出惡作劇般的笑容。

「或許沒有下一次機會嘍。克也凝視著莎拉小姐的乳溝，可能會被討厭喲。」

克也噴出口水，臉上露出慌張的神色。

「我、我看得那麼露骨嗎？」

愛莉像要肯定由米娜的發言，一臉嚴肅地繼續追擊。

「很露骨。」

更焦急的克也像要說給自己聽一樣找起藉口。

「……沒有啦，那是看得入迷了。真的沒有辦法，就是會讓人想看。男人的話應該可以理解，所以莎拉小姐會懂我才對……」

由米娜開心地發動追擊。

「莎拉小姐是女性，所以不會懂才對。」

愛莉也冷靜地繼續落井下石。

「樂觀的觀測有時會招致致命的狀況。你還是放棄吧。」

跟明顯在調侃自己的由米娜不同，愛莉那種陳述簡單事實般的態度讓克也產生強烈動搖。

「不、不是的。莎拉小姐戴著墜飾，飾品部分的子彈很是少見，然後它又夾在乳溝裡，才會讓我有點在意。真的沒辦法啦。」

由米娜與愛莉沒有事先說好就異口同聲表示：

「對了，以莎拉小姐的個性竟然會戴墜飾，造型粗獷但很適合她。難道是別人送她的禮物？」

「很難想像是莎拉小姐或艾蕾娜小姐自己選擇的，很可能是來自某個人的禮物。」

「可能是從戀人那裡拿到的吧。」

克也受到輕微的衝擊。

「戀、戀人……等等，但是艾蕾娜小姐和莎拉小姐說過只有她們兩個人組隊，有戀人的話就太不自然……」

「戀人可能不是獵人，就不會不自然了。」

「就算是獵人，也可能已經到其他隊伍進行活動，因為成員間的人際關係問題，可能很難一起從事獵人工作。那樣的話就不會不自然。或許也可能正在進行轉隊的交涉。」

由米娜她們就這樣玩了好一陣子讓注意其他女性的克也感到沮喪的遊戲。而克也則是持續被她們耍著玩。

◆

跟多蘭卡姆聯絡告知艾蕾娜她們取消任務一事的西卡拉貝不滿地切斷通話。

因為跟上司交涉不順利，焦躁不已的他收起資訊終端機，轉換心情後就對克也他們傳達結果。

「你們願意的話今天就可以直接解散了。不解散的話，就跟我一起再承接一次上午的巡邏工作。怎麼樣？跟艾蕾娜她們的工作取消了，今天就此解散比較好吧？」

西卡拉貝是希望當場解散，但是立場上沒辦法這麼說，所以用「希望你們懂得察言觀色」的視線代替並等待回答。

（……快解散吧。察覺我的立場是不能開口要你們解散。艾蕾娜她們的對話裡面也有危險的氣氛吧。你們應該也討厭跟我一起巡邏，和艾蕾娜她們一起行動的機會馬上就會來了，沒有必要在我眼底下努力吧。拜託不要啊。）

西卡拉貝帶有深意的無言訴求無法傳達給克也。克也對由米娜她們問道：

「怎麼樣？我都已經做好準備了，希望能多接一些任務來盡快提升獵人等級。光憑我們的等級，就算自己想承接任務，多蘭卡姆也不會允許，而且也被禁止只有我們幾個人前往探索遺跡。」

就現狀來說，兩者都需要西卡拉貝的許可與同行者。克也想盡快脫離這樣的立場，他覺得這樣的話輕視我方的人就會減少。

由米娜搖了搖頭。

「我反對。因為發生出乎意料的事態，我想重新來過。」

「是嗎？說是出乎意料的事態，也不過就是再參加一次巡邏，沒什麼大不了的吧。讓我們隨機應變吧，反正也做好準備了，沒問題的。」

「隨機應變跟漫無計畫不一樣，這樣根本是漫無計畫。而且說是做好準備了，但那是在艾蕾娜小姐她們同行的前提下做的準備吧？」

「做準備時，難易度應該是根據原本要跟艾蕾娜小姐她們一起巡邏的地點。如果是普通的巡邏地點，應該算過度準備了吧？」

「剛剛艾蕾娜小姐她們才說出令人擔心的發言，你忘了就是因為這樣，原本的預定才會取消嗎？考慮到是否能夠對應那種難以預料的事態，很難說完全沒問題吧。」

克也提出積極的意見，由米娜則拚命提出反駁。在重複同樣的過程中，克也對愛莉問道：

「愛莉妳覺得呢？」

「我遵從克也的指示，因為克也是隊長。」

二比一。這個時候已經可以確定克也的意見通過了。由米娜也無奈地點點頭。

西卡拉貝以冷漠的眼神看著三個人的討論。其視線對克也發出了強烈的責難。

（……又是虛有其表的多數決嗎？）

以前有五名年輕獵人待在西卡拉貝手下，但現在只有克也他們三個人。

某些事情需要由年輕人決定而採用多數決時，由米娜與愛莉總是贊成克也，所以每次都是克也的意見通過。於是剩下來的兩個人產生反感，提出轉換到其他隊伍的請求。

（嗯，還是比以前好了。）

變成三個人的隊伍後，同樣的狀況持續了好一陣子，但是最近有點改變了。由米娜開始表達與克也完全相反的意見，有時甚至不惜毆打克也來阻止他。

即使如此，基本上還是克也的意見會通過。因為克也是隊長，愛莉依然會投下對克也的贊成票。

由米娜雖然刻意敘述與克也相反的意見，目的也是為了凸顯問題點並共有，並非真的反對。當然即使動手也要阻止克也的時候除外。

克也對西卡拉貝宣告我方的決定。

「我們要繼續巡邏任務。」

「……知道了。」

西卡拉貝再次聯絡多蘭卡姆，完成了任務的申請工作。

（可惡。不用照顧這幾個傢伙的話，現在就能調查統企聯委託的內情了。）

拿出資訊終端機並背對克也他們時，西卡拉貝露出厭惡的表情輕嘆了一口氣。

（雖然可以理解致力於培養新人的方針，但這些傢伙的裝備費用都是我們賺的，因為這些傢伙的訓練必須陪著接下便宜任務的也是我們。真希望幹部那些傢伙能考慮一下這部分的事情。）

這是多蘭卡姆的方針，並非克也他們的錯。西卡拉貝當然也理解這一點。

但還是難以避免獲利者與利益蒙受損失者之間產生厭惡情緒的狀況，像西卡拉貝就無法切割得如此清楚。

◆

艾蕾娜與莎拉在自宅的車庫進行巡邏的準備。

把彈藥等搬上自家的越野車，確認搭載的機槍與大型情報收集機械的狀況。接著仔細追加裝甲，車輛用的能源槽也準備得比平常更充裕。以巡邏都市周邊的荒野來說，這樣的準備是有點太誇張了。

基本上車輛的駕駛，包含機槍與資訊終端機的操作都是由艾蕾娜負責。莎拉的主要工作則是從車輛探出身子，以雙手的槍械掃蕩怪物。兩個人各自對自己的工作負起責任，謹慎地進行準備工作。

「艾蕾娜啊，妳對這次的任務有什麼想法？」

「我調查了一下，但沒能知道什麼情報。只不過附近遺跡裡的獵人似乎也接到同樣的委託了。」

艾蕾娜與莎拉也完全不認為統企聯是看上自己的實力才會提出委託，便利用簡短的時間稍微探查了一下內情。

「考慮到以統企聯的名義對我們這種程度的獵人提出委託，就能知道應該也對不少獵人提出同樣的委託了吧。可能是要這一帶的獵人都回都市。」

莎拉露出感到不可思議的表情。

「這樣的話，會不會是探測到怪物的大規模襲擊之類？」

「這種程度的事情就端出統企聯的名字也太奇怪，只要出動都市的防衛隊就行了吧。大概啦。」

「嗯。防壁內側好像有許多客人抱怨防衛隊的營運費用太高了對吧？這個強調防衛隊存在意義的大好機會，竟然刻意把可能奪走他們活躍地點的獵人聚集起來也太詭異了吧。」

艾蕾娜也露出有些陰鬱的表情同意這個看法。

「就是說啊，所以我也看不出這個委託的意圖。或許是某種保險，如果是這樣就好了。為了能面對任何狀況，我們要確實做好準備。」

艾蕾娜先是打起精神這麼回答完，就放鬆了表情與口氣。

「嗯，沒問題的。最近狀況很不錯，也因此賺了不少錢，裝備也更新了。以前的困境就像作夢一樣。雖然聽說過倒霉的時候做什麼都不順手，但當時真的很辛苦耶。」

莎拉也感觸良多地表示：

「那個時候真的很辛苦……之所以能翻轉那股負面運勢，就是靠被阿基拉救的那個時候嗎？不但救了我們的命，還斬斷了我們的霉運……真的不知道該如何感謝他。」

艾蕾娜也像同意她的意見般微笑著點點頭。

「說到阿基拉，我今天偶然遇見他了。終於能直接感謝他救了我們的性命，我也輕鬆了一些。另外我也確實跟他約定好，會跟妳一樣不會多問並且守口如瓶，所以妳放心吧。」

「妳遇見他了？原本以為應該能在靜香的店遇見他，但都沒看到人。妳是在哪裡遇見他的？」

「克也他們也在的廣場。阿基拉好像也接下巡邏任務，他說在靜香的店訂購了強化服，商品送達前都乖乖待在旅館裡面。的確，都買了強化服，在送達前到荒野結果受傷就太划不來了。」

「阿基拉也一步一步備齊獵人的裝備了嗎？我們也要加油。」

「嗯。好好加油吧。」

艾蕾娜她們對彼此輕笑，開心地持續做著準備工作。雖然發生來自統企聯的委託這種有點看不出內情的事態，她們仍擁有現在的自己絕對沒問題的自信。

坐在巡邏用卡車車斗裡小睡片刻的阿基拉腦袋裡響起阿爾法的大音量。

『阿基拉，時間到了，快起來。』

由於只有阿基拉才能聽見阿爾法的聲音，就算是能趕跑睡意的大音量也毫無問題。阿基拉立刻清醒並抬起頭，結果就跟叫作木林的獵人辦公室職員四目相交。

木林是卡車的駕駛兼巡邏的管理者，其工作也包含對應坐在車斗上的獵人們。

林木在準備開始應對工作之前，看見就像算好時間醒過來的阿基拉，便開心地笑著說：

「原本想如果時間到了還沒起來就要把你轟出去，竟然準時清醒，看來你用了很棒的鬧鐘嘛。」

「嗯，確實是高性能。」

阿基拉隨口回答完，阿爾法就罕見地露出不高興的模樣。

『喂，為什麼把我當成鬧鐘？』

『抱歉。』

『真是的……』

木林對車斗上的獵人們大聲宣告：

「時間到了！現在就要出發！接下來吵鬧的傢伙將視為放棄任務，直接趕下車！知道了嗎！」

阿基拉確認了一下同車者，結果看見克也等人的身影。他從木林的發言認為在自己睡著期間又引發了騷動，便從克也他們身上移開視線，以免被牽連。

卡車立刻朝荒野出發。阿基拉的第三次巡邏任務開始了。

巡邏本身相當順利地進行。但是對希望獲得大量追加報酬的獵人來說，一直持續落空的狀態。他們完全沒有遇到怪物。

改造成巡邏作業用的卡車上搭載了能夠搜尋廣大範圍敵人的大型搜敵機械，這個巡邏也兼具減少怪物數量的任務。

因此遭遇率太低的話，就會主動去尋找標的。這樣還無法碰見就表示這一帶完全沒有怪物了。

車斗裡已經籠罩著放鬆的氣氛，閒聊的聲音也變大了。靠著車上搭載的搜敵機械，幾乎不用擔心遭到奇襲，所以習慣巡邏任務的人就更加鬆懈了。

將視線朝向荒野的阿基拉表情有些僵硬地窺探阿爾法的模樣。

『完全沒有出現耶。』

『是啊。』

阿爾法從出發時就一直擺出冷淡的態度，視線也不跟阿基拉相交，口氣聽起來像帶著刺。

看見阿爾法完全沒有打算恢復心情，阿基拉再次注意到剛才的發言讓阿爾法相當不開心。

『抱歉，我沒想到妳會那麼不開心。』

阿基拉老實道歉後，阿爾法的態度也軟化了許多。即使如此，還是殘留著些許不滿。

『……唉，算了。你對我毫不客氣是件好事。但是認為我跟鬧鐘一樣實在太失禮了，下次要注意一點。』

阿基拉有些在意阿爾法如此不高興的理由，然而隨便開口詢問也只是自找麻煩，便保持沉默。

阿基拉感到有點尷尬時，阿爾法察覺這一點，對他露出微笑。

『想要我恢復心情的話，可以說一些讓我開心的話。』

阿爾法說完就在阿基拉面前擺出有些挑釁的姿勢，露出誘惑般的微笑。

阿基拉思考了一下，接著端正姿勢，臉上換成嚴肅的表情。

『託妳的福，我才能活到現在。在遺跡裡引導我不遇見怪物、幫助我拿到遺物、與敵人戰鬥時提供各種幫助，我真的很感謝妳。』

再次說出因為平常阿爾法那種調侃人的態度而總是不了了之的真心道謝。

『現在也得到了強化服，還幫忙射擊的命中修正，真的給了我很大的幫助。謝謝妳，今後也請多多指教。』

『不客氣，能幫上你的忙，我也很開心。今後也請多多指教喔。』

阿爾法對阿基拉露出很開心的笑臉，接著在一陣莫名的沉默之後，表情就變成難以言喻的微笑。

『……剛才那是現在這個時候才會開心喔。只不過，還是有點不太對……』

表達平常沒能說出的感謝沒有用嗎？阿基拉邊這麼想邊以有點不可思議的表情看著阿爾法。

『有點什麼？哪裡不對？』

『比如說，對了，看見我的模樣沒有什麼要說的嗎？』

阿爾法在阿基拉睡著期間又換上泳裝了。大膽露出肌膚，帶著健康開放的美感，同時飄盪著令人著迷的蠱惑魅力。

阿基拉再次確認阿爾法的樣子，雖然覺得說了也沒用，還是說出之前沒有說出口的直率感想。

『真的很不適合這裡，可以的話換掉吧。』

阿爾法輕嘆一口氣並改變服裝。泳裝暫時消

失，變成連腳趾都包覆著的緊身衣型戰鬥服。

那件衣服的拉鍊從脖子底部一路延續到胸口、下腹部，最後來到後側的腰部。她把拉鍊拉到相當危險的位置，前面大膽地敞開，露出一大片肌膚。

阿基拉看見阿爾法那種肌膚的露出程度大幅降低，但在吸引異性的視線方面沒有太大差異的打扮，再次說出感想。

『比剛才正常多了……嗯，光是飛在空中可能就不是正不正常的問題了吧。』

阿基拉為了防止變成視線望著虛空的怪人，同時為了警戒怪物，把臉朝向荒野。在那個方向的阿爾法像是該處有透明立足點般站在空中。

阿爾法也稍微露出苦笑。

『我想聽的不是這個，而是漂亮、美麗、很適合妳之類與容貌或服裝相關的讚美啊。』

『噢，原來如此。』

阿基拉露出聽見意外發言般的表情，又以平常的態度繼續表示：

『妳是超級美女，平常穿的服裝每一件都好看且有魅力。剛才的打扮雖然致命性地不符合現場氣氛，但在漂亮與魅力方面我覺得都無可挑剔。』

『真的嗎？但是你的反應很平淡耶。』

『這我也沒辦法啊。嗯……這麼說可能不太好，不過大概是習慣了吧？』

阿爾法的樣子是經由高度演算能力所產生的繪圖。活用這個優點，能隨心所欲改變的臉龐與身軀上映出塞進大量無可比擬的美麗要素後極度魅惑的模樣。

阿基拉首次看見阿爾法那種模樣時也受到強烈的衝擊，像是魂魄被奪走般看得入迷了。但現在他已經沒有那麼大的衝擊，他認為這是自己已經習慣的緣故。

阿爾法總是待在自己身邊，而且很多時候都穿著近似全裸的服裝，還經常一起泡澡，所以也差不多該習慣了吧。這就是阿基拉的判斷。

阿爾法對阿基拉的說明表現出一定的接受度，並持續思考。

『……習慣嗎？』

阿基拉突然覺得阿爾法有點奇怪，便露出懷疑的表情。

『欸，妳是不是在想什麼奇怪的事情？』

『你想太多了。』

阿爾法微笑著忽視阿基拉略帶懷疑的視線。

◆

在巡邏任務開始之前，坐到指定卡車車斗內的克也就發現在深處位子上假寐的阿基拉。

「是那個傢伙……」

由米娜也稍微環視車斗確認同車者。

「也有其他坐在上次那輛卡車上的獵人，但是找克也麻煩的那個人不在了。真是太好了。」

這時愛莉開口叮嚀：

「克也，這次要冷靜一點。」

「我知道啦……那傢伙在睡覺，沒關係嗎？」

西卡拉貝感到麻煩似的，但還是以嚴厲的口氣叮嚀：

「別管閒事。如非必要，就別跟多蘭卡姆成員之外的人接觸。時間到了還沒起來就會被趕下車，別去在意。快點坐好。」

克也乖乖坐到車斗的位子上，就這樣等待出發時刻到來。

在閒聊殺時間的期間，克也無意識地把視線移到阿基拉身上。快要出發時，阿基拉還是沒有醒來。這樣下去就會如同西卡拉貝所說，在巡邏任務開始前就被趕下車。

那果然只是偶然嗎？只不過是任務開始前就被趕下車的傢伙罷了。克也心中有自己也搞不懂的失望逐漸擴散開來。

終於到了出發時刻。木林靠近仍未醒來的阿基拉。

已經來不及了；只是這種程度的傢伙。從這種想法開始擴散的失望，讓克也對阿基拉漸漸失去興趣。

但是阿基拉之後就很正常地醒了過來，還笑著應對木林。克也看了感到有些驚訝，露出疑惑的表情。

巡邏就這樣開始了。決定這次一定要確認阿基拉實力的克也偷偷窺探著阿基拉。然而完全沒看到怪物的蹤影，所以一直沒有這樣的機會。

◆

荒野巡邏中完全沒遇到怪物的卡車突然停了下來。在車斗內的獵人們提高警覺，木林來到車斗說明。

「有事情要聯絡。首先巡邏任務就在這裡結束，我已經完成任務結束的手續了。接著說明現在的狀況。接到大規模怪物群正從崩原街遺跡前往攻擊都市的情報，都市的防衛隊已經準備出擊。」

車斗內的獵人開始產生騷動。

「都市發出緊急委託，也要求這輛卡車提供助力。在遺跡附近巡邏的車輛已經開始拖延作戰，本車的緊急委託內容是對他們提供救援與支援。」

木林為了消除車斗內的騷動而提高音量。

「現在開始表決！願意接受緊急委託者較多的

話，這輛卡車將前往最近的請求救援地點！相反則盡快回到都市！少數派不論是要前往救援還是回都市，都要自己徒步。五分鐘後表決。我要說的就是這些。」

木林程序上必須如此說明，但其他獵人根本不需要表決就想回都市了。因為這輛是低難度巡邏用卡車，被分配到這裡的人以程度來說，不論是裝備和實力都不足以接下這種緊急委託。

就算有希望前往支援的人，也一定是少數派，沒有即使被丟在這裡也當場願意接下委託的笨蛋。就算要接也得先回都市做好緊急委託用的準備。這就是眾人的想法。

車斗內的男人還是確認了一下根本不用面面相覷就能確認的事情。阿爾法也跟著向阿基拉確認。

『阿基拉，要回都市吧？』

阿基拉露出打從心底感到厭惡的表情。他想起以前被怪物群襲擊，得到艾蕾娜她們幫助才好不容易免於一死時的事。

『那是當然。我又不是喜歡跟怪物群戰鬥。』

阿基拉跟在場的絕大部分獵人都決定回都市。

只是絕大部分，也就是現場仍有少數派存在，而那個人就是克也。

◆

在表決前的五分鐘內，克也為了承接緊急委託，與西卡拉貝有了激烈口角。兩邊的聲音都越來越粗暴，因此吸引了在場者的注意。

一開始西卡拉貝就覺得克也的要求很麻煩而拒絕了他，但是一直不願放棄的克也逐漸變得焦躁，最後甚至表現出怒氣。

「不行！你給我收斂一點！太囉嗦了！」

克也即使正面承受高等級獵人的脅迫也毫不動搖。這就是他的意志如此堅定，而且情緒如此激動的證據。

「多蘭卡姆的方針是積極承接緊急委託來提升名聲！你才是違反方針的人！我們可以辦到！」

「那是在能活著回來的範疇內！還有！別把我算進你所說的我們！我可不是你們！」

在互不相讓的爭吵中，木林像是要打斷他們般大聲表示：

「時間到了！願意接受緊急委託的人舉手！」

舉手的只有克也一個人。

「反對者占多數！那麼立刻回都市！要接緊急委託的傢伙立刻下車用跑的過去！」

克也看著準備回駕駛座的木林，以懊悔又氣憤的口氣說：

「……艾蕾娜小姐她們接的委託絕對是為了這場襲擊做準備。我至少能做到不扯後腿！」

由米娜與愛莉安慰克也。

「克也，我懂你的心情，但不管怎麼說都太勉強了。」

「實在太魯莽。」

由米娜她們試著按捺克也，但是陷入激動狀態的克也根本不理會。

他以非常嚴厲的表情自暴自棄地大叫：

「……要接緊急委託的傢伙立刻下車用跑的過去？好啊！我跑就是了！」

克也正如宣言，把手放到車斗邊緣準備跳下車跑過去。這時候由米娜叫住了他。

「克也。」

「由米娜，別阻止我……」

這次就算被揍也不會停手。如此想的克也看向由米娜時，臉完全僵住了。由米娜把槍朝向克也。

其他獵人急忙與他們拉開距離以免被牽連。克也因為這過於出乎意料的事而僵住。

似乎只有由米娜以非常嚴肅的表情保持平靜。至少從旁人眼裡看來相當冷靜，不過持槍相向的眼神很認真。

因為超乎想像的事態開始冷靜下來的克也看見由米娜嚴肅的表情後感到畏縮。

「等、等一下，由米娜，妳是認真的嗎？」

「是認真的啊。你不也是嗎？所以我也是認真的。」

由米娜槍口依然對準克也，輕嘆了一口氣。

「包含緊急委託之類，你真的很熱衷於幫助他人。我很喜歡你這個優點，真的很喜歡你幫助別人，還有努力後成功助人時高興的模樣。我覺得那真的很厲害也很了不起，所以我也想救援、幫助這樣的你。」

這時由米娜的眼神變得嚴厲。

「不過，我完全不希望你因此而死。拚命去救人的話我也會陪你一起去，但如果賠上性命也要去救人，我就會阻止你。現在你的行動實在太魯莽，我認為根本是自殺。」

由米娜以口氣顯示她的認真。

「你是真的想去救人對吧？完全不認為有誰會阻止你或被阻止就不得不停手對吧？所以我也會認真阻止你，就算射穿你的雙腳也要阻止。」

由米娜的眼神變得更加嚴厲。

「克也，懂了的話就放開車斗。」

克也停止了動作，一隻手還放在車斗邊緣。雖然理解由米娜是認真的，克也亦有自己的尊嚴，而且想去救人的心意也是無庸置疑。

但要是問到是否強烈得即使被由米娜開槍也要去，就很難做決定了。

然而因為這樣就停止的話，就會很像是想要有人阻止自己才引發騷動。克也的自尊無法允許這種情況，結果就是他整個人無法動彈。

這時愛莉有所行動了。她握住克也的另一隻手，懇求般搖了搖頭。

愛莉跟由米娜相反，如果克也要前往死地，她不會加以阻止，而是會一起前往。不過她也跟由米娜一樣不希望克也死，才拚命阻止克也。

由米娜與愛莉手段不同，但都拚命想阻止自己。感覺到這兩名夥伴的心意後，克也就不再堅持，他的手放開車斗邊緣，坐回原本的座位。

愛莉放鬆表情，依然握著克也的手直接坐到他旁邊。由米娜也放下槍坐到克也身邊，表情仍然相當嚴肅，沒有看向克也就直接宣告：

「要恨我想盡辦法阻止你也沒關係。」

這時克也輕笑著回答：

「不會啦，我也是一時腦充血。仔細考慮後就覺得確實太魯莽了，就算要去也得先回去做好準備。由米娜，謝謝妳阻止我。」

沒想到對方會道謝的由米娜像是要掩飾害羞，微微繃起臉，臉頰泛紅。

在旁邊靜觀整個事態的西卡拉貝傻眼地插嘴：

「克也，你確實應該好好感謝由米娜。由米娜沒有阻止你的話就輪到我，到時候可不會採取射穿雙腳這種溫柔的手段。」

西卡拉貝顯然瞧不起克也。

「有人願意溫柔地阻止聽不懂人話的麻煩小鬼真是太好了喔。」

克也他們的討論對西卡拉貝來說不過是無聊的騷動。

說起來，在車斗內對其他獵人拔槍就已經難以置信了。而原本該阻止成員這麼做的小隊長自己就是騷動主因則更是無可救藥。西卡拉貝如此認為。
克也露出有些嚴厲的表情，但也只有這樣，再來就保持沉默乖乖坐著。
西卡拉貝重新打起精神對其他人宣告：
「抱歉引起了騷動！可以出發了！」
卡車之所以一直沒有出發，就是在等這場騷動平靜下來。如此認為的西卡拉貝為了讓木林聽見，便大聲這麼說，但卡車還是沒有出發。
包含西卡拉貝在內的獵人都感到不可思議，看向駕駛座的方向。結果就看到來到駕駛座外面的木林，以及跨坐在小型摩托車上的阿基拉。

◆

克也他們的對話也傳到阿基拉的耳裡。對話裡面也包含可以解釋成艾蕾娜她們前去擊退怪物群的內容。
阿基拉考慮了一下就站起來揹起背包。
阿爾法發現阿基拉的想法，就試著阻止他。
『阿基拉，重新考慮一下吧？不用說也知道很危險喔。』
『我知道。』
阿基拉從卡車車斗上跳下來。
『艾蕾娜與莎拉不一定會遭遇危險，憑你的實力可能只會礙手礙腳。』
『說的也是。』
阿基拉直接到卡車的駕駛座前面敲了敲門。木林打開門露出疑惑的表情。
「怎麼了？要出發了喔。」
「要怎麼做才能接緊急委託？」
以像在詢問微不足道的小事的態度所提出的卻是料想不到的內容，這讓木林不由得露出驚訝的表情，之後又有點困惑地反問：

「……咦？你要接緊急委託？想從這裡到現場嗎？用走的？」

「我會跑過去。」

面對阿基拉輕鬆回答的態度，木林感到更加困惑了。

「等一下等一下，這不是重點吧？我確實說過想去的話就徒步過去，但那只是一種比喻耶。」

「我穿著強化服，可以跑很快。雖然比卡車慢，我想還是比先回都市再共乘其他車快。」

「投票的時候你沒有舉手吧？」

「我改變心意了。光是我一個人改變心意，全體的決定還是不會有變化吧。」

有些啞然的木林看著阿基拉，接著呢喃：

「……認真的嗎？」

木林突然笑了起來。他由衷開心地笑了之後，高興地對阿基拉問道：

「喂，你會騎摩托車嗎？」

『沒問題喔。』

「沒問題。」

阿基拉沒有騎過摩托車，但是阿爾法表示沒問題，他就直接跟著回答。阿爾法這麼說的話應該就辦得到吧。阿基拉是回答完才這麼想。

「這樣啊！那你等一下！」

木林很開心地留下這句話就回到車子裡。

阿爾法繃起臉表示：

『阿基拉，現在還可以改變心意喔。艾蕾娜她們不一定在前往的地點，你就算去了也對大勢沒什麼影響。』

『既然都沒有影響，就當成我去了也沒用吧。我想先消除我去的話或許能幫上忙的可能性。就算兩者都沒有意義，我還是想做出選擇。』

得到對方道謝；對方救了自己的性命；把救命恩人拿來當藉口，殺害自己想殺的人。這些對艾蕾娜她們的愧疚與罪惡感促使阿基拉做出決定。

當然就算接了緊急委託也不一定能跟艾蕾娜她們會合。就算極為幸運地會合了，恐怕也會變成累贅。阿基拉也很清楚這一點。

即使如此，阿基拉還是接受了緊急委託。這是為了讓自己在艾蕾娜她們處於戰鬥狀態時不完全置身事外。

只不過是自我滿足的行為。正因如此，阿基拉才毫不猶豫地做出死亡的覺悟接受緊急委託，魯莽地賭上自己的性命。

生命是屬於自己的，就算是魯莽地挑戰怪物群而遭到殺害，只要是以自己的意志賭上生命，對阿基拉來說就沒問題。

而待在貧民窟的時候，幾乎一無所有的阿基拉所能賭的也就只有自己的性命。

對精神上仍未能脫離貧民窟巷弄的阿基拉來說，為了自己賭上性命是理所當然的事。

阿爾法稍微汲取到阿基拉這樣的行動方針後，判斷阻止也沒用，但還是擺出傻眼的表情，像在挖苦般大大嘆了一口氣。正如她的預料，這樣並無法改變阿基拉的意志。

「久等了！」

木林拿著折疊式小型摩托車，開心地從駕駛座走下來。

摩托車是小型越野車，摺疊狀態下勉強才能塞進副駕駛座。卡車被怪物攻擊而無法移動與通訊時就得靠它想辦法求救，所以經常放在車上備用。

因為大致上都是由獵人辦公室職員負責求救工作，而且如果放在車斗內，獵人可能會隨便使用，所以特別設置在駕駛座。

木林以簡單的順序組合起摩托車後就輕拍了一下坐墊。

「騎這個去吧，會比用跑的快抵達。還有把你的獵人證拿出來。」

木林從阿基拉那裡接過獵人證後，以職員用資訊終端機讀取。

「這樣緊急委託的手續就完成了。以你的資訊終端機從獵人辦公室網站進行手續的話，無法決定會被派到哪個地點。經過剛才的處理，目的地就變成最近的戰場了。」

木林又以開玩笑的口氣稍微威脅了阿基拉。

「還有，這輛摩托車是緊急委託報酬的預付款。要小心啊，逃走的話，獵人辦公室會追你到天涯海角喔。」

阿基拉鎮定地回答：

「有那種打算的話，打從一開始就不會幹出一個人接下緊急委託這種事了。」

木林更開心似的歡樂地笑著。

「說的也是！好！去吧！逞強荒唐魯莽的傢伙！拿生命當作籌碼來一獲千金才是獵人工作的醍醐味！越過戰場而生，或者越過戰場而死吧！最近已經越來越少這樣的獵人了！」

「真要說的話，我其實是慎重行事的類型。」

「別開玩笑了！慎重的傢伙會用跑的去跟怪物群戰鬥嗎！」

阿基拉說的是真心話，但木林只把它當成開玩笑，又中意他的幽默感而更覺有趣般笑著表示：

「正確的位置可以用資訊終端機得知，大概是這裡的西北方，也就是那個方向！靠近到一定程度後應該立刻就能靠獵人的槍聲與怪物的叫聲找到了！加油嘍！祝你狩獵順利！」

阿基拉跨上摩托車後，在開心的木林目送下離開了。

　車斗內的獵人們帶著各種感情看著離開的阿基拉。他們抱持著驚愕、稱讚、羨慕、困惑、忌妒、嘲笑等各種感情，看著做出其他選擇的人的背影。

◆

　在回都市的卡車車斗內，克也以複雜的表情看著騎摩托車與我方朝不同方向前進的阿基拉。

　恢復冷靜的腦袋宣告那種行為實在太魯莽了。如果真的就那樣前往緊急委託的救援地點，他恐怕沒辦法活著回來。克也冷靜地做出判斷。

　但就算這樣，逐漸遠去的阿基拉代表的是他原本想做的事情。對羽澤展現實力的模樣、就算只有自己一個人也前往救援地點的模樣、沒有大聲嚷嚷，只是沉著且理所當然般做事的模樣，都是自己想做卻做不到的。

　克也露出有些不甘心的表情，以帶有羨慕與忌妒的視線看著阿基拉逐漸消失在荒野中。

第26話 前來救援的孩子

阿基拉為了前往緊急委託的目的地最近戰場，騎著摩托車在荒野奔馳。沒有騎過摩托車的他技術連外行人都稱不上，在不適合高速騎行的荒野卻還是發揮出相當快的速度。

嚴格說來是阿爾法操作強化服來騎乘摩托車。其駕駛技術相當高超，已經能完全操控剛剛才獲得的摩托車。

『阿爾法！這輛摩托車說是報酬的預付款，隨隨便便就交給我了，原本以為是便宜貨，結果速度倒是很快嘛！』

在沒有鋪設道路的荒野奔馳的摩托車，竟然還能發揮出令阿基拉驚訝的速度。但是這並非摩托車的性能，絕大部分是倚靠阿爾法高超的駕駛能力。只不過阿基拉沒辦法了解這一點，所以認為是獲得了相當高性能的摩托車。

『這輛摩托車是折疊式小型摩托車，不過是越野車，而且性能頗為優秀。阿基拉，你拿到好東西了喔。』

阿爾法就在摩托車旁邊飛行。正確來說，是阿基拉的擴增視野裡繪出看起來是這樣的影像。連每一根隨風飄動的頭髮都準確地運算出來，在阿基拉眼裡，她就像真的在飛行一樣。

『是這麼好的東西嘛！說是預付款，似乎可以賺到不少呢！』

雖然阿爾法擁有高超的駕駛技術，但因為是趕往現場而強行騎在並非道路的地面，摩托車的晃動相當激烈。一般來說根本無法說話，因為劇烈的搖晃絕對會咬到舌頭。

要正常對話相當困難卻還能順利溝通意見，正是念話的一大優點。兩人就繼續以念話閒聊，並且趕往必須充分利用這個優點的戰場。

『多虧它也搭載了能與資訊終端機連線的控制裝置，很輕鬆就能加以占領了。嗯，真要說的話，希望能多搭載荒野用的機槍。』

阿基拉露出感到意外的表情。

『要在摩托車上加裝機槍嗎？控制裝置的話還能理解，可以把車輛和戰車之類的操縱變簡單。我也覺得有比較好。』

『是啊。不只能輔助駕駛，也能與車載裝備連動，控制瞄準與裝填。』

東部大部分的車輛都搭載了相當高級的控制裝置。靠著其功能，單人乘坐的大型多武裝戰車算是很常見，在危險的荒野替獵人工作做出不少貢獻。

『摩托車的控制裝置也很重要喔。切換成即使打瞌睡也不會翻覆的自動駕駛來直接前進或安全地停止，在不穩定的地面也能自動保持平衡，可說相當方便。當然也要看搭載的控制裝置的性能啦。』

『等等，我說的不是這個。我是說在摩托車上安裝機槍也太勉強了吧。要怎麼處理機槍的後座力啊？』

『高性能控制裝置的話，是可以順利完成移動時的後座力控制。這在舊世界是很普通的事情，現在應該也有許多獵人使用同樣的機能。可能有人會說「那乾脆開車子或戰車就好」，但那就是使用用途與興趣的範疇了。』

阿基拉想像機車上理所當然般搭載機槍的光景，同時再次稍微加強了對舊世界的偏見。

『在舊世界，那是普通的情形嗎……越聽越覺得是恐怖的世界。』

『獵人還主動跑到那種地方的遺跡，也好不到哪裡去。』

『一點都沒錯。』

看見微笑挖苦的阿爾法，阿基拉也回以苦笑。

就這樣在荒野迅速前進，附近一帶的氣氛開始改變。除了斷斷續續的槍聲、爆炸聲，還開始飄盪煙霧、血腥味、肉類以及金屬的燒焦味。這是戰場的氣息。

阿基拉一注視散發出這種氣氛的方向，視野就在阿爾法的輔助下獲得擴增。一部分視野擴大並且追加補充情報。該處可以看見持續交戰的眾獵人以及襲擊他們的怪物群。

怪物群是由各種生物類怪物所構成。除了肉食獸、爬蟲類以及昆蟲外表的個體，還能看見隨便把這些外表混合起來般的奇形怪狀個體。

小型的個體全長也有一公尺左右，其中也能看到超過三公尺的大型怪物。沒有能飛行的個體，全是以四隻或八隻甚至是以上的多足在地上爬行來襲擊獵人。

相對地，獵人們則是以強力的槍械應戰。無數子彈破壞敵人的毛皮、鱗甲、外骨骼並且造成內部損傷，持續擊倒、殺害、粉碎敵人。

阿基拉板起臉，將意識切換成戰鬥模式。

『那邊嗎？好近喔。』

『阿基拉，我想這是你使用強化服的首次正式戰鬥，我也會藉由強化服全力輔助你。接下來要做好心理準備，我會經常操作你的強化服。』

『也就是強化服會擅自行動對吧？』

『正是如此。雖然會很困惑，無論發生什麼事都要保持冷靜。回想一下近身戰鬥的訓練，基本就跟那個一樣。』

阿爾法操作阿基拉的強化服來讓身體記住適切動作的近身戰訓練。當時，阿基拉在持續配合強化服動作活動身體當中有了奇妙的體驗。

是自己在控制強化服，還是強化服在阿爾法的操縱下行動呢？當時有種兩者的區別變得曖昧的感覺。那是身體率先讀取意志，然後動作比意志還要快結束的奇妙感覺。

『那個嗎？我知道了。』

『為了有效率地跟怪物群作戰，我會以相當強硬的手段操縱強化服。老實說會給身體造成很大的負擔，不想回頭的話就咬緊牙關忍耐。有所覺悟了嗎？』

阿基拉以嚴肅的表情回答：

『沒問題。因為覺悟是我負責的部分。』

阿爾法像是要提升氣勢般笑著說：

『好，要走嘍。』

阿基拉以左手抓住龍頭，只用右手架起ＡＡＨ突擊槍。阿爾法藉由完成掌控的控制裝置將摩托車加速到極限，然後直接全速衝過荒野，縮短與戰場之間的距離。

阿基拉將槍口對準遠方看見的怪物。雖然是沒有確實瞄準的動作，準星卻因為阿爾法藉由強化服的修正，準確得完全不像是坐在摩托車上。

扣下扳機。無數子彈連續從槍口擊發，附近一帶響徹與子彈數量相同的槍聲。彈無虛發地持續命中視野前方的標的，怪物不斷在荒野上癱倒。

連射的後座力朝阿基拉襲來。快被從摩托車上甩落時，就靠著強化服的身體能力將身體固定在摩托車上加以對抗。阿爾法靠著控制摩托車兩個輪胎的轉數，成功抑制傳導到摩托車上的後座力。

阿基拉就這樣持續邊騎車邊開槍，然後迅速穿越被擊倒的怪物旁邊。

『好厲害！』

阿基拉對身體感覺到的一切發出感嘆。不論是摩托車的駕駛技術還是瞄準的準確度，對阿基拉來說都像是神技。

阿爾法驕傲地笑著表示：

『看來你再次感受到我的輔助有多厲害了。阿基拉，確實跟上我的動作吧。』

『嗯！』

阿基拉他們直接闖入戰場。

◆

兩輛卡車在荒野進退不得。車輛周圍被生物類怪物的屍體以及機械類怪物的殘骸凌亂地包圍住。這是獵人拚死抵抗的證據，而抵抗現在仍在持續。

從崩原街遺跡出現的怪物群基本上會直接朝久我間山都市前進。都市的防衛隊將會迎擊怪物群的主力。

這個地點離主戰場相當遠，所以敵人的數量也很少。慎重起見也跟其他卡車會合以增強戰力。車裡的眾人這麼想著，判斷已經備齊了充足的戰力。

但是他們的運氣不好，遭遇的怪物群裡參雜著多數擁有強大火力的機械類怪物。

這些機械群的個體有著在橫向大砲下方硬是焊接上多足且多關節的腿部，活像某個人胡搞所設計出的外型。然後用無數的腳靈活地抑制大砲的後座力，對著卡車發射符合口徑威力的砲彈。

砲擊的瞄準並不是相當正確，但很倒霉地有數發命中了車體。更倒霉的是，驅動裝置與控制裝置因此遭到破壞。

失去移動手段的獵人只能留在現場拚命抵抗。應戰有了成果，好不容易擊退了機械類怪物。

但不清楚是成功破壞還是令其撤退了，又或者只是為了補充彈藥才暫時退下。

而現在，他們持續拚命地對抗怪物群的殘存勢力。

沒辦法捨棄卡車徒步回到都市。大型車體成為防禦敵人遠距離攻擊的遮蔽物，也是救援到來時的標的物，而且重傷者無法從這個地方移動了。

已經集中火力解決掉靠著強韌的生命力硬是襲擊過來的敵人。剩下的怪物不是想窺探對手的空檔般在車輛周邊緩緩徘徊，就是躲在不成原形的屍體與殘骸後面。

獵人警戒著這些對手與敵人的增援，並且持續零星的戰鬥。這樣的狀況慢慢消耗他們的餘力。

躲在車斗後面警戒周邊的獵人臉上露出瞞不過同伴的疲憊神情。

「你打倒幾隻了？」

夥伴臉上也透出疲勞之色。

「哪有那種時間去數啊，不過應該打倒了不少才對。可惡，這次的戰鬥履歷，應該能確實統計出來吧？」

「卡車上的情報收集機器沒壞掉的話。如果壞了就只能按人頭分攤了吧。不過那也得是我們能活著回去才行，救援不知道怎麼樣了。」

「誰知道。辦公室的職員被機械臭傢伙的砲擊轟飛了吧。只能希望那傢伙在死之前確實完成自己的工作了。」

獵人們互相抱怨，舒緩恐懼。還可以抱怨就是他們仍然從容的證據，但也不知道能維持到什麼時候了。

周邊還存在不少怪物群，而且敵人也可能增援。我方被迫停留在這裡，沒有多餘力量主動出擊，每個人都知道現在處於逐漸惡化的狀態。

在這樣的情況中，警戒周圍的獵人注意到除了這裡的地點傳出槍聲。警戒著可能是帶有槍械的機械類怪物前來增援，慎重地確認該方向。

結果就在那邊看到跨坐在摩托車上對著怪物開槍的阿基拉。

◆

抵達目的地的阿基拉停下摩托車，環視周圍。以卡車為中心的廣大範圍散落著大量生物類怪物的肉片以及機械類怪物的殘骸，另外也能看見許多還能動的個體。

遭到擊破的怪物數量讓阿基拉忍不住繃起臉。

『太多了。都打倒這麼多了，仍然有存活的怪物。』

另一方面，阿爾法則露出沉著的表情。

『這也只是怪物群的一部分吧。卡車那邊也躺著怪物的屍體，現在應該是如此激烈的戰鬥過後的小歇狀態。』

『這樣算小歇嗎？來這裡的途中已經遇到許多怪物，劇烈戰鬥的時候究竟有多慘烈呢？』

『可以進行遠距離攻擊的麻煩個體似乎都被這些人解決了。就這樣保持距離把剩下的怪物都收拾乾淨吧。』

『了解了。』

依然跨坐在摩托車上的阿基拉舉起ＡＡＨ突擊槍。阿爾法考慮到摩托車的傾斜與重量後，操作強化服讓阿基拉擺出最適合的姿勢。

從獵人們所在位置的話，遭到擊破的大型怪物屍體與殘骸都變成了掩蔽物，很難攻擊剩下來的敵人。

但從阿基拉的位置就能毫無問題地狙擊。依然坐在摩托車上的阿基拉瞄準目標後扣下扳機。

子彈在阿爾法的輔助下，以極為精確的射擊連續發射出去。無數子彈不斷命中堅硬鱗甲縫隙、脆弱的眉間、關節部、強韌裝甲的連結處等怪物的弱點部位。

具備痛覺的生物類怪物因劇痛而發出咆哮。一部分零件遭到破壞的機械類怪物因為異常動作，發出怪聲。陷入無法行動的狀態的生物與機械癱倒在地。

怪物群一部分開始將攻擊目標從眾獵人改為阿基拉，因為它們判斷阿基拉的威脅比較大。

阿基拉一邊確保安全距離一邊持續用槍射擊朝自己攻過來的集團。

『一些跑過來這邊了，我們能用摩托車拉開距離來攻擊。那種程度的話，我們不會被數量擊潰。跟葛城他們那時候比起來輕鬆多了。』

『因為那時候的怪物群參雜了更多棲息於東側的怪物。靠近到一定程度後就開始移動，難得騎摩托車就要有效活用這個優勢。』

『了解。』

阿基拉以摩托車跟敵人保持一定距離，持續單方面的攻擊。

◆

獵人們看見阿基拉與怪物交戰的模樣後產生騷動。

「救援嗎？有多少人？有沒有車子？」

「只有一個人？沒了？先遣部隊的其中一個人嗎？」

「只有一個小孩子？開玩笑嗎？」

不理會產生騷動的夥伴，一名獵人架起了槍，狙擊像要追上阿基拉般從掩蔽物後面衝出來的肉食獸。頭部被轟飛的野獸噴灑出肉片後立即死亡。

「別大聲嚷嚷了，你們也盡量攻擊！現在應該能命中吧！」

「等等，那個小鬼是救援嗎？」

「小鬼和救援什麼的根本不重要！無所謂！我只知道把剩餘的怪物全部幹掉的話，我們就不會陣亡了！」

其他人聽見他吼叫般的斥責，急忙開始射擊。

獵人們開始援護阿基拉。結果阿基拉占據的位置也發揮出效果，變成他與眾獵人其中之一一定能瞄準敵人集團。

追著以摩托車移動的阿基拉，從遮蔽物後面衝出來的爬蟲類怪物遭到獵人們射擊，阿基拉則從背後開槍射擊想襲擊獵人的小型機械。陷入非常規夾擊狀態的敵人集團不斷倒下。

原本獵人們的火力就比較強大，周邊的怪物不久後就被殲滅了。

◆

阿基拉來到卡車旁邊後，其中一名獵人就出來迎接他。

男人在近處看著阿基拉，發現救了自己這些人的真的是個小孩子，就露出有些驚訝的表情，但是看起來沒有輕視阿基拉。獵人工作與年齡無關，至少他認為在意外表歲數的傢伙只是外行人。

也有不少人裝成小孩子，為了讓對手鬆懈。除了有人喜歡外表十幾歲的義體，也有服用舊世界製作的藥來保持年輕身體的老手。

而這樣的人通常都實力深厚。男人從阿基拉騎摩托車的技術與精準的射擊判斷他也是這類的人。

「多虧了你，我們才能得救。你應該是……救援的獵人吧？」

「嗯，我接了緊急委託。」

「這樣啊。抱歉，如果有回復藥之類的請賣給我吧，裡頭有重傷者。」

卡車的車斗內躺了數名負傷的獵人。從大量的血累積在車斗地板上就能知道出血相當嚴重。車斗的角落已經躺著五個裝了屍體的屍袋。

阿基拉放下背包，從裡面拿出回復藥的盒子交給男人。那是在崩原街遺跡得手後沒有賣掉，留在身邊的物品之一。

男人看見遞過來的回復藥，表情變得嚴肅了些。這是因為他知道這種商品相當昂貴。

在戰場買賣回復藥的話，價格通常又會變貴許多，因為賣給別人就無法用在自己身上了。在嚴苛的狀況下，這就等於零售自己的性命。男人的表情因為害怕無法支付讓對方滿意的金額而變得陰鬱。

「……竟然擁有這麼好的東西。啊～～不好意思……」

男人準備開始原本就居下風的價格交涉，阿基拉卻打斷了他。

「價格之後再談吧，就算免費也沒關係。都來到這裡救人了，原本可以獲救的人因此而死的話，我也不會開心。」

「抱歉。太感謝了。」

男人對阿基拉道謝完，立刻開始治療同伴。一些傷者口服回復藥，一些傷者則是拆開膠囊直接撒在負傷處。回復藥直接撒在傷口的獵人因為更強烈的痛楚，發出痛苦的聲音。

「忍耐一下，這樣就死不了了。」

知道效能的男人不在意傷者的叫聲，持續進行治療。

這時其他男人來到阿基拉身邊並且詢問：

「欸，只有你前來救援嗎？沒有其他人了？」

阿基拉稍微猶豫該如何回答，但他認為保持沉默或說謊也沒用，於是冷靜地回答：

「我只是在附近接了緊急委託，無法得知是不是有其他獵人被派遣到這裡。」

「……這樣啊。」

對方的沮喪比阿基拉預想的還要輕微。阿基拉對此感到驚訝，同時也覺得佩服。

『只有這樣的小鬼前來救援還完全沒有動搖，太厲害了。』

阿爾法像同意他的看法，微笑著說：

『精神力還沒脆弱到因為差點死亡就產生動搖吧。和普通的獵人不一樣呢。你也得好好跟人家看齊才行喔。』

『說的也是。』

阿基拉對男人問：

「沒辦法問獵人辦公室的職員救援狀況嗎？」

「那傢伙死了，被附有大砲的怪物發射的砲擊打中。既然你來到這裡，就表示是完成緊急委託的申請才死的嗎？結果提出申請的本人死了，真的很遺憾就是了。」

「無法自己從這裡移動的理由是？」

「卡車被那隻附大砲的傢伙轟壞了。被敵人攻擊根本無法認真修車，何況也沒有會修車的人。原本打算搭前來救援者的車回去，不然就是請他們幫忙拉卡車……」

看見男人露出苦笑，阿基拉也回以苦笑。

「抱歉。光是騎摩托車到這裡，抵達的時間就比當初預定的還要快上許多。一個搞不好，可能還得用跑的來這裡呢，所以已經很不錯了，也只能請你們忍耐一下了。」

「已經很好了。看來我們的運氣還沒耗盡。」

男人以為阿基拉是在開玩笑，就笑了起來。阿基拉也注意到這一點，但是沒有特別指出來，因為他認為如果自己站在對方的立場，恐怕也會覺得是開玩笑。

跟救援對象獵人們合作打倒救援地點的怪物群後，阿基拉就一起待在卡車後方休息。這時候他忽然想到。

『阿爾法，這麼說來，這個緊急委託怎麼樣才算結束？』

『緊急委託的目的是防衛都市，我想不排除這個原因就不算結束吧。雖然也得看戰局，不過就算追加的增援部隊來了，也可能只讓負傷者回到都市，剩下的人則派遣到其他地點。』

『還是得看戰局嗎？』

阿爾法以有點調侃人的口氣輕笑著說：

『尤其是你已經拿到摩托車作為預付款，最少也得壓榨出符合其價值的勞力吧。』

阿基拉浮現略為疑惑的表情。

『我也算成功解救這裡的困境了，這樣還不足以抵銷摩托車的報酬嗎？』

『遺憾的是，能做決定的不是我也不是你。』

『也是啦。必須努力不讓對方說「你的表現仍然不夠，必須支付差額」。』

卡車遭到敵人砲擊無法移動，但搭載的搜敵裝置等並沒有任何損傷。獵人輪流使用搜敵裝置監視周圍，所以不必擔心受到奇襲。阿基拉也能放鬆心情持續跟阿爾法閒聊。

這時負責監視的獵人發出聲音。

「有反應了！兩點鐘方向！」

現場的緊張感一口氣高漲。是新的怪物嗎？或是救援部隊呢？阿基拉與眾獵人露出期待與不安的表情看著有反應的方向。

阿基拉附近的男人一邊祈禱一邊窺看雙筒望遠鏡，接著表情就轉變成苦澀。祈禱落空了。前方能看見的是似曾相識的機械敵人群體。男人繃起臉丟出一句：

「又是那些傢伙嗎！」

「那些傢伙是？」

「破壞卡車的機械類怪物。一度擊退了它們，原來不是逃走，而是去補充彈藥了嗎？」

一群背負著大砲的多足機械從有反應的方向迫近。多足雖然是機械卻有著模擬昆蟲腿部的外形，每一個個體都有一輛小型車的大小。

阿基拉遲了一會兒後也看見這一幕，臉上表情變得十分嚴肅。

阿爾法又補充：

『那種怪物的名稱是加農砲機械蟲。應該是從舊世界就開始，一直到今天仍在某處運作的兵工廠製造出來的。』

『如果是在兵工廠製造的，為什麼會有昆蟲般的腳？』

『可能工廠的管理人格發生錯誤讀取了什麼奇怪的檔案，或者是實在太閒而做些奇怪的東西出來玩玩。』

阿基拉臉上浮現難以形容的表情。

『太閒……這算是理由嗎？』

『還問我算不算，太閒本來就是理由啊。』

阿爾法輕笑著回答，接著繼續補充。

『附機槍的多足移動裝置上安裝複數的戰車大砲，移動裝置才是本體。個體間還是有差異，但攻擊力等於戰車的大砲。機體的裝彈數不多，應該說每座大砲只有一發砲彈，但是伴隨在旁的補給機體會進行補給。』

正如阿爾法的補充說明，加農砲機械蟲周圍伴隨著能夠自動行走的大型彈匣般的補給機。

加農砲機械蟲的武裝每個個體不盡相同。有的機體具備開玩笑般的大口徑大砲，也有機體安裝了無數極端纖細的大砲。移動裝置的大小以及腳的數量也存在許多差異。

但是作為兵器還是相當有紀律。所有自律機械在離卡車一定距離後停止接近，多足靈活地傾斜整個身體，當場以背負著的大砲開始砲擊。

隨著轟然巨響發射出去的砲彈紛紛落到車輛周邊。著彈地點一帶揚起土塵，連同怪物的屍體與殘骸一起轟飛。

獵人們立刻展開反擊，但因為雙方有效射程的差異，被迫居於下風。

「竟然保持如此卑鄙的距離。之前明明靠得比較近一點……」

加農砲機械蟲保持絕妙的距離持續砲擊。它們犧牲命中率，一直維持單方面進行攻擊的距離。獵人們也從伴隨的補給機體注意到無法期待它們子彈耗盡。

阿爾法以有些嚴肅的表情看著阿基拉說：

『阿基拉，還是跟你確認一下。你沒有要自己一個人逃走的打算吧？』

阿基拉一臉嚴肅地堅定回答：

『除非只剩我一個人。』

『這樣的話就只能由我們接近敵人了。我也會提供輔助，因為必須靠近到以ＡＡＨ突擊槍也能給予敵人足夠傷害的距離，只能要你逞強一下了。』

阿爾法帶著嚴肅的表情叮嚀：

『要去的話就先服下回復藥吧，這樣肌肉纖維因為戰鬥的負荷快要斷裂，或者骨頭出現裂痕時也能立刻獲得治療。不這麼做的話，你的身體撐不下去。持續這樣的逞強已經是次佳的手段。可以吧？有所覺悟了嗎？』

阿基拉回想起強化服的訓練。被阿爾法用強化服強行奔跑時，因為疲勞與劇痛暫時無法動彈。這次絕對會被迫承受超越當時的苦難。

他在理解這一點的情況下從背包裡拿出回復藥，做好心理準備後一口氣吞下大量的藥。

阿爾法輕嘆一口氣，露出強烈的挑釁笑容。

『看來你下定決心了。』

阿基拉也傲慢地笑著回答：

『因為覺悟是我負責的啊。』

阿基拉再次跨上摩托車，對附近的男人搭話：

「我到附近攻擊，拜託你提供適當的援護。」

男人露出驚訝的表情，但他很清楚這樣下去狀況只會不斷惡化，所以沒有出言阻止。相對地，他一臉認真地提出陪同的申請。

「一個人沒問題嗎？」

「只有我擁有摩托車。我想還是不要隨便一起行動比較好。攻擊目標分散的話，敵人的攻擊應該也會稍微分散。而且經常移動應該不會那麼容易擊中……大概啦。那麼，援護就拜託了。」

阿基拉這麼說完就騎著摩托車離開。

內心帶著各種感情目送阿基拉離開的獵人們也馬上開始行動。

「我們也散開來朝敵人靠近！把負傷者從車斗上搬下來，將卡車當成盾牌吧！有槍榴彈的傢伙不要節省了！」

在彈雨當中，獵人們也下定決心以徒步縮短與加農砲機械蟲之間的距離。

阿基拉騎著摩托車，以加農砲機械蟲為目標在荒野上奔馳。只見他飆出只能說是魯莽的速度，而且還繼續加速。

附近一帶散亂著怪物的殘骸與肉片。通過掉落尖銳零件或因為血肉變泥濘的地點，就算是越野輪胎也可能一口氣失去平衡而翻倒，可說是相當危險的惡劣路面。結果阿爾法就以能稱作異常的高級駕駛技術一一突破難關。

在搖晃的車體上舉著AAH突擊槍毫無間斷地開火。雖然命中了，但子彈全被彈回來。加農砲機械蟲等機械類怪物大多相當堅固，加上是從有效射程之外的槍擊，所以是理所當然的結果。

即使如此，還是有一部分機械蟲因為受到攻擊，把目標從獵人們轉移到阿基拉。

其中有個體是以多足強行支撐占機體大半的大砲，此時把整個身體轉向阿基拉來瞄準。接著巨大身軀因為後座力而晃動，發出震耳欲聾的聲響展開砲擊。

砲彈落在阿基拉旁邊十公尺左右的位置。散落在著彈地點周邊的肉片與金屬片被轟飛後，往周圍四散。

被直接擊中的話絕對會立刻死亡。親身感覺到其威力的阿基拉開始流下冷汗。

『差很遠，應該沒問題吧？不會被打中吧？』

『敵人的準度相當低，這是因為砲彈尺寸不一致與砲身扭曲吧。應該是根據奇怪設計檔製造出的緣故，所以不會那麼容易命中。』

『這樣啊！』

雖然是威力強大的砲擊，阿爾法說不會射中的話就沒問題吧。阿基拉這麼想著並且感到高興，然而立刻就變成空歡喜一場。

『但準度低就表示不可預測性很高，因此很難預測彈道，要正確判斷砲彈落點相當困難。就算以我的高性能，也無法保證絕對不會被擊中。再來只能靠運氣了。』

阿基拉不由得皺著臉說：

『別說那種不吉祥的話！我把剩下的運氣用光了不是嗎？』

『祈禱是我的輔助能夠處理的霉運吧。而且你現在會變成這樣都是你自己選擇的吧？這就跟運氣無關了。』

『對喔！既然說跟我的運氣無關，要是被轟中就跟妳輔助的品質有關了！』

阿基拉自暴自棄地笑著這麼回答，結果阿爾法驕傲地笑著表示：

『要說這種話嗎？若是這樣，為了更降低中彈率，我必須提升輔助的品質。好好加油吧。』

『什麼意思……』

阿爾法提升摩托車的速度以擾亂敵人瞄準，開始在路上蛇行，因此阿基拉承受的負擔更重了。

早知道就不要多話了。這麼想的阿基拉嚴肅的表情參雜著懊悔，同時咬緊牙關忍耐負荷。

面對邊開槍邊急速縮短距離的阿基拉，加農砲機械蟲開始有明確的反應。把攻擊目標切換成阿基拉的個體逐漸增加。

當然落到阿基拉周圍的彈雨也變得激烈。阿基拉乘坐的摩托車橫衝直撞地蛇行來迴避砲彈，並縮短與敵人的距離。

就這樣被阿基拉縮短距離的多足大砲機械群放棄曲射，改為直接瞄準他。水平發射出的砲彈攪亂大氣，通過阿基拉旁邊一公尺左右的空間。

物體高速破空的聲音傳進耳內，肌膚感覺到遭受彈頭推擠變成波浪狀的空氣。阿基拉咬牙把恐懼的心情咬碎。

靠近擊破目標到足夠距離的地點，阿爾法就露出傲慢的笑容做出指示。

『會有點辛苦喔！給我撐住！』

『知道了啦！』

阿基拉自暴自棄地笑著回答。

阿爾法幾乎是以直角來切換摩托車的前進方向。為了抵抗急遽減速造成的慣性，車體甚至傾斜到快要翻覆。

而且阿基拉還用強化服的左腳刨開地面來支撐全體的負荷。摩托車過於傾斜，兩個輪胎幾乎快要空轉時，又用右腳把摩托車壓向地面，強行接地。一邊防止完全翻覆，以絕妙的施力實現急遽減速。

在傾斜的車體上用ＡＡＨ突擊槍朝著加農砲機械蟲連射。固定手腕把槍擊的後座力傳遞到摩托車上活用在維持摩托車的態勢與加速。

阿基拉的身體持續承受強烈的負荷。骨頭發出摩擦聲並出現裂痕，肌肉纖維持續斷裂。

事前服用的回復藥開始治療這些損傷。在治療結束之前又承受新的負荷，以細胞為單位重複負傷與治癒的過程。阿基拉則忍受著過程造成的劇痛。

急遽降低摩托車的速度以轉換方向。自律兵器群不錯過這個機會，一起把砲口朝向阿基拉。

在並排的砲口發射砲彈之前，速度驟減的摩托車的兩個輪胎就穩穩抓住地面，一口氣將車體往橫向移動並且加速。

無數砲彈通過一瞬前阿基拉所待的地方。他從依然傾斜的車體上持續開槍，同時一口氣越過加農砲機械蟲旁邊。

加農砲機械蟲沒有旋轉砲塔，因此必須把整個身體朝向攻擊目標。在敵人重新完成瞄準之前，阿基拉就連續發射子彈攻擊敵人。

許多子彈迅速命中伴隨在多足大砲旁邊的砲彈補給機。只要先破壞補充彈藥用的伴隨機，用光機體內少量殘彈的大砲將淪為只是堅固的槍靶，所以才率先擊破砲彈的補給來源。

以極快的連射速度發射出去的子彈各自在阿爾法的精密射擊下擊中了機械類怪物的弱點部位。

多足的關節部分遭到破壞的機體即使橫向翻覆也持續掙扎著。形狀宛如彈匣的補給機體中彈後產生引爆，牽連周圍的個體一起被轟飛。

加農砲機械蟲靈活地活動多足，以不符外表的敏捷度重新把大砲朝向阿基拉，然後一起砲擊。

大量砲彈穿過阿基拉旁邊，不斷命中前方，把附近一帶的物體全部轟飛。

身體的劇痛、砲彈的爆風讓阿基拉用力地皺起臉。

『阿爾法！剛才很危險耶。』

『託逞強的福沒有被擊中。那樣就可以了吧？倒是你的左腳不要緊吧？』

『非常痛。如果再做一次同樣的事情，腳不要說骨折，甚至可能直接斷掉。』

『那麼下次得換成右腳了。』

『就沒有不做同樣事情的方法嗎？』

『有喔。不必像這樣逞強，購買更大型且高性能的槍械就可以了。既然得到強化服，你也可以裝備那樣的槍了。』

『也就是說，現在沒辦法對吧！』

看見他露出厭惡表情，阿爾法回以微笑。

『當然我也會盡可能不讓你逞強，但需要的話還是會做。選擇這種狀況的是你吧？現在不能哭著求饒了。』

『我知道了！』

雖然對選擇不感到後悔，但會痛就是會痛。阿基拉為了以氣勢蓋過疼痛，自暴自棄般這麼回答。

阿基拉之後也騎摩托車奔馳，持續優先打倒伴隨敵人的彈藥補充用機體。要以ＡＡＨ突擊槍破壞堅固的加農砲機械蟲相當困難，但是比較脆弱的補給機體就還有辦法解決。

長了腳的大型彈匣為了補充砲彈，準備連結加農砲機械蟲的後部。阿基拉注意到之後就仔細地槍擊補給機，結果彈匣的砲彈發生引爆，給了加農砲機械蟲極大的傷害。

這樣的成果讓阿基拉開心地笑了起來。

『很好！下一隻！已經減少許多了！』

『很順利呢。其他獵人也很努力，這樣下去應該能贏。』

伴隨自律式多足大砲的砲彈補給機數量一減少，敵人的砲擊壓力也逐漸變弱。這時獵人們也成功縮短距離，加入攻擊的行列。基本上他們的火力全部超越阿基拉。敵人的數量開始急遽減少。

再來就只要優先破壞補給機體，然後把累積的鬱悶全部發洩在淪為堅固槍靶的加農砲機械蟲上，將其變成破銅爛鐵就可以了。阿基拉與眾獵人有了這樣的共識，確認自己占了上風，開始恢復鎮定。

『再來只要處理剩下的勢力即可。雖然很累人，看來是沒問題了。』

現在還有點早，但阿基拉把臉轉往阿爾法的方向感謝她的輔助。接著他的臉開始僵了。視線前方的阿爾法表情由從容的微笑恢復成嚴肅的模樣。

『阿基拉，有點麻煩的增援來了。』

『又有什麼東西來了啦……』

在露出厭惡表情的阿基拉詢問詳情之前，答案之一就從天而降。從遠距離射出的巨大砲彈命中戰鬥區域，把周邊全部轟飛。

那是瞄準阿基拉他們的攻擊，但是中彈地點距離阿基拉與眾獵人相當遙遠，反而對加農砲機械蟲造成極大的傷害。

然而那像是要用砲彈威力補足極粗糙的瞄準的爆炸足以把阿基拉他們感覺到的優勢轟飛，並以威脅感取而代之。

待在中彈地點附近的倒霉的加農砲機械蟲被轟得不成原形，四肢飛散。其周邊的機體不只被爆風吹倒，甚至被吹飛出去轉了好幾圈。距離中彈地點很遠的卡車因為砲擊的暴風與衝擊而搖晃。

被吹飛的一部分瓦礫落到車輛周邊，讓為了保護傷患而留下來的獵人發出驚呼。砲彈命中卡車的話，這次可不是故障就能了事，絕對會被轟得灰飛煙滅。

反射性把臉朝向爆炸聲方向的阿基拉在看到砲擊的威力後，臉也開始抽搐。

這時，阿爾法在途中就以嚴肅的表情叮嚀：

『阿基拉，慎重起見，我還是跟你確認一次。你沒有要獨自逃走的意思吧？』

半途就靠對方的表情預測出回答的阿爾法臉上露出有些傻眼的苦笑。而阿基拉本人則是一臉嚴肅地確實回答阿爾法：

『沒有。』

聽見阿基拉即使目擊剛才的砲擊還是沒有絲毫動搖的回答，阿爾法也有些驕傲，開心地笑著說：

『我知道了。那我們去打倒它吧。』

阿基拉在阿爾法藉由強化服的操縱下開始動了起來。他收起槍，雙手握住摩托車的龍頭並用力固定住身體，同時摩托車開始全速奔馳。靠著阿爾法驚人的駕駛技術，摩托車在滿是瓦礫的荒野上持續在許可範圍內加速。

阿基拉對明明要去打倒增援卻把槍收起來一事感到懷疑。

『阿爾法，為什把槍收起來？』

『因為就算開槍也沒用。與其浪費子彈，不如雙手緊緊抓住龍頭以免被我粗暴的騎乘甩下來。』

『要去打倒那樣的傢伙嗎？』

相對於慌了手腳的阿基拉，阿爾法則是露出沉著的笑容，像要調侃他一般詢問：

『你說不逃走，也沒辦法。還是說，你果然要逃走？』

阿基拉對這個問題露出苦笑，隨即鼓起勇氣笑著表示：

『我不逃！好好輔助我吧！』

『交給我嘍。』

阿爾法以充滿自信的笑容做出回應，摩托車同時飛到空中。砲彈不斷命中後方，將中彈地點的瓦礫轟飛，形成的爆風從後面推著阿基拉。

但就算這樣，摩托車還是因為阿爾法卓越的駕駛技術沒有翻覆，反而利用爆風加快了速度。

在被轟飛的瓦礫雨當中，摩托車為了迴避落下的東西，不斷粗暴地轉向並且盡可能加速。

阿基拉臉部僵硬，雙手緊緊抓住摩托車的龍頭以防被甩落及被爆風吹飛。

多虧那幾乎算是魯莽的速度，阿基拉的視野前方終於出現目標。那是從遠距離單方面砲擊阿基拉他們的加農砲機械蟲。

因為過於遙遠，原本肉眼只能看見豆粒般的大小。但在阿爾法輔助下的視野擴增將其周邊的影像擴大顯示，能清晰地看見敵人的身影。

阿基拉因為露出嚴肅的表情而皺起臉，然後理解用自己的ＡＡＨ突擊槍射擊確實一點用都沒有。

『好巨大……』

那隻加農砲機械蟲是大型機體。作為本體的多足移動裝置像是把大型巴士縱向壓縮般巨大，上方則設置了大口徑的巨大砲口。

機體是粗獷的金屬塊組成，散發出無法用便宜子彈打倒的氛圍。開玩笑般把大型砲台硬是加上自走機能的外觀，具備小型加農砲機械蟲完全無法相比的壓迫感。

其附近伴隨著許多適合其大口徑的大型砲彈。砲彈的尺寸大小不一，但最小也有人頭的一倍大，而且下方長出許多腳可自己行走。它們就在大型機周邊徘徊，等著輪到自己裝填。

其中一隻以自身的多足跳到大型加農砲機械蟲身上，之後靈活地運用多足移動到大砲的裝填部分自己裝填，然後隨著晃動大氣的巨響快速發射。

因為這次的砲擊，著彈地點的瓦礫再次誇張地被捲上天空。附近一帶降下瓦礫雨。

大砲口徑與砲彈的大小不完全一致，加上又是以強硬的手段射擊，命中率相當低。

但是被擊中的話還是會立刻死亡，而且光是餘波就造成嚴重的損害。不趕緊想辦法的話，終究會因為運氣不好而被不斷發射的砲彈擊中。

現場的人裡面能夠最快想辦法解決的就是騎摩托車的阿基拉。獵人們的位置與武裝距離敵人實在太遠，必須花上許多時間才能靠近到有效射程。

『那麼阿爾法，我很清楚以我的槍攻擊也沒用了，要如何打倒它呢？』

『靠近之後會有辦法的。』

『我就是在問什麼辦法啊！』

『我是可以詳細說明，但在這種狀況下，你能邊聽說明邊好好戰鬥嗎？』

由於阿基拉已經縮短不少距離，大型加農砲機械蟲開始將射擊方式從曲射改成直射。當然這樣擊中散落在荒野的瓦礫等物品的機率就會變高，但機械蟲還是毫不在意地發射砲彈。

特大的大型砲彈粉碎近距離的障礙物並直向前進，在中途爆炸後衝擊就朝前方散開。被這道衝擊吹飛的瓦礫呈放射狀擴散開來。

阿爾法為了讓砲彈的衝擊被瓦礫等東西抵擋而散開減弱，事先就改變了摩托車的移動方向。託阿爾法的福，阿基拉與摩托車都毫髮無傷。

即使如此，看見受衝擊而飛散的瓦礫往自己的方向衝過來的光景，阿基拉的臉還是僵掉了。

『……詳情就等打倒那個再問吧。可以打倒它對吧？』

『當然。好了，阿基拉，下定決心吧。要衝進去嘍。』

『知道了！拜託妳了！』

阿基拉再次做好心理準備，盡可能讓自身的動作配合阿爾法的強化服操作，藉此減輕身體承受的負荷。

但是往這邊飛的砲彈與瓦礫不再是從天而降，而是變成從前方飛過來，為了躲避就必須做出更勉強的動作。

駕駛本身只要交給阿爾法就沒問題，但是肉體承受的負荷更加嚴重。身體對名為劇痛的感覺發出慘叫，阿基拉咬緊牙關無視身體提出這樣的訴求。

他有時整個人避開爆炸中心，有時穿越交錯亂飛的瓦礫縫隙，逐漸縮短與砲擊源頭的距離，以最快的速度突破不斷出現的死亡領域。

最後十分靠近目標的阿基拉終於完全逃離敵人的射線。

大型機因為其重量，很難迅速移動機體，要旋轉整個機體來重新瞄準阿基拉是很困難的事。只要移動速度能比它的旋轉快，阿基拉就不會再進入它的射線。

大型加農砲機械蟲把準星從阿基拉移回眾獵人身上並持續砲擊。這段期間，阿基拉則是繼續縮短與對方的距離。

接著直接朝大型機體旁邊的一架多足自走砲彈前進的阿基拉讓整輛摩托車傾斜並快速迴轉。

利用摩托車車體與速度的掃腿破壞自走砲彈的多足，然後將因衝擊而稍微浮起的砲彈往上踢。他藉由強化服的身體能力與阿爾法輔助的精密動作從摩托車上跳起，在空中追上自己高高踢起的砲彈。

這個瞬間，阿基拉眼前的砲彈在阿爾法的輔助下變成擴大顯示，同時阿爾法做出簡短的指示。

『快踢！』

阿基拉在強化服的動作催促下反射性遵從這個指示，打起精神邊叫邊以渾身的力量對砲彈使出迴旋踢。

「喝啊！」

穿著者的動作與強化服的動作互相配合讓踢擊的威力倍增。被用力踢出的砲彈飛向大型機的裝填部分，然後直接阻礙其他砲彈的裝填程序，強行鑽進開口處。

特大的大砲因為裝填部分的開口處被砲彈強行塞入，陷入機能不全狀態。阿基拉趁機在空中架起AAH突擊槍，對著自己踢出的砲彈開火。

被複數子彈擊中的砲彈產生爆炸，引爆其他砲彈後發生巨大的爆炸。連大型加農砲機械蟲也無法承受這樣的爆炸，大砲與多足移動裝置部分都被轟飛，受到重大的損傷。

無暇為勝利感到開心，稍微被爆風吹飛而落下的阿基拉抓住剛好移動到正下方的摩托車龍頭。摩托車同時開始全速奔馳，想盡辦法快速脫離現場。

遲了一會兒，失去開砲手段的砲彈一起自爆了。雖然大砲遭到破壞，仍保有大部分原形的巨大軀體被捲入這場爆炸。

雖說是特別堅固的大型機械類怪物，被複數砲彈一起自爆引起的大爆炸吞沒的話也無從抵抗，一

瞬間就被轟得灰飛煙滅，變成一堆細小廢鐵。

全速逃走的阿基拉好不容易才逃離這場大爆炸。背對爆風在荒野中前進，到了安全的地方才停下摩托車。

阿爾法得意地笑著說：

『阿基拉，已經按照你的請託打倒那傢伙了，現在要聽詳細的打倒方法嗎？』

阿基拉一邊喘息一邊搖著頭表示：

『不用了……啊，但是告訴我一件事就好。那種砲彈，可以像那樣踢它嗎？』

『一般來說是不行。一個搞不好，踢中的時候就會爆炸，非常危險。』

『那為什麼還讓我踢啊？』

『我是挑選了可以踢的個體，還以踢了也不會爆炸的力道去踢的喔……具體來說……』

『……夠了，這個部分如果妳確實考慮過就好了。倒是目前戰況如何？』

『那邊好像也結束了。』

阿基拉與大型機戰鬥期間，獵人們已經把剩餘的加農砲機械蟲打倒。聽見結果的阿基拉在感到獲勝的真實感與成就感之前，就先被巨大的疲勞感襲擊並大大地呼出一口氣。

『……終於結束了嗎？好不容易解決了，不過我再也不想一邊躲避砲彈一邊戰鬥。』

『沒有摩托車的話會陷入更嚴重的苦戰。對你來說果然還是太早了嗎？』

『妳是指裝備？還是實力？』

『都是。應該說所有能力都不足。』

『……那樣還不足嗎？』

得到強化服以及摩托車，在阿爾法的輔助下讓它們發揮出最大的功效並獲得成果，這樣仍然距離阿爾法要求的實力相當遙遠。理解這一點的阿基拉忍不住嘆了一口氣。

阿爾法笑著鼓勵阿基拉。

『一朝一夕就能變強的話，大家就不用那麼辛苦了。今後也要好好努力。』

阿基拉也重新打起精神輕笑著說：

『說的也是，只能好好努力了。加油吧……還有不知道這次的報酬怎麼樣，都這麼拚命了。雖然很期待，實際如何仍不得而知吧。』

『我想應該能泡澡了。今天就好好休息吧。』

『沒錯，就這麼辦。』

休息一會兒後，先回到卡車那裡的獵人就前來迎接回歸的阿基拉。

「真了不起，光靠ＡＡＨ突擊槍就發動突擊，原本以為只是要當誘餌，想不到竟然連那樣巨大的傢伙都打倒了，真是有一套。」

「因為它是名槍啊。」

阿基拉隨口回答完，男人就露出似乎可以接受這個回答的表情。

「你不會是ＡＡＨ愛好家吧？那把槍也是經過改造的嗎？」

「愛好家？嗯，我是很喜歡用它啦。它是在認識的店家買來的，沒有特別經過改造就是了。」

「那可能是那個老闆是ＡＡＨ愛好家，偷偷改造後才拿來販賣。ＡＡＨ愛好家就是這樣來增加ＡＡＨ突擊槍的愛好者。嗯，像你這樣的獵人很喜歡使用的話，愛好家變多也不是什麼不可思議的事。真是不負名槍的稱號。」

阿基拉無法聽懂男人表示能夠理解的理由，於是露出感到有點不可思議的表情。

『阿爾法，ＡＡＨ愛好家是什麼？』

『我想應該是喜好ＡＡＨ突擊槍的人。』

『嗯，我想是這樣沒錯啦。』

『在意的話，之後自己調查看看吧。這也是訓練喔。』

『……知道了。』

當阿基拉內心出現莫名的疙瘩時，就有其他獵人靠了過來，有些難以啟齒般開始拜託阿基拉。

「很抱歉，又有新的傷患了。我們的回復藥早就用光了，如果你那邊還有多的，可不可以再賣給我們一點？」

「知道了。應該還有剩……」

阿基拉放下槍，把背包從背上拿下來。然後從裡面取出回復藥，準備把其中一盒交給獵人。

這時，本日最大的霉運朝阿基拉襲來。在阿基拉他們旁邊的怪物突然撲了過來。

那隻大型生物類怪物是靠著強韌的生命力不把子彈放在眼裡，順利抵達卡車旁邊的肉食獸。然後從極近距離受到強烈攻擊，癱倒在地。

獵人們判斷已經殺掉這個個體，實際上它只是昏過去而已。交戰中，在才剛差點被怪物從極近距離襲擊的情況下，根本沒有多餘心思去確認無數的個體是否還活著，結果那隻怪物就只是昏過去，被丟在該處。

醒過來的野獸遵從本能立刻襲擊最近的人類，而不巧的是那個人正是阿基拉。

阿基拉試圖以槍反擊，但是注意到手上沒有槍，於是又想趕緊撿起地上的槍反擊。然而這多餘的思考反而讓他的動作更加遲緩。

阿基拉持續致命的行動延遲，張開大口的怪物已經迫近到眼前。

（來不及了！死定了！）

在緩慢的世界中，阿基拉理解自己即將死亡。

下個瞬間，阿基拉的強化服自己動了起來。全身以左腳為軸心快速旋轉，右腳同時往上彈起。無視強化服使用者的安全，盡可能提升了輸出。其身體能力在這一瞬間超越了原本性能的極限。

阿基拉的右上段踢就帶著輕鬆轟飛瓦礫的力道擊中怪物的頭。

然而即使受到如此大的衝擊，巨大野獸仍沒有死亡，只是腳步稍微踉蹌，失去平衡但沒有倒下。野獸只是因為傳遞到頭部的衝擊而停止動作。

趁著這些許空檔，阿基拉的身體又擅自撿起AAH突擊槍。同一時間，原本混亂的阿基拉也重整了意識。他立刻把槍塞進敵人嘴裡，連續扣下扳機。在口腔射擊出去的子彈不斷命中生物類怪物的頭部內側。

即使如此，野獸還是依靠生物類特有的強韌生命力，沒有立刻死亡，不過已經造成致命傷。以射光全部彈匣的速度持續開槍後，怪物的巨大身軀終於倒下，再也無法動彈。

阿基拉不停地喘氣。

『剛、剛才是妳操縱的吧？』

『是啊。在強化服停止之前快點治療身體。』

『停止？壞掉了嗎？』

『幾乎把強化服剩餘的能源用光了。雖然極為耗費能源，不過一瞬間把身體能力提升到超越極限了，不這麼做的話真的沒辦法脫險。』

那是無視強化服穿著者安全的行動，本來為了安全限制機能，屬於不可能辦到的動作。為了能實現這個動作，阿爾法占領了強化服的控制裝置。

『剛才突破了極限，強化服也可能故障了。事後得調查一下才行。』

阿基拉坐了下來。全身感到疼痛，尤其是右腳更是痛得難以忍受。

『……右腳骨折了嗎？』

『盡可能讓強化服硬質化了，但原本就不是作為裝甲的機能，還是有其極限。不快點治療腳的話會沒辦法走路回去喔。快點。』

阿基拉好不容易才從背包裡拿出回復藥。

『跟平常一樣服用就好了嗎？骨折了要把肉切開，直接撒在骨頭上，我可不要喔。』

『真的沒辦法的時候也只能那麼做了。現在只是要把骨折錯開的地方歸位，回復藥用吞的就可以了。雖然得花一定程度的時間，現在應該沒問題吧。還是說，由我來幫忙讓骨頭歸位比較好？』

『……拜託了。』

阿基拉的雙手擅自動起來抓住右腳，然後停止部分機能，透過取回穿脫時那種柔軟度的強化服強行開始讓骨折錯開的地方歸位。

阿基拉咬牙忍受歸位時造成的劇痛，之後就把回復藥盒內所有剩的藥都丟進嘴裡。在回復藥的鎮痛作用緩和痛楚時，可以感覺到奈米機械逐漸集中到自己的右腳。

他把空盒子捏扁時與剛才的男人對上視線。確認一下背包裡，發現回復藥已經剩下不多了。

他猶豫了好一會兒，才拿了一盒交給男人，男人接過去後又還給他。男人在露出不可思議表情的阿基拉面前輕笑著說：

「讓有功勞的人露出這種表情，哪還能收啊。何況之前已經拿一盒了。」

「真的不用嗎？」

「嗯。傷患不是什麼重傷，安靜休養應該就沒問題了。」

這時，其他獵人聽見槍聲後急忙跑了過來。男人大叫著傳達狀況。

「有只是昏過去尚未死亡的怪物！發現頭部沒事的傢伙，慎重起見還是先賞兩三發子彈！」

其他人急忙開始警戒。包含阿基拉在內的獵人都認為戰鬥已經結束，所以花了點時間才重新上緊發條。

◆

擊退加農砲機械蟲群的阿基拉等人再次變成等待救援的狀態。

阿基拉以受傷為理由，開始休息。其他獵人則持續警戒周圍，沒有任何人對獨自休息的阿基拉有所抱怨，這是因為他們認同阿基拉的功勞。

阿基拉做好面臨下一次戰鬥的準備了。雖然不希望還有戰鬥，但世界根本不會顧慮他的希望。如此一來，只有做好準備了。

在強化服變成只是沉重的服裝前先換能源包，更換AAH突擊槍的彈匣，把子彈數量恢復為最大，接著把備用彈匣綁到身上。

完成這些工作後，腳的治療也差不多結束了。這樣總算能夠再次戰鬥。

阿基拉看了一下背包裡面，接著隨口重重嘆了一口氣。彈藥與回復藥都所剩不多了。

『……減少了許多。回去之後要確實補充彈藥才行……報酬，應該領得到吧？』

阿爾法笑著幫阿基拉打氣。

『我是不清楚那輛摩托車值多少錢，但如此奮力作戰的話，應該足夠抵銷報酬了。放心吧，沒問題的。』

『是嗎？我想也是啦。』

阿基拉就這樣硬是讓自己接受這個說法。記得有人曾經說過決定報酬的不是她，但他還是決定把這件事忘掉，因為這樣比較輕鬆。

太陽開始下山時，期盼已久的救援終於來到獵人們身邊。

救援部隊開始進行拖無法移動的卡車回到都市的準備。當阿基拉跨坐在摩托車上等待作業結束時，木林就很開心似的揮著手朝他靠近。

「嘿！還活著嘛！我聽其他人說了，你好像很拚命嘛。老實說我原本以為你死定了，看來我的眼光也變差了，不過我確實猜到你是那種逞強荒唐魯莽型的獵人。」

聽見對方開心地說「以為你死定了」，阿基拉就微微繃起臉。然而他其實也能接受木林的意見，所以只是表現出些許不開心的態度就忍住了。

「……摩托車幫了很大的忙，先謝謝你。」

「那真是太好了，不枉我把摩托車交給你。在你逞強時能提供助力就更值得了。」

「對了，我接的緊急委託要什麼樣的狀況才算結束？等他們回到都市嗎？」

「喔喔，對了，你等一下。」

木林拿出資訊終端機操作。

「好，你完成緊急委託的手續結束了。你可以自由行動嘍。」

「結束了嗎？不用護衛他們回到都市嗎？」

「嗯。我們來到這裡又是另外的救助委託了。都市防衛隊排除了從崩原街遺跡出現的怪物群，緊急委託已經結束，所以才有多餘的人力來救助其他獵人。」

「喔，原來是這樣啊。」

「不然你要順便接下救助委託嗎？要接的話，我可以立刻進行手續喔。」

阿基拉以疲憊的表情搖了搖頭。

「……不了，承接的委託結束的話，我就先回去了。彈藥剩下不多，最重要的是我累了。」

「那真是太可惜了。本來想說回去的路上又發生什麼事的話，就能近距離看見你逞強荒唐魯莽的模樣了。」

「……饒了我吧。那我回去了。」

「回去時路上小心喔。要死的時候得因為逞強荒唐魯莽而壯烈死去，千萬別因為無聊的交通事故而死啊。」

木林超開心的態度讓阿基拉更加疲憊，於是輕嘆一口氣，接著就先一步回到都市。

◆

當木林很開心似的目送阿基拉離開，其他職員就來向他報告。

「木林先生，戰鬥經歷評價用檔案的傳送結束了。遭到破壞的卡車大部分是驅動系統受損，所以資料收集本身進行得很順利，只不過包含了一部分莫名的檔案……」

「莫名的檔案？」

「該怎麼說呢，有一名獵人出現奇怪的舉動，或者應該說是亂七八糟的舉動，總之就是單獨衝進怪物群裡，面對疑似大型機的反應，沒有開槍就直接開始近身戰這種有些莫名其妙的檔案。可能是機器故障了吧。」

聽著報告的木林噴笑出來，很開心似的笑著做出指示。

「去詢問其他獵人看看是不是錯誤的檔案。等等，讓我來問吧。別判斷是錯誤檔案就擅自刪除喔。噢，把那個檔案寄給我吧，之後我也會確認。等移動準備完成，你就讓部隊出發前往都市。」

「知道了。」

職員回去進行移動的準備。木林開心地呢喃：

「……那傢伙鬧到被懷疑是檔案出現異常嗎？

太棒了！好久沒看到如此生龍活虎的獵人了！」

木林越來越開心了。

◆

在回都市的路上，阿爾法毫無困難地駕駛摩托車，同時與阿基拉閒聊，還分心思索阿基拉不明確的行動原理。

阿基拉幫助與自身無關的艾蕾娜她們，然後因為被道謝而感到沮喪。原本無視的緊急委託，因為判斷可能跟艾蕾娜她們有關，就以援護艾蕾娜她們為理由接了下來，接著前往艾蕾娜她們應該不在的地點。

阿爾法如果要以最適合現狀的表現來強行套入能夠滿足這種莫名或者乍看之下不合邏輯的行為的行動原理，那大概就是「一時興起」吧。但她也理解那並非像擲銅板或骰子來決定的一時興起。

在把握正確的行動原理之前，阿爾法將持續觀察阿基拉，並不斷試著加以理解。這都是為了推測、誘導、控制他的行動，也是為了隨心所欲地操作他的思考及行動。

第28話 就算有一百億也是小錢

原本是巡迴任務集合地點的廣場，現在充滿了結束緊急委託回到這裡的獵人。其中有人與同伴分享雖然受傷但順利生還的喜悅，也有人露出相當淒苦的模樣。這樣的光景顯示出經歷激戰的不只有阿基拉他們。

決定還是先回廣場的阿基拉這才有了生還的真實感，終於放鬆心情。

『只要有好結局，過程什麼的就不重要了。雖然發生許多事情，終於結束了。』

阿爾法笑著慰勞阿基拉。

『辛苦了。今天就好好休息吧。』

『說的也是。久違地泡個澡，然後好好休息一下吧。』

阿基拉期待久違的泡澡而笑逐顏開，阿爾法卻苦笑著消滅了他的期待。

『阿基拉，有一個很遺憾的消息。』

『……什麼消息？』

『報酬還沒匯進來，所以沒有錢住有浴缸的房間。』

阿基拉顯露出複雜的驚慌模樣。

『怎、怎麼會這樣？』

『好像是因為緊急委託的參加者太多，報酬的計算延遲了。詳細情形你確認一下任務履歷吧。』

阿基拉急忙拿出資訊終端機確認，結果上面確實記載著這樣的情報。

『虧我那麼努力……』

阿爾法笑著鼓勵垂頭喪氣的阿基拉。

『最晚明天應該就會匯進來了。今天泡澡的話可能會因為疲勞而睡著，這樣太危險了。你就這麼想，今天忍耐一下吧。』

『……知道了。』

就算抱怨也沒用。阿基拉這麼對自己說，強行要自己接受。

『阿基拉，先不說那些，摩托車該怎麼辦？沒有預算住附有摩托車停車場的房間喔。隨便停在附近會被偷走，今天要坐在摩托車上睡覺嗎？』

阿爾法極為正確的指謫讓阿基拉繃起臉，開始思考。

已經非常疲憊了，想避免在路上睡覺，但又不願意失去摩托車，將摩托車摺疊起來拿回房間也好像會挨罵。阿基拉稍微煩惱了一下，就想到解決辦法了。

『……好，摩托車就寄放在謝麗爾那裡。她拜託過我有空就過去露臉，把那裡當成停車場，要用摩托車時就過去騎也算是露臉了吧。』

阿基拉就這樣騎著摩托車前往謝麗爾的據點。

◆

謝麗爾原本在自己房間睡覺，這時聽見劇烈的敲門聲。

面對這慌張得無法無視的狀況，只能無奈地下床來到門前，然後以快要進入舒服的夢鄉卻硬生生被打斷而不悅的聲音對敲門者搭話：

「什麼事？我已經睡了。」

「老大！阿基拉先生來了！」

原本半夢半醒的謝麗爾一口氣清醒，同時理解被吵醒的理由。幫派的孩子們在沒有謝麗爾在場的情況下根本害怕得無法面對阿基拉。

謝麗爾迅速打理好儀容就趕往阿基拉那裡。她來到把摩托車停在據點附近等待的阿基拉身邊，稍微調整一下呼吸就開心地笑著說：

「讓你久等了，請進。」

「在這裡就可以了。抱歉在這種時間還跑過來，我有事要拜託妳。」

「請儘管說，我們會盡可能接受你的請託。」

謝麗爾露出燦爛微笑的態度讓阿基拉有些畏縮。由於過了一段時間，之前見面時那種莫名的態度也應該消失了吧。阿基拉原本是這麼認為，但是從現在的樣子看來，似乎更加惡化了。

或者這就是她原本的狀態，今後基本上就是這樣了嗎？這麼想的阿基拉有些煩惱，但因為疲勞就不再繼續推測，決定以本來的要事為優先。

「我想把這輛摩托車寄放在這裡，我要用的時候就會過來。」

「我知道了，我會好好保管。還有其他事嗎？沒有的話要不要進來坐坐？喝杯咖啡也不錯啊。」

謝麗爾自然地握住阿基拉的手，很開心地微笑著凝視他的眼睛。

不論是臉上的微笑、充滿好感的視線、握住的手傳來的力道、若無其事把人拉過去的動作，都讓阿基拉感覺到莫名的氣勢，於是有些慌張地放開謝麗爾的手。

「不，今天很晚了，我要回旅館了。發生許多事情，我也累了。」

這句話有一半是藉口，但說出口之後反而更意識到疲憊的程度。阿基拉臉上浮現並非演技的濃厚疲憊之色。實際上他的疲勞已經嚴重到不倚靠強化服的話早就倒地的狀態。

謝麗爾察覺到這一點，也就打消了念頭。由衷感到可惜的她加了一些演技後表現在臉上。

「這樣啊。這麼久不見了，原本有許多話想跟你說，真是太可惜了。」

「我會找時間來露個臉。那麼再見了。」

「好的，靜候你的光臨。」

謝麗爾看起來很寂寞，但仍微笑著目送阿基拉離開。

阿基拉雖然自覺被對方牽著鼻子走，還是認為跟上次的情況比起來已經好多了，何況自己也相當疲憊，也就不再在意這件事，直接回到旅館。

謝麗爾指示站哨的少年把阿基拉的摩托車移到據點裡面。

「不用說也應該知道，要好好保管。告訴其他人不准隨便亂摸，也告訴他們這是阿基拉的摩托車。我想你們也知道弄壞或弄丟會有什麼下場，拜託真的要小心保管，知道了嗎？」

「嗯。知道了。」

少年腦袋浮現最糟糕的事態，以緊張的表情點了點頭。

謝麗爾對少年露出溫柔有魅力的微笑。

「我要睡了。加油嘍，晚安。」

謝麗爾的表情讓少年稍微看得入迷，臉上因為害臊而泛紅。謝麗爾確認這一點後就回到自己的房間。

回到房間的謝麗爾來到鏡子前面，對著鏡子裡的自己露出微笑。確認過自己微笑的臉龐，她的笑容就消失了。

「……確實有效果，但是對阿基拉無效？或者只是我沒注意到而已？」

謝麗爾知道自己的容貌相當突出，也理解能夠靠它提升許多對方的好感度，同時清楚微笑、握手、凝視眼睛的話會有加乘的效果。

但是對阿基拉卻沒有想像中的效果。於是她拿在該處站哨的少年做實驗，刻意露出充滿魅力的微笑，對少年果然發揮出意料中的效果。

言行舉止應該沒什麼差錯，卻無法吸引阿基拉的注意。這件事讓謝麗爾有些沮喪。

「……看來得多加努力才行了。」

謝麗爾這麼呢喃完就躺到床上。

◆

隔天。在狹窄又沒有浴缸的便宜房間裡，因為疲勞而睡死的阿基拉終於醒來。意識朦朧的他視線飄移了一下，就跟微笑著站在旁邊的阿爾法四目相交。

「……阿爾法，早安。」

『早啊，阿基拉。昨天的報酬匯進來了，在意的話就確認一下吧。』

阿基拉仍有睡意，但是被對報酬的興趣吸引，便撐起身子，以有點緩慢的動作操作資訊終端機。

從任務履歷來到報酬金額的欄位確認內容。這個瞬間，殘留的睡意一口氣消失了。

「一千兩百萬歐拉姆？」

阿基拉不由得懷疑起自己的眼睛，再次確認報酬。當理解一千兩百萬歐拉姆是正確數字後，原本就有些茫然的他有極短暫的時間失去了意識。

緊急委託的基本報酬；二度擊退怪物群的報酬；按照救助的獵人人數增額的部分；交給他們的回復藥的費用；從總金額扣除事前預付的摩托車費用後算出的報酬。

雖然如此記載著報酬的明細，阿基拉根本無暇細看。

這時阿爾法對報酬的金額有所抱怨。

『以你差點死掉才獲得的報酬來看，這樣的金額可能有點難說。』

聽見她這麼說的阿基拉回過神來表示：

「……等等，我確實賭上性命，也差點死了，其他獵人也用了一大堆彈藥，但就算這樣……」

阿基拉也開始猶豫這樣的報酬是否妥當了。然而昨天那場激戰的難易度、收到的報酬的位數，以阿基拉的感覺來說全都是天文數字，所以無法做出結論。

阿爾法接下來的發言直接趕走了他的猶豫。

『今天就用這筆小錢來購買裝備吧。』

「小錢？」

『阿基拉，不用什麼事都這麼驚訝。』

「就算妳叫我不要驚訝，我也辦不到啊。一千兩百萬歐拉姆是小錢的話，到底要多少金額才不是小錢啊？」

『只要支付貨幣是歐拉姆，就算一百億也是小錢喔。』

阿基拉原本很慌張，因為不清楚阿爾法發言的意思，結果引發的困惑與疑問反而讓他冷靜下來。

「……什麼意思？」

『要說明的話得花許多時間。等一下要到靜香的店去補充彈藥與更新裝備，到時你就問她無法用歐拉姆購買的裝備吧。我想她應該會詳細說明無法用小錢購買的商品。準備好了就出發，你要不要先吃早餐？』

阿爾法如此催促的瞬間，阿基拉突然感覺到肚子餓了。接著他回想起昨天因為太累，什麼都沒吃就立刻睡著了。

「……說的也是。」

肚子餓的時候，進食會比大部分的事情優先。

阿基拉因此把許多疑問暫時放到一邊，開始準備起早餐。

做好出門準備的阿基拉來到靜香的店後，靜香就跟平常一樣從櫃檯輕輕揮手並出來迎接他。

「阿基拉，歡迎光臨。強化服狀況如何？有幫上忙嗎？」

「有，性能比想像中好，幫了我很大的忙。」

靜香看見阿基拉很有精神的模樣，像是感到安心般笑了。從新聞報導得知都市受到必須出動防衛隊的大規模襲擊，而且聽說參加防衛作戰的成員出現許多死傷者後，總覺得阿基拉應該也參加了防衛作戰而擔心他的安危。

說起來，靜香放心的理由是認為擔心阿基拉是不是參加了防衛戰只是自己杞人憂天。她完全不認為阿基拉能參加防衛戰還完全活用強化服的機能活著從戰場回來。

阿基拉的發言聽起來只像是試著去討伐了較大的怪物。正因靜香這麼想，才有多餘的心思開開小玩笑。

「那真是太好了。要是因為我選了莫名其妙的商品，害你死掉的話，我會很困擾。因為你是重要的常客候補，為了我這家店的營業額，你一定要確實活下來，並且好好購買我的商品。」

聽對方這麼說的阿基拉露出有些得意的表情。

「今天似乎可以往成為常客的路邁進一步了。我來是想再買一把ＡＡＨ突擊槍，只有一把的話，突然壞掉會很困擾。」

「ＡＡＨ突擊槍嗎？我知道了。」

「另外，有沒有什麼對機械類怪物有效的槍？因為穿著強化服，重一點的應該也沒問題。」

「對機械類怪物有效的槍嗎？雖然有很多，但也要考慮你的預算吧？你的預算大概多少？」

「跟AAH突擊槍加起來，一千萬歐拉姆左右應該都沒問題。」

原本以笑臉應對客人的靜香露出驚訝的表情，一瞬間僵住了，然後有些困擾的樣子繼續表示：

「……還是先問一下，支付方法是？我是很想賣你，但我也是做生意，可不能讓你分期付款。」

接著又事先封殺自己預想的支付手段。

「還是說，那個金額是獵人辦公室的信用額度？阿基拉，分期的話支付比較輕鬆，但最好還是別習慣那種支付方式喔。因為那也是欠債，我不建議你這麼做。」

阿基拉沒有想太多就這麼回答：

「我可以一次付清，不用擔心。」

然而靜香的表情隨即為之一變。

「……這樣啊。強化服是三天前才剛送達吧，還有你說過在強化服寄到前會先停止危險的獵人工作。僅僅三天的空檔，阿基拉，你是怎麼賺到這筆錢的？」

靜香露出溫柔的微笑。不過阿基拉從她的微笑感覺到壓迫感，接著就回想起來。不做不必要的逞強——自己確實跟靜香做了這樣的約定。

阿基拉有些慌張，找藉口般回答：

「這、這筆錢呢……」

「嗯。」

「是、是昨天的巡邏任務和怪物群戰鬥，這件事本身就出乎意料，然後這筆錢就是報酬。賺到比預想中還要多的錢，連我自己都嚇一跳。」

「也就是說，你逞強了對吧？」

「這個……那算是拚命求生得到的結果……」

「你逞強了吧？」

靜香的話裡帶著不容辯解的壓力。

「…………是的。」

阿基拉放棄掙扎直接承認後，靜香就露出擔心又帶點嚴厲的表情。

「不要緊嗎？有沒有受傷？我聽說昨天的防衛戰相當激烈喔。」

「正如妳所見，我平安無事。」

「也就是說，你參加防衛戰了吧？」

就算是逞強了，程度也有輕有重。然而如果是參加防衛戰的逞強，這個級別就會提升許多。

原本想裝傻把事情帶過卻被識破的人；以及識破對方真相的人，兩者臉上各自出現了反應。阿基拉的臉稍微僵住，靜香則露出更加擔心的表情。

「傷勢真的不要緊嗎？」

「真、真的不要緊，強化服也不是因為受重傷無法自力行動才穿到身上。」

阿基拉沒有說謊，至少現在真的沒問題。但是被靜香一直盯著看就再也無法忍耐，像要招供般繼續表示：

「右、右腳雖然受傷了，不過是回復藥就能治癒的傷勢，已經順利完成治療了。」

就算這樣，阿基拉仍然散發出隱瞞了某種致命消息的氣氛。他的樣子讓靜香更加擔心。

「你過來這邊！」

靜香不容分說就把阿基拉帶到櫃檯後面。

「讓我確認強化服底下的狀況，不會纏滿了繃帶吧？」

「真的沒問題啦，已經治好了。」

「那麼讓我看也沒關係吧？快點脫掉！」

阿基拉在靜香的氣勢壓迫下脫掉強化服。

他的身體沒有纏滿染血的繃帶，也沒有增加怵目驚心的新傷痕。常用的回復藥順利治癒了折斷的腳以及強化服的強硬操作造成的瘀傷。

靜香放心地鬆了口氣，接著緊緊抱住阿基拉。

「沒事的話就別彆腳地掩飾，反而會讓人不安吧。」

「對、對不起。」

阿基拉沒有抵抗，只是靜靜地讓對方擁抱。臉龐被用力壓在靜香的胸脯上，讓害羞的他臉變得有點紅。

這樣的表情背後其實還帶著安心感，因為成功隱瞞了獨自接下沒必要承接的緊急委託，並且打算跑向戰場這種要是被知道將會發展成嚴重事態的逞強荒唐魯莽的行為。

阿基拉他們回到商店的櫃檯，靜香將阿基拉表明需要的一把槍放到他面前。

「首先是追加的ＡＡＨ突擊槍，再來是對機械類怪物有效的槍嗎？是昨天戰鬥覺得需要的吧？可以告訴我是什麼樣的戰鬥嗎？我聽完再來思考。」

「我知道了。」

阿基拉省略許多詳情，說明了跟加農砲機械蟲之間的戰鬥。不過還是提及了想盡辦法要打倒能用ＡＡＨ突擊槍解決的補給機而跟其他獵人一起鑽過砲彈雨靠近的情況。

靜香聽了相當震驚。

「……原來如此，看來你相當逞強。不過既然無法逃走，也就沒有其他選擇了嗎？」

「是的。就因為這樣，才會想有沒有什麼也能對抗堅固機械類怪物的好武器。」

「這樣的話，我推薦ＣＷＨ反器材突擊槍或ＤＳＳ狙擊槍。兩者都能用泛用穿甲彈，對堅固的怪物也很有效。威力與射程，你想以何者為優先？」

「我主要是探索遺跡，請以威力為優先。進入遺跡後有許多錯綜複雜的地點，射程不用太遠。」

「那我建議ＣＷＨ反器材突擊槍與穿甲彈的組

合。雖然也能使用普通子彈，但打算與AAH突擊槍併用的話，CWH反器材突擊槍只使用泛用穿甲彈比較好。」

價格相當昂貴，不過如果連專用子彈也一起買，遇見連泛用穿甲彈也無法對應的怪物就能輕鬆獲勝。作為發生萬一時的保險，還是買幾顆保存比較好。靜香如此建議阿基拉。

阿基拉除了推薦的商品，也一併先買了消耗品，之後便隨口問道：

「還有沒有什麼最好先買下來的商品？」

「這個嘛……確實是有幾樣帶在身邊比較方便的物品，不過真要說起來就會沒完沒了……我看你要不要先買個護身符？」

靜香原本是打算開個小玩笑，阿基拉卻表現出出乎意料的興趣。

「我要買。」

靜香的店裡主要是販賣提供給獵人的槍械，其他還有獵人用的消耗品，戰鬥服的話只要預訂就能向廠商訂購，但是沒有販賣護身符。

然而阿基拉的態度讓她沒辦法這個時候才說是在開玩笑，因為他臉上是期待參雜著認真的表情，視線非常嚴肅，聲音裡也帶著堅定的意志。

「……你等一下喔。」

靜香對阿基拉露出僵硬的笑容，留下這句話就消失在櫃檯後面，帶著焦急的心情前往倉庫。

同時是商品搬入口的倉庫裡保管著作為商品的槍械、彈藥以及其他各式各樣的東西。靜香開始在裡面尋找目標物。

「……放到哪去了……說起來，真的還在嗎？不記得之前有因為占空間就把它丟了，所以應該還在某個地方蒙灰塵才對……有了！」

找到的是在倉庫角落的一個滿是灰塵的紙箱。

從累積的灰塵量來看，已經被放在這裡很長一段時間。稍微撥開灰塵，打開箱子，裡面就出現許多小東西。

獵人會從遺跡帶回各種遺物，但並非都值錢。

像是以高等技術力製作出來的精密機器或醫療物品等以現在的技術難以重現，甚至是根本不可能重現的東西就相當值錢，但除此之外的東西就沒有太大的價值。

比如說就算是藝術性相當高的繪畫，其原物料是普通的紙與顏料的話，獵人辦公室的收購處就不會購買，因為它沒有任何貴重的技術。

許多獵人會把在一般收購處幾乎賣不到錢的商品拿到其他店，理由則各有不同，像是期待在其他地方或許能賣到意外的價錢、當成探索遺跡的土產、作為交涉價格時的附贈品、總比丟掉好就把它塞給對方等等。

靜香的店裡也累積了不少像這樣的物品，而她把沒有興趣的東西整理起來放在倉庫裡面。這個紙箱就是裝著這些東西。

靜香回想起裡面也參雜了像是護身符的東西，接著就拿著幾樣像護身符的物品回到阿基拉身邊。

「久等了。只有這些東西，你要嗎？」

阿基拉以認真的表情看著排在櫃檯上的東西，但是他根本不知道如何分辨護身符的好壞。

「靜香小姐有推薦的嗎？」

「護身符真的不是我的專業，不過至少都是在遺跡裡發現的東西。也沒打算再進貨，無法保證效能，說起來只是心理安慰。所以你只要選自己喜歡的就可以了。」

阿基拉煩惱著發出沉吟時，阿爾法就指著其中一件說：

『我覺得這個比較好。』

『還是問一下，妳選這個的理由是？』

『因為上面刻著幸運的數字。我想大概是舊世界在賭博時的護身符。收集遺物說起來就跟賭博一樣，我覺得剛好適合你。』

阿基拉指著阿爾法推薦的護身符說：

「我選這個。」

「我知道了。因為無法保證品質，這個就當成贈品吧。我去拿你要的商品，你等一下喔。」

靜香在準備阿基拉購買的商品期間，阿基拉興致勃勃地看著獲得的護身符。

『阿爾法，妳說這是幸運數字，那這個數字有什麼意義？』

『出現這個數字的話就能獲得一大筆錢，所以對金錢運很有幫助。事情就是這樣。』

『原來如此。』

看來舊世界裡金錢也相當重要，甚至會讓人想要這樣的護身符。阿基拉這麼想著，同時因為原本認為無法想像的舊世界竟然與現在這個世界有意外的相似點而感到有趣。

靜香拿著阿基拉購買的商品走了回來。

「久等了。雖然會花點時間，你要不要聽聽看商品的說明。」

「拜託了。」

「我知道了。ＣＷＨ反器材突擊槍主要是用來對付裝甲厚的機械類怪物……」

靜香很開心地說明起商品。

ＣＷＨ反器材突擊槍在對抗怪物用的槍械當中是考慮到與擁有堅固外裝的敵人戰鬥所製造出來的商品。

機械類怪物大多是自律兵器或設施防衛裝置等機械類製品，跟生物類怪物比起來，堅韌的個體比較多。無法貫穿堅固的裝甲與堅硬的金屬身軀，幾乎就無法正面與其戰鬥。

為了對抗這樣的怪物，CWH反器材突擊槍被設計成具備相當高的貫穿性，以期能貫穿目標堅硬的裝甲，從比較脆弱的內部進行破壞。

以穿甲彈貫穿自律兵器的裝甲，只破壞內部控制裝置的話，就能在些許破損狀態下停止其機能。以獲得敵人機械的內部零件為目的進行破壞時，零件的損傷越輕微就能賣得越高的價格，比用手榴彈將其轟飛更有效果。

愛用這把槍的獵人裡面，甚至有人以狩獵在荒野徘徊的野生戰車維持生計。使用強力專用子彈來確實只破壞控制裝置，運到工廠後交換控制裝置並且加以修理後進行販售。

獵人們與大型機械兵器類的怪物戰鬥時使用的槍械有好幾種，但說到經典商品，一定會出現這把槍的名字。CWH反器材突擊槍就是一把如此優秀的槍械。

「CWH反器材突擊槍的專用子彈昂貴，但是性能無庸置疑。如果熟知要打倒的機械類怪物其內部構造，且對狙擊相當有自信，絕對足以幹掉巨大怪物。面對裝甲堅硬的對手也有機會一發逆轉。」

說明完效用之後，靜香還是叮嚀了阿基拉。

「我想應該不用說你也知道，你不能刻意去狩獵巨大的怪物喔。」

「那是當然。我不會逞強。」

阿基拉堅定地點頭並如此回答，靜香也滿足地點了頭。

「很好。還有，別因為看起來似乎可以使用，就把專用子彈用在其他槍械上。最慘的情況可能會爆炸，把你的整隻手都轟飛，絕對不能這麼做。關於你購買的商品，我的說明大概就這樣了。」

結束說明的靜香開始找其他話題。

「還有沒有什麼事情想問？其他槍械的事也沒關係喔。如果這樣能提升你的購買欲，我可以滔滔不絕地說下去。」

阿基拉思考了一下後回答：

「那麼請告訴我關於ＡＡＨ愛好家的事情。」

靜香露出難以形容的表情，然後以某種達觀的眼神看著阿基拉，露出微笑。

「ＡＡＨ愛好家嗎……阿基拉，你這個年紀要成為ＡＡＨ愛好家還太早了。」

雖然不清楚理由，阿基拉也清楚自己問了奇怪的問題，於是為了圓場就繼續表示：

「沒有啦，只是昨天在戰鬥時從同組的獵人口中聽見這個名詞，才想問一下。他看見我的槍，似乎認為我或靜香小姐是愛好家……」

「是這樣嗎？如此說來，就算是偶然，你應該在戰鬥中相當活躍吧。」

「活躍就會被誤認為ＡＡＨ愛好家嗎？」

「該怎麼說呢，總之就是很複雜啦。」

面對困惑的阿基拉，靜香一邊苦笑一邊說明起ＡＡＨ愛好家。

東部有許多種槍械在市面上流通。有長期在市場上流通的槍械，也有一瞬間流行但立刻就消失的槍械。ＡＡＨ突擊槍是在這樣的淘汰當中維持了一百年歷史的名槍，價格公道之外性能也很高，所以現在也很受歡迎。

而一部分異常愛用ＡＡＨ突擊槍，甚至有時讓人覺得本末倒置的人士就被稱為ＡＡＨ愛好家。

為了使用ＡＡＨ突擊槍而去打倒怪物，施加極度特異的改造讓其變成與原本性能差異甚大的強力槍械。這種程度的行為還只是小兒科。

他們當中有人甚至為了讓愛用槍械的性能得到更多讚美，光靠自身技術硬是去打倒原本的火力無法打敗的怪物。

他們也有各種派閥。有人不允許一切改造，只摸索原本性能的有效攻擊方法；有人認為只要不脫離基本設計圖即可；有人認為只要使用基幹零件即可；有人試著以使用或開發擴張零件來提升機能；有人覺得只要外表是ＡＡＨ突擊槍，就算內容完全不同也沒關係。這些派閥的人互相仇視、合作，每天都努力增加愛槍的使用者。

他們的共通點是大多相當有個性。也有許多能力高強的獵人，但隨便與他們來往的話會受其嗜好影響，所以是一群讓人頭痛的傢伙。

阿基拉回想著昨天自己的行動。除了表示ＡＡＨ突擊槍是名槍，還只用那把槍就對加農砲機械蟲那樣的機械類怪物展開突擊，確實是做出遭到誤解也不奇怪的行動。

「ＡＡＨ愛好家也有許多是企業的從業人員。

據說會為了增加夥伴，巧妙地對顧客推薦ＡＡＨ突擊槍，或者偷偷把非常高性能的改造品混在販賣的商品裡面。啊，話先說在前面，我可不是喔。」

那種改造的ＡＡＨ突擊槍性能非常高，而且外表看起來跟普通的商品沒兩樣，因此出現販賣的ＡＡＨ突擊槍裡偶爾會中大獎的傳聞。

甚至還聽說極為稀有的ＡＡＨ突擊槍具備原本必須以珂隆支付才能購買的高性能，因此還出現為了中大獎就大量購買同一種槍枝的人。

店主被誤認為ＡＡＨ愛好家的店會吸引這樣的獵人前往。一時之間雖然能夠賺錢，但倒霉一點的話可能會淪為囤積大量商品，進而影響經營。

靜香的店偶爾也會出現這樣的顧客，但她因應的做法是全額預付，在收到錢之後才訂購商品。過去靜香看過買下一卡車ＡＡＨ突擊槍後離開的人，因此感到有些害怕。

興致勃勃聽著這些話的阿基拉對某個不曾聽過的單字感到興趣。

「靜香小姐，那個……什麼是用珂隆支付？和歐拉姆不一樣嗎？」

靜香對阿基拉不知道什麼是珂隆感到有些驚訝，之後只有一瞬間露出憐憫的表情，然後立刻收起表情，笑著反問：

「你知道珂隆嗎？」

「不知道。單字也是現在才第一次聽到。」

「要說明的話會花點時間，沒關係嗎？」

「沒關係，拜託妳了。」

靜香開始對阿基拉說明珂隆。

東部有兩種貨幣，分別是企業貨幣與珂隆。企業貨幣舉例來說是像統企聯五大企業之一的坂下重工所發行的歐拉姆，包含歐拉姆在內共存在五種企業貨幣，分別是由五大企業發行。

企業貨幣主要是在該企業旗下的統治都市內使用。貨幣的流通範圍就是該企業的支配圈，也是支撐企業活動的生命線，因此可以認為以發行企業的貨幣作為媒介進行經濟活動者全都在該企業的支配之下。

偽造企業貨幣就是對統企聯宣戰。許多嘗試偽造的犯罪組織都遭到殲滅了。

而和企業貨幣不同的是在整個東部流通的珂隆幣。它也被稱作舊世界的貨幣，是以現在的技術無法偽造的電子貨幣，能夠以遺物的形式從遺跡發掘出來。

得手方式相當多元。除了保存在名為珂隆卡的電子錢包，也可以藉由跟舊世界的存在進行交易來獲得。

珂隆是在東部擁有絕對價值的貨幣，可以藉由統企聯以極高的匯率兌換成所有企業貨幣。相反地，企業貨幣兌換成珂隆則是以極昂貴的手續費來預防。大企業間的交易大多是以珂隆進行，而這也更加提升了珂隆在東部的價值。

至於珂隆最重要的價值，則是它身為舊世界貨幣，到了現在依然可以使用。

舊世界遺跡裡也存在目前依然正確運作的工廠等設備。這些遺跡大多受到強力的警備機械保護。

以舊世界壓倒性技術製造出來的警備裝置擁有非常強大的戰鬥力，有時甚至會持有超脫常軌的戰力。

要以強硬手段從這些警備機械手裡奪取遺物是相當困難的事，不論是優秀的獵人還是企業私設軍隊，大多無法與其對抗。

想要跟管理工廠用的人工智能交涉來安全購入這些工廠生產的極貴重且難以得手的生產物，就需要珂隆讓對方承認自己是生意對象與支付款項。

擁有珂隆就能從舊世界的存在購買商品，也就是對舊世界的存在有足夠的交涉能力。這就是珂隆的價值。這個事實過去一直遭到隱匿，但目前在東部已是眾所皆知。

另外設置在遺跡裡的自動販賣機也曾經販賣過甚至能在短期間內治療四肢缺損，返老還童的回復藥。

曾經發生過不擇手段想得到這種藥物而與舊世界的警備系統交戰，結果造成大量死亡，自動販賣機也遭到破壞，最後還是沒能獲得藥物的事例。只要有珂隆，就能得到這種貴重的遺物。

除此之外，據說有一部分企業以珂隆從舊世界的軍事生產據點購買軍事物資。傳聞它們的性能甚至可以改寫東部的勢力範圍。由於這樣的內情，讓統企聯竭力於收集珂隆。

收集方法之一就是企業為了讓獵人們從遺跡收

集珂隆，便提供必須用珂隆才能購買的特別製品。

當然全都是貴重且高性能的一級品。

靜香為說明做出總結。

「所以呢，傳說也有被改造成必須專門用珂隆購買的異常高性能AAH突擊槍存在。如果真的有，我也想見識一下。」

阿基拉得知東部有無法用企業貨幣購買的裝備後，就理解阿爾法說只要支付貨幣是歐拉姆，就算有一百億也是小錢的理由了。他很有禮貌地對靜香低下頭道謝。

「謝謝妳告訴我這些，真的很有趣。」

「是嗎？那太好了。」

剛才靜香說明的珂隆等知識，如果是足以裝備強化服的人，一般來說大多已經知道了。如果是東部的普通大人，就算不是獵人也知道這些事。這就是如此普及的常識。

但是阿基拉不知道。靜香想到阿基拉的境遇，心就有點痛，但是怕傷害到阿基拉，就沒有表現出來，臉上只是帶著平常的微笑。

第29話 志島的評價

回到旅館的阿基拉立刻換成附有浴缸的房間。在寬敞一點的房間放下行李後就一臉嚴肅地宣布：

「阿爾法，話先說在前面，今天是休假吧？不對，我今天要休息。一定要休息喔。」

阿爾法笑著回答：

『放心吧，今天休假。』

「好。那我先去泡個澡。」

阿基拉很開心地準備前往浴室，卻被阿爾法阻止。

『想好好泡個澡的話，我覺得還是先把一些雜事解決比較好喔。』

「雜事？有什麼事情嗎？」

阿爾法告訴想不出有什麼的阿基拉究竟是什麼事情。

昨天把摩托車寄放在謝麗爾那邊時，沒有說明要寄放多久，所以對方可能以為阿基拉馬上就會去取車而一直在等待。去露個臉說明一下比較好。另外跟志島的和解金還有一部分沒有付清，太晚支付的話和解可能會破局。

兩件都是放著不管可能會變很麻煩的事情，快點解決比較好。阿爾法如此告訴阿基拉，但是已經湧起泡澡欲望的阿基拉面露難色。

「……那個，不馬上做不行嗎？」

『我不會強迫你，但擺著發展成麻煩事時，我可不管喔。』

阿爾法露出滿不在乎的微笑。但是看她這樣反而感到不安的阿基拉無可奈何，只能決定先解決雜事。

阿基拉踩著有些踉蹌的腳步走在貧民窟。這是因為除了裝備兩把ＡＡＨ突擊槍與ＣＷＨ反器材突擊槍，背包裡還塞了較多的備用彈藥。

多虧了強化服的身體能力，裝備品的重量並不會造成負擔。但強化服的操作還是因為重量上升而變難了。

當然只要讓阿爾法提供輔助就完全沒問題。然而現在為了兼做訓練而靠自己的力量走著，因此陷入連正常走路都很困難的狀態。

『光是走路都很辛苦，應該不用帶ＣＷＨ反器材突擊槍出來吧？』

『不行。今後要使用這把槍的戰鬥也會增加，要趁現在先習慣。你也不想再用ＡＡＨ突擊槍挑戰機械類怪物了吧？』

阿基拉回想起之前的苦戰後苦笑著說：

『說的也是。既然都買了，我會努力習慣讓自己能夠確實地使用它。』

阿基拉就這樣緩緩在貧民窟的街頭前進。奮發購買新裝備結果被耍得團團轉的菜鳥。獵人的這種模樣其實並不算稀奇。

但是大部分貧民窟的居民還是讓路給阿基拉。因為對一般人來說，跟穿著強化服揹著對怪物用大型槍械的人吵架根本就是自尋死路。

原本為了不受襲擊而在貧民窟巷弄裡避人耳目的少年，在不自覺的情況下已經變成讓人躲避的對象了。

◆

謝麗爾因為阿基拉來到據點，很開心地帶他到自己房間。接著高興地關上門，當只剩下他們兩個人時就從正面抱住放下行李的阿基拉。

隱約料想到的阿基拉輕輕嘆了口氣。

「妳先放手吧。」

「有什麼關係嘛。昨天你立刻就回去了，這也包含了昨天的份。」

「我不清楚什麼昨天的份，我是有事情才來。摟摟抱抱什麼的之後再說。」

「我知道了。事情結束就可以吧？」

謝麗爾放開阿基拉後，確實地緊盯著阿基拉，像是要表示已經取得承諾般很開心地微笑著。

這時候阿基拉終於理解，以之前在旅館發生的事情為契機，謝麗爾已經變成另一種麻煩人物，然後這種莫名其妙的態度今後恐怕會一直持續下去。

重新在桌子前相對而坐之後，阿基拉就以自然的態度從背包裡拿出五十萬歐拉姆並且放到桌上。

「這是跟志島的和解金剩餘的部分，妳拿去付吧。」

謝麗爾稍微露出動搖的表情。對謝麗爾他們這些貧民窟的孩子來說，這已經是具備這種力量的一大筆錢了。為了避免跟志島他們的紛爭，是不是讓阿基拉辛苦了呢？這麼想的謝麗爾貼心地問道：

「那個……不要緊嗎？對方還沒有來催繳，我想再等一陣子應該沒問題才對。」

「昨天的工作賺了不少錢。以總金額來看這只是小錢，妳放心吧。」

阿基拉輕鬆地這麼回答，內心則感受到莫名的真實感。

以阿爾法的感覺來說，一千兩百萬歐拉姆只是小錢，那麼這五十萬歐拉姆就更微不足道了。而阿基拉的金錢觀也開始覺得眼前的錢不是什麼大錢了。

阿基拉自覺因為二十萬歐拉姆而驚慌的自己已經消失，這究竟是成長還是麻痺了，還有到底是好事還是壞事，他已經不知道該如何判斷了。

謝麗爾雖然驚訝還是微笑著點頭說：

「我知道了。那麼就由我來付給志島。」

「還有就是關於寄放在這裡的摩托車，因為旅館沒有停車場也不能隨便亂停，這陣子要拿你們這邊當停車場寄放一下，這樣可以嗎？」

「要放到什麼時候都沒關係，不論幾天還是幾年我們都會保管。你經常過來的話人家才會認為這是你的地盤，對於據點的防衛也有幫助。」

「這樣嗎？那真是謝了。」

謝麗爾以親切且不著痕跡的開心口氣如此對應，內心同時做出各種推測。之前遇見阿基拉時的便宜房間與稱五十萬歐拉姆為小錢這種經濟狀況的乖離；在這種經濟狀況下不住附停車場的旅館，而把摩托車寄放在自己這裡的意義。她探索著這些事情的各種深層意義。

「我的事情就這樣。謝麗爾妳有什麼事嗎？」

當聽見阿基拉這麼說的瞬間，謝麗爾就把所有的推測丟到一邊。

「沒有。那麼事情都結束了吧？」

謝麗爾露出有點妖豔的微笑，看見她表情的阿基拉在難以抉擇該用什麼態度的時候，她就坐到阿基拉身邊的位子，整個人靠過來般抱住了阿基拉，接著欣喜的表情稍微一沉。

「……好硬的衣服。」

「因為是強化服，比普通的衣服還要硬吧。」

「好硬喔，不如脫掉吧？」

「不要。」

「有什麼關係嘛，又不會少塊肉。」

「錯了，會少。脫掉強化服的話我的身體能力確實會減少。」

「但是這樣的話抱住的時間會變長喔。」

「為什麼？」

「因為我的滿足度降低了。」

在露出感到有點困擾又麻煩的表情稍微繃起臉的阿基拉，與凝視著這樣的阿基拉，同時露出開心微笑的謝麗爾之間，進行著難以判斷是認真還是開玩笑的莫名對話。

兩人就這樣四目相交了一陣子，最後是阿基拉敗下陣來。

面對輕嘆一口氣後就只把強化服上半身脫下來的阿基拉，謝麗爾以更加開心的模樣抱了上去。她的表情裡參雜了高比率的安心、幸福、喜悅以及快樂，讓她少見的美貌整個都浪費了，甚至偶爾會從嘴裡發出某種模糊的怪聲音。

謝麗爾感受到自己內心的某個部分得到了滿足。

反正也沒有什麼實際損失，讓她抱個高興之後應該就會放手了吧。阿基拉以這種程度的心情默默地讓謝麗爾抱住，但注意到看著自己露出開心、調侃且意味深長的微笑的阿爾法，就微微繃起臉。

『……怎樣啦？』

『沒什麼。雖然不知道理由，你完全被牽著鼻子走。你果然對這種形式有興趣嗎？』

『為什麼會變成這個話題啊……』

阿基拉嘆了口氣。

「謝麗爾，差不多該放開了。我昨天的疲勞還沒完全恢復，今天想好好泡個澡休息一下。」

「這裡也有浴缸，要不要用一下？」

「咦？這裡有浴缸嗎？」

「是的，還是頗為寬敞的浴缸，我想可以好好地放鬆。」

「明明是像廢棄屋的建築物，卻有完好的浴缸可以用嗎？就算有設備，那熱水的費用又如何呢？不會停水之類的嗎？」

「我是聽說的，好像為了不讓貧民窟居民尋求水源而引起暴動，以及不衛生環境造成的病菌蔓延，在低等區塊擴散開來，都市提供了最基本的用水之類的。你不知道嗎？」

「這我知道，因為我以前也會擦拭身體，但不知道連熱水都有供給。噢，所以才能泡咖啡嗎？」

貧民窟的住居大多處於所有者以及使用者都不明的狀態，原本需要付費的自來水等都沒有付錢。即使如此，作為貧民窟管理的一環，都市方還是持續供應自來水。因為使用量等也能夠幫助掌握貧民窟居民大致上的人數以及活動狀態。

而且可以按照都市的情況來隨時限制或者停止供給量。為了不讓貧民窟繼續擴大，也為了需要時可以緩緩減少居民到必要的數量，免費的供給就在都市方的考量、貴重的善意與冷酷的營利下維持著。

「因為熱水足夠泡澡的建築物其實不多，所以這個據點頗受歡迎。西貝亞他們拚了命才搶下來作為據點，我們只是直接繼承下來而已，沒有阿基拉做後盾的話馬上就會被趕出去。所以這全是託阿基拉的福，只要想泡澡隨時都可以來沒有關係。要泡澡的話我馬上讓人準備。怎麼樣呢？」

「不用了，我回旅館去泡就可以了。」

謝麗爾露出帶著其他含意的微笑，以誘惑的口氣表示：

「我也可以一起進浴室幫忙洗背以及其他地方喔。」

但是阿基拉的反應還是沒變。

「我特別換成附浴缸的房間了。我還是回那邊泡吧。何況也想好好在旅館休息一下。」

「這樣啊。真是太可惜了。」

如果阿基拉沒有拒絕的話，謝麗爾真的打算一起進浴室。但是阿基拉的態度有了些微的變化，注意到對方的警戒心之後，謝麗爾也就不再堅持下去了。

強化服與槍械無法拿進浴室。單純是因為信用的問題而遭到拒絕。現在阿基拉之所以只脫掉強化服的上半身，也是因為就算自己發動襲擊，他也可以毫無問題地解決自己。了解這一點後，謝麗爾就乖乖地退下了。

對方不信任自己。謝麗爾雖然知道這是理所當然的事，但還是覺得有點傷心。整個靠在阿基拉身上的她加強了擁抱的力道。

這時候有人敲門。謝麗爾稍微露出不高興的表情並且開口應門。

「什麼事？」

敲門的耶利歐因為謝麗爾不高興的聲音而畏畏縮縮地表示：

「老大，志島他們來了，說有事情要談。」

「……這樣啊。我立刻過去。」

為了獲得阿基拉的信任，自己得完成作為幫派老大的工作才行。謝麗爾邊這麼想邊感到很可惜般離開阿基拉身邊。

◆

在被稱為接待室實在有點寒酸但至少湊齊了桌

椅的房間，阿基拉他們與志島等人隔著桌子相對。

阿基拉、謝麗爾與志島坐在椅子上。志島背後可以看見帶來當作護衛的武裝男性以從容的表情站在那裡。謝麗爾背後則站著一臉緊張的耶利歐與艾莉西亞。

幫派的孩子非常緊張地把咖啡放到桌上，像是要表示自己的工作結束了，快速離開房間。自覺被遺棄的耶利歐他們以怨恨的眼神看著那個孩子。

謝麗爾朝對面的志島露出微笑。

「抱歉，沒有茶點可以提供。我們沒有什麼閒錢，真的很不好意思。」

「無所謂。」

「那麼，今天的來意是？」

「沒什麼，只是來打聲招呼。因為在那之後你們都沒消息。」

「是嗎？如您所見，阿基拉平安無事。」

「那真是太好了。」

謝麗爾一臉沉穩，志島則展現威嚴，雙方都向對方露出微笑。他們臉上的笑容顯示兩個人都理解對話的意義。

另一方面，不太清楚究竟有什麼意義的阿基拉則露出有些疑惑的表情。

『阿爾法，剛才的對話是怎麼回事？』

『大概是對試探你的狀態所做的應對吧。』

看見阿基拉仍未理解過來，阿爾法就繼續補充說明。

前天的大襲擊有許多獵人死亡或受傷。志島覺得阿基拉就算死了也不稀奇，所以來觀察謝麗爾的情況確認這一點。

阿基拉死了的話，失去後盾的謝麗爾很可能露出極為驚慌的模樣。志島打算直接見面弄個清楚。

謝麗爾理解志島的意圖，所以回答阿基拉平安無事。志島發現謝麗爾正確理解自己來訪的理由，大剌剌地回答「那真是太好了」。

聽完這些說明之後，阿基拉也終於理解是怎麼回事了。

『心機好重，應該說太麻煩了吧。』

『這是率領組織者的辛勞之一。』

謝麗爾把剛才阿基拉交給她的五十萬歐拉姆放到桌上。

「剩下來的錢。」

「確實收到了。那麼這件事就算和平落幕。希望今後能好好地相處。」

「希望如此。」

志島邊說話邊確認阿基拉與謝麗爾的模樣。

志島觀察著阿基拉。沒出息的獵人因為金錢的問題，很多都無法穿著強化服。但是阿基拉身上已經穿著強化服，甚至裝備了使用時必須以穿著強化服為前提的大型槍械。

稍微試算一下這些裝備的費用後，承認阿基拉的實力是足以賺這麼多錢的獵人，就再次加深對他的警戒。

（……雖說原本就不認為他是普通的小鬼，但在這麼短的期間就讓裝備充實到這種地步嗎？應該稱讚那時候選擇不跟這個人為敵的我？還是應該感嘆沒有選擇在他充實裝備前先幹掉他……唉，事到如今都太遲了。）

志島又觀察起謝麗爾。以沉著態度微笑著的謝麗爾，散發出的氣氛跟之前完全不同，可以說充滿了自信與從容。

和阿基拉一起來自身據點時展露出緊張與恐懼的模樣已經不復存在。連拿出五十萬歐拉姆時，面對以貧民窟居民來說光是出現在視野裡就會有一定反應的一大筆錢也還能保持自然的態度。

而且面對武裝的部下們的反應也一樣。顯露出緊張模樣的耶利歐等人才是正常的態度，但是謝麗爾一直保持微笑。

（……為什麼這個傢伙會如此沉著？是因為理解作為後盾的阿基拉的實力嗎？沒辦法隨便下手的確是事實，但光是這樣應該不會連對金錢的動搖都消除吧。後面兩個人對於我們跟金錢都感到膽怯。為什麼只有這個傢伙還能如此從容呢？這傢伙到底發生過什麼事情？）

志島在謝麗爾幫派的規模、實力、地盤範圍等情報外再加上眼前的阿基拉與謝麗爾的新情報，接著開始思索今後的方針。

當他腦袋裡打完算盤之後，就朝謝麗爾露出不會對弱者展現的笑容。他承認謝麗爾是需要認真交涉的對象了。

「那麼，我想談談今後的事情，也就是對雙方幫派都有利的事。會花比較長的時間，你們沒問題嗎？是我沒有事先聯絡就擅自過來，不方便的話我們就改天再來。」

謝麗爾注意到志島態度的變化。不再輕視我方的意思，就代表下次來爭奪地盤時將會準備更強大的力量。理解這一點的謝麗爾還是以毫無動搖的笑臉回答：

「不要緊，就這樣開始吧。」

「那麼，關於成為上次紛爭原因的地盤……」

這時，阿基拉插話表示：

「啊，可以打斷一下嗎？我一定得聽這件事嗎？似乎很花時間，可以的話我想先回去了……」

無視現場氣氛的發言讓其他人的視線都集中到阿基拉身上。

謝麗爾完全沒有露出驚訝或慌張的模樣，只是微笑著對阿基拉說：

「說的也是。我也不願意讓阿基拉陪我們聊這種不知道何時會結束的話題，然後長時間把你綁在這裡。不用在意我喔。」

志島以嚴肅的表情繼續說道：

「雖然規模上有差異，但畢竟是老大之間的會談，我還希望不相關的人士趕快離開呢。」

耶利歐他們則對阿基拉投以「不要回去」的視線，但因為站在背後而無法傳達。

「這樣啊。那我回去了。謝麗爾，有什麼事就跟我聯絡。」

「真是麻煩你了。隨時歡迎大駕光臨。」

阿基拉離開房間。謝麗爾笑著目送他離開，耶利歐等人則從保護我方的抑制力自現場消失的瞬間就因為更加緊張而臉色變得很難看。

謝麗爾注意到耶利歐他們的模樣，沒有回頭就直接傳達：

「阿基拉不在了也不會發生任何事，你們放心吧。這次來的沒有像之前那樣的蠢貨。」

志島也像是要叮嚀手下別多事般繼續說著：

「我不打算增加不必要的敵人，何況也付一百萬歐拉姆和解了。就算協調不順利，也不會在這裡引起紛爭。」

謝麗爾他們的話稍微緩和了耶利歐他們的緊張，但也只產生了這種程度的效果。

希望能快點結束。然而耶利歐與艾莉西亞的願望沒有被聽進去，謝麗爾與志島的交涉持續了很長一段時間。

結束與謝麗爾的交涉回到據點的志島，在自己房間裡統整思緒。

交涉的結果，謝麗爾他們把一半的地盤，也就是現在無法妥善管理的部分讓渡給志島他們。謝麗爾則收下一百萬歐拉姆作為回報，此外還建構起今後一定的合作關係。

（……交涉內容還不差，地盤也增加了。但是……）

志島因為不明確的擔心而臉色陰沉。

（……謝麗爾的劇烈改變還是令人在意，甚至比阿基拉更讓人在意。那種自信與從容是源自何處？是完全掌控了阿基拉而得意忘形嗎？不對……應該不只是這樣而已。）

可能讓不必要的麻煩覺醒了。志島無論如何都無法甩開這個擔心。

◆

阿基拉在旅館的房間泡澡。脖子以下浸在裝滿熱水的浴缸裡，露出放鬆表情的他置身於入浴的快樂當中，確實感覺到全身的疲勞逐漸溶化。

阿基拉的意識被浴缸吞沒，連簡單的問答都辦不到只是時間的問題。在那之前阿爾法就先對他搭話道：

『阿基拉，抱歉在養精蓄銳中打擾你，可以談一下今後的事情嗎？』

阿基拉茫然在空中飄蕩的視線移到阿爾法身上。阿爾法跟之前一樣正跟他一起泡澡。

光豔的肌膚因為泡澡溫度上升，現在染上了微紅。勻稱且充滿魅力的四肢因為熱水折射與平緩波浪而晃動，光的反射穿插縫隙之間讓許多部分若隱若現。熱水與汗滴從豐滿的雙峰之間滑落並且被吸進去。花費高度演算來呈現美麗嬌豔的女體就在阿基拉眼前。

但是面對阿爾法的這種模樣，阿基拉的反應卻非常遲鈍。這是因為日常已經習慣阿爾法的裸露，加上正在入浴這樣的狀況，讓他對於稀世裸體的興趣相當稀薄。

不想在這種狀況下聽到麻煩的事情。阿基拉目前只有這種程度的感覺。

「……關於明天之後的獵人工作嗎？」

『是啊。正確來說，應該是那個時候的心理準備。』

「還要什麼心理準備嗎？除了跟現在一樣保持警戒小心行事，還需要些什麼？」

阿爾法一臉嚴肅地提出忠告。

『當然有。今後得更慎重行事，必須有一受傷就完了的覺悟。從遺跡得手的回復藥已經用掉大半，只剩下一點點。今後很難再靠回復藥強行突破困境了，真的要特別注意。』

阿基拉從阿爾法的態度理解到事情的嚴重性，不過還是開口問了一下。

「從靜香小姐那裡買來的回復藥不行嗎？」

『性能完全不同。你的腳昨天斷掉了吧？如果是至今為止使用的藥，只要五分鐘就能治療到不影響戰鬥的程度，但是昨天買的便宜貨要完全治癒，得花兩週的時間。』

阿基拉繃起臉。

「……完全不一樣嗎？那麼買類似的回復藥不就可以了？」

『這也很困難。就算有地方在賣，一盒至少也要一百萬歐拉姆吧。』

阿基拉因為太過驚訝而噴出口水。

「我之前服用了一大堆那麼貴的藥嗎？」

『雖說多虧它才免於死亡，確實所費不貲。』

阿基拉正確地理解事態有多麼嚴重了。今後不小心受傷的話，受到影響的可不只是戰鬥就能了事，恐怕還會對之後的生活產生致命的影響。

就算要以強化服輔助折斷的腳來過生活還是有極限。有時甚至會讓負傷更加惡化而造成死亡。

「對了，不能再去遺跡找一樣的藥嗎？找一找應該還有剩下的吧。」

阿基拉像是認為自己想到一個好點子般露出開朗的表情，但看見不經思索便搖頭的阿爾法後就立刻恢復原來的模樣。

『前天的大襲擊讓崩原街遺跡的怪物分布產生大幅變化，原本應該待在遺跡深處的怪物可能在外圍部徘徊。現在的你要是過去，就算有我的輔助大概也會死掉。』

「……沒辦法嗎？好吧，我會盡量注意。」

『拜託了。我也會提供輔助，好好加油吧。』

阿基拉想振作起精神，卻輸給泡澡的快樂而失敗了。從他嘴裡發出慵懶的聲音。

阿基拉與阿爾法四目相交。

「……有什麼辦法嘛。」

『嗯，反正做出蠢事的話，到時候痛的還是你。就算兩腳折斷，我也會強行讓你走動。為了避免淪落到體驗強化服的這種活用方法，你最好小心一點。』

「光是想像就覺得好痛。我會注意。」

阿基拉這次確實打起精神了。

『還有，既然崩原街遺跡發生過那樣的騷動，這一陣子我都打算不到崩原街遺跡深處去收集遺物了。所以今後到其他遺跡的機會將會增加，也要做好這方面的心理準備。』

「……其他遺跡嗎？我知道了。嗯，反正有摩托車，就算到較遠的遺跡也不必用跑的過去了。」

面對隨口這麼回答的阿基拉，阿爾法露出意義深遠的微笑。

『既然有強化服，用跑的可能也不錯，不但可以當成訓練，也可以增強體力。』

『我不要！』

阿基拉堅定地拒絕了。看見他那種厭惡的表情，阿爾法就開心地笑了起來。

第30話 各自的結果

多蘭卡姆在久我間山都市低等區塊的外圍設置了據點。廣大用地內聳立著大型倉庫與建築物，甚至還有屋外射擊場，可以說是相當大規模的設施。設施內連獵人辦公室都設置了派出所，不論是對內或對外都展示了這個巨大幫派的勢力。

克也在該室內射擊練習場持續進行著射擊訓練。他的表情非常認真，身上透出因為自身實力不足而感到悔恨的心情。

因為毫不休息只是持續射擊，他的身心都相當疲勞了。命中率也變得很低，已經接近以開槍的後座力讓身體疼痛的作業。

他自己也很清楚這已經不是有效的訓練，卻感覺沒有命中槍靶的子彈像是在責備自己一樣，為了擺脫這種感覺而賭氣地持續開槍。

由米娜與愛莉以擔心的眼神看著這樣的克也，最後再也無法忍受克也那種根本無法命中目標還是持續開槍的悲慘模樣，對他搭話：

「克也，差不多該休息一下了。」

「休息一下比較好，這樣只是加深疲勞，根本算不上訓練。」

即使她們開口阻止，克也依然想繼續。結果由米娜來到克也旁邊，把手放到槍上，看著克也的眼睛，搖了搖頭。

這下子克也才終於放下槍，垂下頭以懊悔的聲音說：

「……幫不上忙。如果我……再強一點……」

「……這不是你的錯。」

「已經是盡力之後的結果。就像克也這樣，大家都有所覺悟了。克也沒有錯喔。」

跟前幾天的事情比起來，克也現在的模樣更讓由米娜她們感到心痛。

前幾天發生大襲擊時，多蘭卡姆派遣了許多獵人。

像西卡拉貝那樣的實力者們只要不是受傷或者地理上的理由，幾乎都強制參加。因為認為這是獲得極大成果的機會，幾乎沒有人不願意。西卡拉貝也很高興地備戰並且跟同伴們一起前往戰地。

像克也他們這樣的新手則是隨意參加。面對足以出動都市防衛隊的戰力，多蘭卡姆的立場是希望避免把實力不足的新手送上戰場，但是都市方則是歡迎增強戰力。而且這是統企聯的緊急委託，因為這些理由而面子上無法指示新手成員不要去參戰，只能以隨意參加來試著維持門面。

但認為是因為年紀才遭到輕視的成員們卻認為這是讓其他人承認自己實力的好機會，因此有許多人都希望參戰。

克也同樣希望參加，簡直就像執著於想解救他人的行為一樣率先出聲。於是有許多少年少女都跟著克也一起前往戰場。

年輕獵人們以十個人為一組的部隊編制，被派到距離都市防衛隊與敵人主戰力戰鬥的激戰區相當遙遠的地點。

克也他們就與散布在該地區一帶的怪物群展開激戰，最後從這次的戰果了解到自身的實力。而包含克也在內的七名生還者獲得了符合奮鬥結果的報酬與光榮。

但剩餘的三名就被荒野吞沒而喪失了生命，死者全是克也的朋友，一起夢想克服艱辛的訓練，以獵人身分出人頭地的朋友們。因為戰鬥過於激烈，甚至無法把他們的屍體帶回來。

自己如果更強一點說不定就能幫助夥伴了。克也因這種自責的念頭備受煎熬。

由米娜從後面溫柔地抱緊克也。

「……讓我們變得更強吧。下次要能夠守護大家，我也會幫忙。所以現在先休息吧？」

愛莉也簡短地對克也傳達自己的意思。

「我會幫忙。」

於是克也因此恢復到能夠裝出振作起來的模樣。然後就帶著感謝由米娜她們的心意，勉強露出笑容。

「……說的也是。抱歉讓妳們擔心了。」

「沒關係啦。我們是同一小隊的夥伴對吧？」

「今後也要一起努力。」

由米娜與愛莉拉著克也的手想把他帶到射擊場外面。克也也不抵抗就跟著她們離開射擊場。

克也深刻體會到拉著自己雙手的夥伴有多麼重要，同時突然想起阿基拉的事情。在沒有同伴的情況下單獨從那個地方朝荒野前進的那個人究竟如何了呢？他如此想著。

連先回到都市做好大襲擊準備的我方都受到如此嚴重的損害，可以想像在沒有準備的情況下會有什麼下場。由米娜她們沒有阻止自己的話，自己也會變成那樣吧。這麼想的克也小聲呢喃著：

「……果然死了嗎？」

「克也，怎麼了嗎？」

「不，沒什麼。」

結果還是沒能得知那種實力究竟是不是偶然，既然死了就算在意也沒有意義了吧。克也如此想著，然後像是要轉換心情般笑著忽略這件事。

由米娜她們看見克也的笑容，心裡想著應該沒問題了，然後也回以開心的笑容。

◆

西卡拉貝被自己的朋友同時也是多蘭卡姆幹部的新部找了過去。

「特別把我找來有什麼事？那場紛爭欠你的人情應該已經用在前線的貢獻還清了，我可不想再聽說教了。」

對抗怪物大襲擊主力的都市防衛隊，是由戰車、人型兵器、重裝備的人造人與裝甲強化兵組成的真正私設軍隊。也就是說，怪物全都是需要這種戰力才能對抗的強力個體。

前天的大襲擊時，西卡拉貝的部隊被配置到該主戰場附近。雖然危險，但是能夠贏得極大的成果，因此西卡拉貝也很歡迎這樣的配置。

然而他不喜歡如此配置的理由。這是事後才知道，被配置到該危險地區的理由包含了在巡邏任務時引發騷動的處罰。

由於負責帶隊，也認為多少應該負點責任。但是已經在可能被主戰力的餘波轟飛的危險地區獲得足以提升多蘭卡姆名聲的戰果了，如果這樣還要被抱怨，西卡拉貝也有自己的因應方法。

新部苦笑著安撫西卡拉貝。

「那個決定不是我的意思，所以別遷怒到我身上。幫派的方針確實是以招募新手為優先，也會發生那種事啦。雖然算不上道歉，我確實調整過班表，不會讓你繼續當那個小鬼的保姆了。所以再忍耐一下，別生氣了。」

「……那就好。抱歉對你發脾氣。」

「別在意。我也討厭當保姆。」

與朋友的輕鬆對話讓西卡拉貝的心情好多了。

「那麼，不是抱怨的話找我有什麼事？」

「噢，關於保姆的交接，想問你一些克也他們的事情。那些傢伙被配置到對一般新人來說相當嚴苛的地點，不過似乎在那裡相當活躍。沒有保姆的十人組，總共出現三名死者。以獲得的戰果來看算是不錯了。他們越過死線平安回來了，應該可以從只會耍嘴皮子的新人畢業了吧？」

聽見新部承認克也他們相當活躍的發言後，西卡拉貝就回以相當嚴厲的言詞。

「是嗎？也可以說為了讓那些人生還，犧牲了三個人。要讓他們獨當一面，我覺得還太早。」

西卡拉貝憤怒地皺起臉。

「我太了解那個傢伙了，他應該在想：如果我能更強一點就好了。那個蠢蛋。就算那個傢伙比現在強十倍好了，也只會去危險十倍的地點，然後害夥伴死掉而已。那個傢伙欠缺自知之明。」

「那麼，那些傢伙沒有成為獵人的才能嘍？」

面對這個問題，西卡拉貝沉默了一陣子。之後就以嚴肅的表情繼續說道：

「光看才能的話甚至在我們兩個人之上，可以說是萬中選一的稀世人才，加以琢磨的話就會發光吧。受到充足的訓練並且數次穿越死線之後應該可以出人頭地才對。」

新部露出感到意外的模樣。

「你倒是很捧他嘛。你不是討厭那個人嗎？」

「我沒有無能到因為私情而扭曲做出的評價。你也承認那個傢伙的才能吧？所以才會如此偏心。我有說錯嗎？」

「是啦。不然怎麼會要你當他們的保姆呢。所以才想要你幫忙鍛鍊，結果你們似乎合不來啊。沒辦法再忍耐一下嗎？應該是趁現在先賣人情也不會有損失的對象吧？」

西卡拉貝很厭惡般表情變得很難看。

「我不要。第一，那是以那些傢伙能出人頭地為前提。雖說只要磨練就會發光，但我可不想成為那些傢伙的研磨劑。我沒有意願成就那些傢伙光輝的未來。」

西卡拉貝承認克也的才能，也認為由老手幫忙看顧的話會更早開花結果，但自己完全不想成為那個人。

「已經死了三個人對吧？那傢伙不率先表明要參加的話，那些人根本不用到前線去吧？」

參加與否是由個人判斷，所以並非克也的錯。西卡拉貝知道這一點，但是選擇無視。

「身邊有人死了，我想那些傢伙多少會謹慎一點並且有所成長吧。但是死了的傢伙已經回不來了。我可不想為了那些傢伙的成長而死。」

看見心情再次變差的西卡拉貝，新部只能嘆口氣說：

「你就是喜歡這樣使性子，才遲遲無法決定接下來要當誰的保姆。」

「我想也是。誰都不喜歡當保姆吧。我也不喜歡啊。」

閒聊一陣子讓他冷靜下來，經過一段冷卻期間後，可能還會願意擔任克也他們的保姆吧。新部原本是這麼想，但是看見西卡拉貝對克也展現超乎想像的厭惡感後就完全捨棄這種可能性。這時新部決定轉換方針。

「有沒有什麼願意接替你的人選？」

既然說了不會夾帶私情，那麼西卡拉貝也不會刻意推薦不適合克也他們的人物吧。結果正如新部所料，西卡拉貝以認真的表情思考了一陣子後就提出符合條件的人選。

「艾蕾娜跟莎拉。那兩個人不行嗎？他們似乎很親近那兩個人，我記得正在邀請那兩個人加入多蘭卡姆對吧？」

「雖然正在交涉，似乎沒什麼機會。」

「以訓練委託的形式推給她們啦。之前也有讓那幾個小鬼跟她們同行過吧？」

「帶他們出去時，單純的同行與明確的訓練可是完全不一樣，報酬也會不一樣。你說得倒是很輕鬆，但是要僱用外部的人很麻煩喔。」

看見稍微繃起臉的新部，西卡拉貝就對這個把重心從獵人工作轉移到組織營運的友人露出開心的笑容。

「那就是你們這些幹部的工作。好好加油。」

「我知道。那麼，那兩人的實力沒問題嗎？」

「不清楚作為教官的實力，但如果是作為獵人的實力，給那些傢伙當教官根本是浪費。大襲擊的時候只稍微看到她們一下子，確實擊敗了具備迷彩能力的怪物。雖然有一陣子不是很順利，但似乎已經重新振作起來了。」

「這樣啊。那就多加一些報酬交涉看看吧。說是為了招募的布局，會計部的傢伙也會閉嘴吧。」

西卡拉貝繃起臉抱怨：

「會計部的傢伙嗎？真希望那些傢伙能夠多理解現場的人有多辛苦。」

新部也露出苦笑。

「唉，沒有那些傢伙也很不方便。這就是所謂組織變大之後的弊病。」

「這些弊病影響到這邊的話會很困擾耶。」

「不然你也到這邊來幫忙阻止這些弊病如何呢？」

新部說完就露出有些挑釁的笑容，西卡拉貝則輕笑著回答：

「抱歉。坐辦公室的工作不適合我。」

「真是的，只會推到別人身上。」

之後好一陣子，西卡拉貝和新部就笑著互相傾訴對於組織的不滿。

◆

來靜香店裡補充彈藥的艾蕾娜與莎拉露出相當疲憊的模樣。尤其是艾蕾娜臉上更是表露出相當疲勞的表情。

「靜香，麻煩給我平常的補給品，但量要加到三倍。」

「一次買這麼多啊。看妳好像很累，戰況真的那麼激烈嗎？」

靜香的視線從艾蕾娜的臉移到莎拉的臉，接著又移向她的胸部。莎拉的疲勞度明顯地顯示在胸部上。大襲擊之前，原本豐滿到無法塞進防護服裡的胸部現在大大地縮水了。

「……看來真的很辛苦。」

負責提供火力的莎拉在短期間內大量使用重量、後座力與火力都相當強勁的槍械，當然奈米機械的消耗量也會增加。連保存在胸部的備用分量都用盡的話，莎拉就會死亡。

理解這一點的艾蕾娜已經對莎拉做出抑制消費的指示卻還是消耗了龐大的奈米機械，這就表示那是如此激烈的戰鬥。靜香從莎拉的胸部大小掌握了這些資訊。

莎拉苦笑著說：

「可不可以不要用胸部來判斷？嗯……報酬本身是無從抱怨的金額。他們對生還的獵人付出較多的報酬來試圖封鎖無謂的抱怨，或許有這樣的意圖吧。」

艾蕾娜接著抱怨：

「怪物裡還混雜了具備迷彩能力的傢伙。突然全體的搜敵工作都推到我頭上，最後還得到主戰場附近著實累死人了。真的很想抱怨幾句。」

靜香臉上浮現親切的苦笑。

「既然收到足以封鎖這些抱怨的報酬，希望也幫忙一下這家店的營業額。對了，現在的艾蕾娜的話……」

準備思索該推薦什麼裝備的靜香，再度看著艾蕾娜的裝備，像是感到不可思議般問道：

「話說，艾蕾娜沒有穿強化服。最近剛成為獵人的阿基拉都買了呢，妳不買嗎？」

「……強化服嗎？啊～我嗎？嗯～」

艾蕾娜開始發出沉吟，苦惱了一陣子後才苦笑著說：

「……雖然覺得在沒有強化服的情況下還能再撐一陣子，不過看來是時候了。」

東部居民的基本身體能力上限相當高。雖然還是有個人差異與極限，經過鍛鍊的話誰都能擁有不錯的身體能力。

但有時候會出現上限異常高的人。這樣的人既不是身體強化擴張者也沒有穿強化服，只靠持續鍛鍊就能擁有與他們同等或者以上的身體能力。這種人被稱為超人，有時甚至能空手破壞戰車。

至於為什麼會有這樣的人存在，目前仍未有確定的理由。舊世界身體擴張者的子孫隔代遺傳；使用了舊世界製回復藥，結果身體產生變異而擁有與接受高度身體擴張技術者同等的身體。只是有像這樣的各種說法在坊間流傳。

艾蕾娜至今之所以能在沒有強化服的情況下裝備沉重的情報收集機器，靠的就是強大的身體能力。但是她並非超人。以身體能力與身穿強化服差不多的莎拉為基準的話，艾蕾娜算是相當瘦弱。

目前辨明身體能力上限的方法仍未確立下來。以成為超人為目標者，就只能相信自己能夠成功而持續鍛鍊。然後據說穿上強化服的話，身體能力就再也不會提升了。這是因為不會繼續鍛鍊的緣故。

艾蕾娜因為這些理由以及金錢方面的問題，至今為止都沒有購買強化服。但是金錢方面的問題，尤其是莎拉的奈米機械補充費已經因為這次的報酬而幾乎完全解決了。

為了充實裝備，或許差不多是時候放棄自力提升身體能力了。艾蕾娜這麼想著，然後像拋開某種束縛般輕笑著說：

「這確實是個好機會。靜香，可以幫我選一件好的嗎？」

靜香聽見後就面露難色。關於強化服，不論是作為商店的商品還是店員的知識都不是她的專門。

「不行。確實去專賣店讓專業人士幫忙選擇，然後自己買下來。以妳們兩個人的收入應該買得起吧？」

「有什麼關係嘛。我聽說阿基拉的強化服就是靜香選的。妳有進貨的人脈吧？強化服跟裝備品，我想在同一家店購買啊。」

艾蕾娜稍微露出厭惡的表情繼續表示：

「而且不知道為什麼，就是不喜歡在強化服專賣店量尺寸，也不喜歡那種連以細胞為單位的身體檔案都想擷取的感覺。」

「我反而認為能確實擷取這種詳細資料才是專賣店的賣點。」

「如果是裝備暫時跟身體融合的特殊強化服就還能理解，但我不打算買必須做到那種地步的特殊強化服，何況又那麼貴。所以量尺寸在靜香的店就可以了。」

面對不願放棄的艾蕾娜，靜香也只能妥協了。

「那就由我來訂購，然後妳自己選擇。藉由收集情報與分析處理做出各種選擇是艾蕾娜專門的領域吧？」

「感覺靜香幫忙選的比較幸運，因為至今為止就是這樣而都很順利。有什麼關係嘛，就當成給常客的特別服務啊。都可以幫阿基拉服務了，那幫認識更久的我服務一下也沒關係吧？」

靜香只能認輸並且露出苦笑。接著以開玩笑的口氣挑釁地表示：

「真拿妳沒辦法。我會找件最貴的給妳，最好有所覺悟啊。」

靜香就這樣開始聽取艾蕾娜對於強化服的需求。這時候艾蕾娜突然想起某件事，開口問道：

「強化服嗎？想先問一下，穿上強化服是不是很容易就能變強？」

結果是由莎拉回答了她的疑問。

「沒這回事。強化服也不過是一種裝備，不好好訓練還是不行的。也可能被急遽上升的身體能力牽著鼻子走，反而陷入無法動彈的狀態。」

某方面來說總是穿著強化服的莎拉當然很清楚這部分的辛勞。

「嗯……如果是舊世界的強化服，就有可能不經過訓練就變強啦。即使我是奈米機械類的身體能力擴張者，還是進行了許多訓練，很辛苦才能變強的喔。」

「……我想也是。」

阿基拉提出作為裝備費的預算金額絕對是從前天的大襲擊裡賺來的錢。

但是那不合邏輯。沒有什麼時間進行強化服訓練，還用對機械類怪物效果薄弱的AAH突擊槍戰鬥。阿基拉可以說沒有任何能從賺取一千萬歐拉姆的戰場平安生還的要素。

靜香對於這件事有點在意，所以試著問了一下艾蕾娜她們。結果只是補強不合邏輯的理由罷了。

但是看見莎拉後就想起以前曾經跟莎拉談過關於阿基拉的內容，然後想到能夠強行讓事情符合邏輯的要素。

（……阿基拉應該是舊領域連結者，但是跟舊世界製的強化服無關，首先那件強化服根本是我選的。啊，話說，他在選強化服時提出很多要求，那是舊領域連結者能夠提升戰力的內容嗎？）

原本想繼續推測的靜香，這時刻意切斷自己的思考。

（唉……又不能問他本人，還是不要繼續在意這件事比較好。）

不必要的探查只會帶來不良的影響，也可能會破壞與阿基拉的關係。做出這個結論的靜香也就不再繼續想下去了。

在閒聊途中，艾蕾娜改變了話題。

「話說，靜香對這次的襲擊有什麼感想？」

「哪有什麼感想，我只知道新聞報導的消息而已。報導的內容有什麼奇怪的地方嗎？」

靜香的店裡設置了大型壁掛式螢幕。基本上是設定成顯示統企聯、都市或者獵人辦公室等主要以獵人為對象的情報。

這時剛好播報關於襲擊的新聞，統企聯的女性新聞官正在說明事件的詳細情形。

「關於前幾天的怪物群襲擊久我間山都市未遂事件，統企聯斷定此為建國主義者的恐怖攻擊。已經有複數的恐怖組織提出犯罪聲明，表明是受到統企聯不合理對待所做出的制裁，也是對以不當手段支配東部的統企聯所發起的聖戰。統企聯除了立刻實施報復行動之外，也將對擾亂東部和平的恐怖組織更加……」

建國主義者是企圖在東部建立起國家的一群人。雖然是少數派，但還是以統企聯無法忽略的人數持續進行著活動。

其中有以在統企聯的框架內實施自治為目標的穩健派，也有接受中央部統治同盟國，通稱盟國的支援以武力占領都市並且發布獨立宣言的激進派。後者經常直接發展成與統企聯的戰爭。

許多都市因為這種戰爭餘波而化為瓦礫山，給統企聯帶來相當大的損害。

莎拉隨口說出對新聞報導的感想。

「建國主義者嗎？這次的委託主之所以是統企聯，大概就是這個原因吧。如果事前就掌握情報，真希望他們能有點對策。嗯……對於酬勞沒有不滿就是了。」

委託主是統企聯的任務，能領到的報酬也比較多。然後跟建國主義者有關的委託有更高額的傾向。因為報酬要是太低，將會損及統企聯的威信。

莎拉就此接受這說法，艾蕾娜卻不怎麼同意。

「我不認為這個都市有那麼強的影響力能夠成為建國主義者恐怖攻擊的目標。從崩原街遺跡深處把怪物引到這裡的話，建國主義者也會出現不少犧牲者才對。對於其他建國主義者也會有很大的影響，我懷疑這個消息究竟有幾成是真的。靜香妳覺得呢？」

靜香隨口說出所想的答案。

「應該沒有說謊，而且也符合邏輯，只不過還是有可疑的地方讓人無法完全相信。大概就是這樣吧。嗯……就算我們在意也沒有用吧？」

不論背後有什麼樣的內情，都不會對我方有害。靜香的第六感這麼告訴她。

艾蕾娜也因為靜香的話轉換了心情。

「說的也是。反正拿到豐厚的報酬了，何況這也不是一介獵人需要在意的事情。我們就來探索更有效使用報酬的方法吧。靜香，事情就是這樣，強化服就拜託妳嘍。」

「我知道了。決定讓我選擇的是妳，無論我選的是什麼樣的強化服，妳都要穿上去，不能抱怨。到時候後悔也來不及了喔。」

靜香這麼說完就像要威脅艾蕾娜般，開心地露出傲慢的笑容。

靜香的第六感今天依然相當敏銳。

◆

武裝集團前進到崩原街遺跡的深處。裝備的性能遠超出久我間山都市周邊獵人的基準，統一的動作顯示出他們經過極為精良的訓練。

部隊遵從被稱作柳澤的男人所做出的指示朝著遺跡更深處前進。

「柳澤主任，雖然已經有點太遲了，但真的可以嗎？」

柳澤開心地笑著回答：

「都說沒問題了。不是說明過已經取得統企聯的默認了？」

「但是讓怪物群朝著都市衝去也太……而且新聞報導還說是建國主義者幹的好事。一個搞不好，連我們都會被當成建國主義者耶。」

柳澤得意地笑著表示：

「為了引誘怪物出現而去當誘餌，因此死掉的傢伙確實是建國主義者，他們是阿爾弗特團的成員，所以是建國主義者幹的好事沒錯。雖然喪失性命，但是完成目的了，那些人也感到滿足吧？」

「那些傢伙是阿爾弗特團的成員嗎？我還在想到底是從哪裡帶來的呢，主任連建國主義者都有人脈嗎？」

「哎呀，這個社會就是要靠情報啊。人脈什麼的稍微調查一下其實很簡單。」

另一個男人又提出疑問。

「雖說順利完成防衛，讓怪物群去襲擊都市真的沒問題嗎？本來是必須處以極刑的重罪耶。不知道主任有什麼企圖，但我可不想被當成棄子。」

「包含這一點在內都讓對方默認了啦。或許是最近都市防衛隊沒有活躍的機會吧，防壁內側的暴發戶就吵著說防衛費太高了。」

柳澤以瞧不起這些有錢人的態度繼續說道：

「因為待在安全地帶過著和平的生活，那些傢伙經常會忘記這裡是東部。這裡是充滿怪物的東部，安全是非常貴的東西。為了防止牆壁內側的傢伙得意忘形起來，偶爾還是得威脅一下他們。」

接著又有另一個部下丟出問題。

「但這樣的話，其他遺跡的怪物也可以吧。應該不構成刻意引出崩原街遺跡深處那些超強怪物的理由才對吧？」

「遺跡外圍部分的粗略探索已經完成好一陣子，久我間山都市的經營方也差不多想重新開始探索深處了。所以深處的怪物減少對他們來說是再好也不過。」

「所以這次事件才會引誘那些怪物出來嗎？」

「正是如此。把那些傢伙引誘到荒野，就可以用戰車與強力的兵器加以蹂躪，比把討伐部隊送到深處省錢多了。但就算是這樣，也沒有人願意負責引誘怪物的工作吧？所以我才居中牽線啊。」

另一個男人以難以置信的驚訝聲音對柳澤說：

「就是因為這樣，才會帶著阿爾弗特團的成員嗎？」

「是啊。想不到他們竟然說願意為了使命犧

牲，真是太感謝他們了。因為我不想死，就讓他們好好表現了。嗯……要責備我說明不足的話，只能說確實是這樣，因為原本就是敵對陣營，我沒有義務說明沒有問到的事情。」

聽見柳澤的發言後有人發笑，有人感到無法接受，也有人表現出完全不關心的模樣，可以說有各式各樣的反應，唯一的共通點是全都不懷疑柳澤的能力。

這時又有另一個人對柳澤問道：

「獵人們也受到一定的損傷吧。要是知道幕後的黑手是主任，死亡的獵人會不會變成鬼魂跑出來啊？」

他是獵人的實力受到肯定，被挖角後才加入部隊的成員。因為對於獵人的夥伴意識，讓他露出嚴肅的表情。

柳澤毫不在意地回答：

「獵人應該也因為這次的襲擊賺了一大票才對。有許多傢伙實現了一獲千金的夢想吧。嗯……雖然多少會出現犧牲者，但本來就是在知道生命會有危險的情況下從事獵人工作。沒有運氣與實力的傢伙就算沒有發生這次的事件也會因為其他理由死亡啦。獵人工作就是要賭命。我可沒興趣去聽賭輸而死的傢伙所說的每一句抱怨。」

「……嗯，獵人工作確實也有這種風險。」

男人仍有不滿，但也沒有繼續多說什麼了。

把部下們的問題回答過一遍之後，柳澤以有點誇張的態度開始讚美起自己。

「想讓中等區塊閉嘴不要繼續抱怨的都市管理部；想要活躍的機會來增加預算與存在感的都市防衛隊；想攻擊都市強化影響力的阿爾弗特團；想攻略崩原街遺跡的都市經營方；希求金錢與名譽的獵人們。不覺得這是除了被殺的怪物之外，讓所有人都得到幸福的作戰？」

這時其中一名部隊成員露出疑惑的表情並且問道：

「負責居中牽線的是主任對吧？那主任有什麼好處？到底有什麼樣的企圖？想到怪物大量減少的崩原街遺跡深處做什麼？需要我們的話，就表示並非單純的遺跡探索對吧？」

柳澤露出別有深意的高傲笑容。

「這是秘密。硬要說的話，大概是人類的進步與發展吧。放心，我不會害你們。而且就算單純是遺跡探索也能大賺一筆，不然怎麼可能借到這種裝備？這是適合最前線的最新裝備喔。」

柳澤這麼說完就指著男人的槍，得意地笑了。

「你的諸神的黃昏也是我安排的，另外也準備了對滅彈頭。雖然是不能隨便開槍的武器，威力超強喔。不是這種機會的話，平常根本無法使用。希望你們可以了解我的幹勁。」

這支部隊即使攜帶普通裝備，性能也相當高。這次則配給了更加高性能的裝備，而幫忙準備的就是柳澤。

原本開心地跟部下閒聊的柳澤，經過了某個地點後就繃緊神經，以嚴肅的表情做出指示。

「不准閒聊了，走吧。」

部隊就這樣持續朝著崩原街遺跡的深處前進。

◆

先前的大襲擊後又過了幾天，阿基拉做好前往荒野的準備後，一早就離開旅館。

由於間隔了休養日，疲勞完全消除了。休假已經結束。為了獲得更強的裝備與實力以完成阿爾法的委託，必須重新開始獵人的工作。

穿上強化服、帶著ＡＡＨ突擊槍、揹著ＣＷＨ反器材突擊槍在貧民窟裡前進。手上除了裝滿彈藥的背包之外，還拿著為了接下來的獵人工作而從獵人辦公室借來的機器。目的地是謝麗爾的據點，要去拿寄放在她那裡的摩托車。

路途中，在貧民窟排食糧配給的隊伍映入阿基拉的眼簾。這時湧出的奇妙懷念感讓他停下腳步，但立刻像要甩開過去般繼續前進。現在的阿基拉已經沒有去排那個隊伍的資格。

來到謝麗爾據點前面後就對站哨的少年傳達來意。少年以緊張的表情快速進入據點裡面。等了一下子後，謝麗爾就跟幫忙把摩托車牽到這裡的少年們一起出現。

謝麗爾只整理了最基本的儀容，一看就是一副還在睡覺時就被叫起來的樣子。這是把確實整理好儀容以及因此讓阿基拉等待放到天平上後，以後者為優先的結果。

即使如此還是沒有任何不堪入目的感覺。缺陷稍多的打扮醞釀出一股就是如此信任對方的氣氛，給人縮短與對方距離感的印象。從葛城那裡拿到的肥皂與化妝品等也一點一點發揮出效果，回復成分讓謝麗爾的肌膚與頭髮變得更加有光澤。

實際上一起把摩托車牽過來的少年們也露出能看見謝麗爾算是賺到了的表情。

但是阿基拉的反應還是極為遲鈍。

「我只是來騎摩托車，妳想睡的話繼續睡沒關係啊。」

謝麗爾露出親切的笑容搖頭。

「不不不，難得你來這裡，我當然要起來。」

「是嗎？嗯……妳高興就好。」

阿基拉只這麼回答，就把從獵人辦公室借來的機器裝到摩托車上。作業馬上就結束了。接著阿基拉跨坐到摩托車上，擺出準備出發到荒野的態勢。
「工作結束後會再騎到這裡寄放。抱歉把妳吵醒了。」
「不用客氣，隨時都可以過來。獵人工作要小心喔。」
阿基拉在微笑的謝麗爾目送下發動摩托車，就這樣直接穿越貧民窟，前往荒野。
目送阿基拉的謝麗爾以覺得有些可惜的口氣呢喃：
「……這種打扮也不行嗎？真是頑強。得想下一個方法……」
謝麗爾思考著吸引阿基拉注意的手段，回到自己的房間。

◆

貧民窟的路面頗為粗糙，但是跟荒野比起來還是好多了。自行駕駛摩托車作為訓練的阿基拉，在進入荒野的瞬間，姿勢就稍微失去平衡。
「……唔喔！」
這是在尚未完全習慣強化服的狀態，揹著沉重ＣＷＨ反器材突擊槍的騎乘。體勢稍微失去平衡立刻就惡化到快要整個翻覆。
但是阿爾法代替阿基拉駕駛，一瞬間就把車體拉了回來。她以躺在空中的姿勢並排飛在摩托車旁邊，像要調侃阿基拉般笑著說：
『剛才很危險耶，看來你還差多了。』
阿基拉也苦笑著回答：
『我知道。包含這個部分在內，今後也會持續訓練，請好好輔助我吧。』

『包在我身上。那麼為了移動到平穩一點的地方，就稍微加快速度吧。』

阿基拉就這樣坐在摩托車上奔馳過荒野。

槍械、強化服、摩托車。跟剛遇見阿爾法時比起來，阿基拉的裝備明顯提升了。阿基拉自身的實力也有飛躍性的進步。

即使如此，依然完全不足以完成阿爾法的委託。在延伸到地平線的困難路程上，目前仍只是剛結束開頭的部分。

為了追求達成那個目標的力量，跟許多希望獲得財富與名聲的獵人一樣前往荒野。但是阿基拉獲得阿爾法這個協力者，在路程上已經遠遠拋開其他獵人。

從兩個人契約成立的那個時候，阿基拉與阿爾法多舛的獵人工作才算剛剛開始而已。

〈下集待續〉

Episode
001

下 逞強荒唐魯莽

色狀態
Character Status

1〈下〉結束時阿基拉的狀態。在靜香的店購買了強化服「凱隆」，身體能力獲得飛躍性的提升。
「凱隆」是把粗獷的金屬骨骼從外側貼上去的舊型強化服，但是藉由阿爾法輔助控制裝置，發揮出不輸給最新型的運動性能。
靠緊急委託獲得1200萬歐拉姆報酬的阿基拉購買了另一把AAH突擊槍與CWH反器材突擊槍，藉此更強化了與裝甲堅硬的怪物戰鬥時的對應力。

NAME 名字

阿基拉

SEX 性別

男

HOMETOWN 出身

東部久我間山都市

JOB 職業

獵人

HUNTER RANK 階級

RANK 17

EQUIPMENT 裝備

WEAPON 武器

手槍
AAH突擊槍×2
CWH反器材突擊槍

ARMOR 防具

TLT型C式強化服「凱隆」

TOOL 道具

泛用資訊終端機　護身符

AKIRA

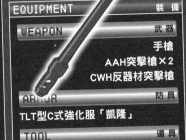

武器解說
Weapon Guide

MOTORCYCLE
摩托車

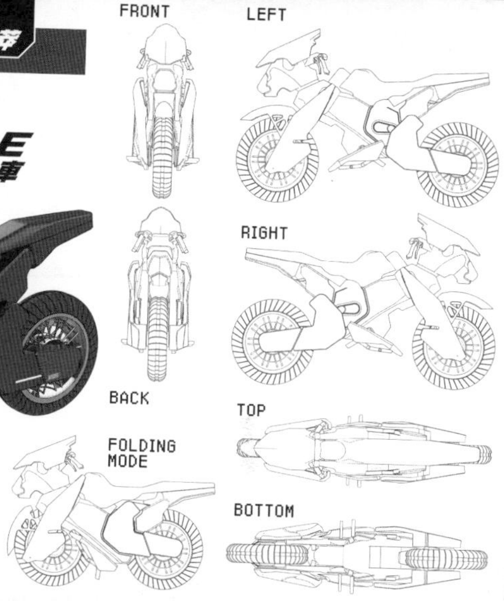

阿基拉接受緊急委託，獲得的預付款就是這輛摩托車。是存放在木林的卡車副駕駛座上的折疊式摩托車，兩輪驅動，即使在荒野也能順利行駛。

CWH ANTI-MATERIEL RIFLE
CWH反器材突擊槍

為了對抗擁有堅硬外裝的怪物所設計出的大口徑步槍。
專用的穿甲彈具備非常高的貫穿性，擁有一擊必殺的威力，但是射擊時的後座力也很強，難以駕馭。
槍身長度可調整，讓難以操作的缺點得到改善。

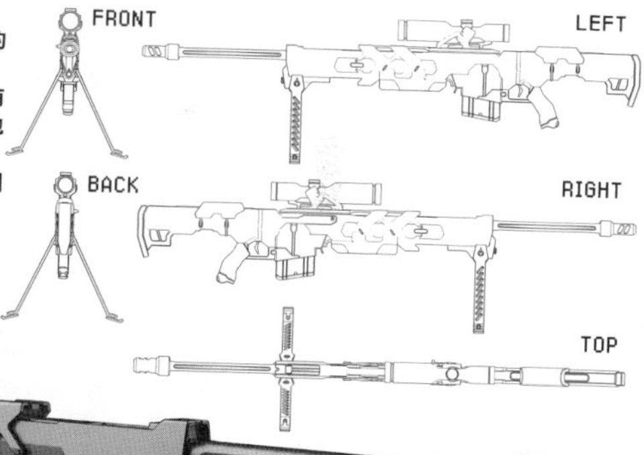

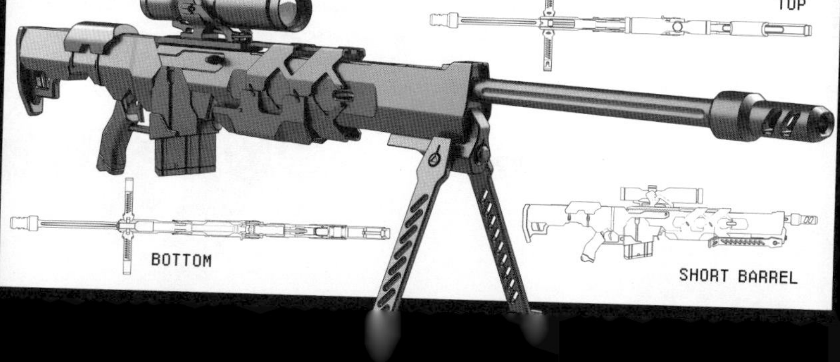

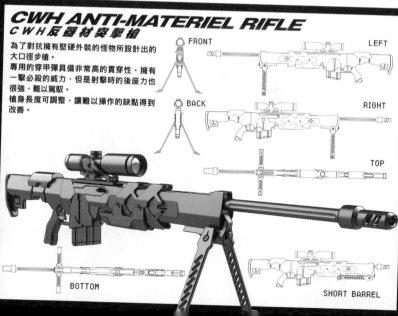

怪物解說
Monster Guide

CANON INSECT
加農砲機械蟲

在有小型車大小的多足移動裝置上搭載了戰車大砲的自律型兵器，周圍伴隨著彈匣型補給機。武裝等的個體差異很大，但是作為兵器相當遵守紀律，會合作攻擊進入射程範圍的標的。

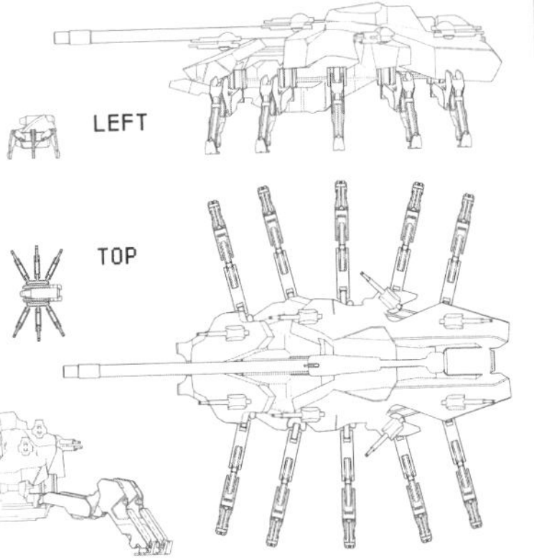

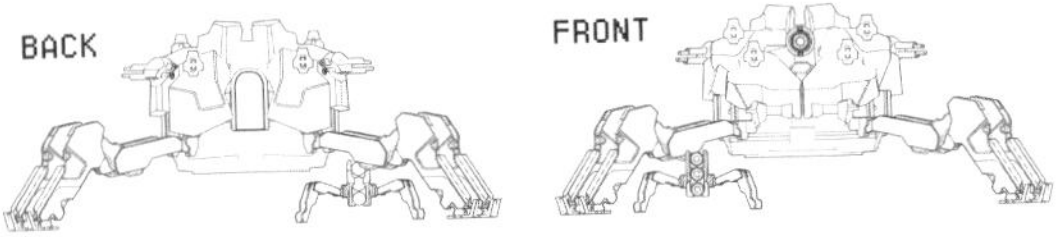

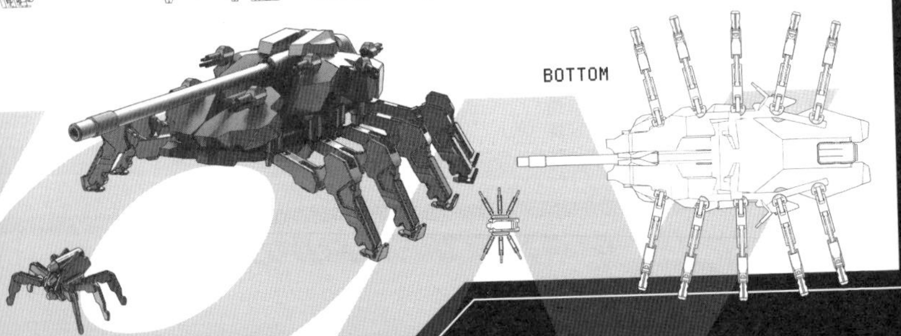

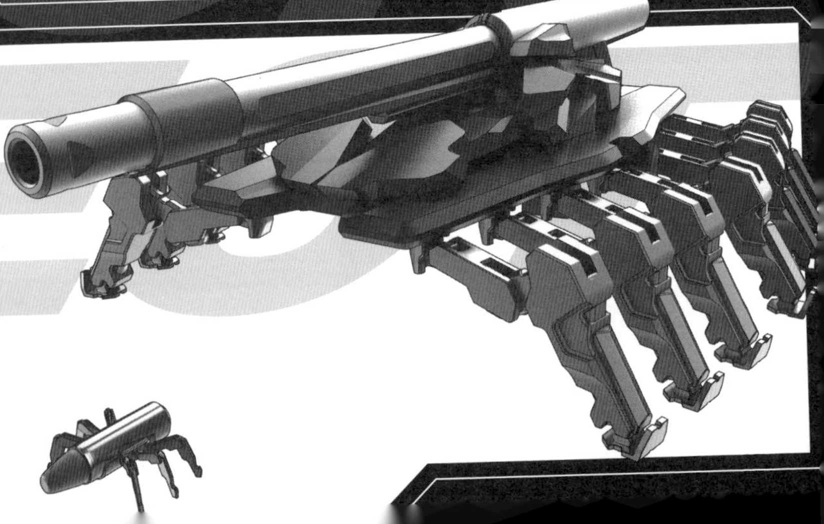

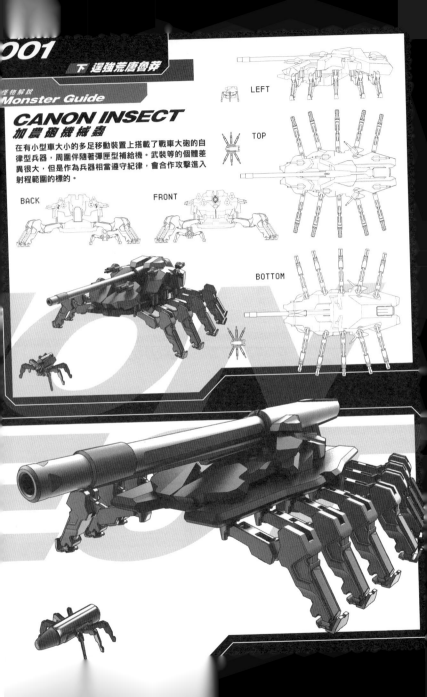

HUGE CANON INSECT
巨大加農砲機械蟲

加農砲機械蟲的特異機體。作為本體的多足移動裝置像是把大型巴士縱向壓縮般巨大，搭載於上方的主砲全長輕鬆超過20m。由於太過巨大，無法順利讓砲彈高速旋轉，像自走砲那樣擅於使用榴彈從遠距離進行砲擊。

LEFT

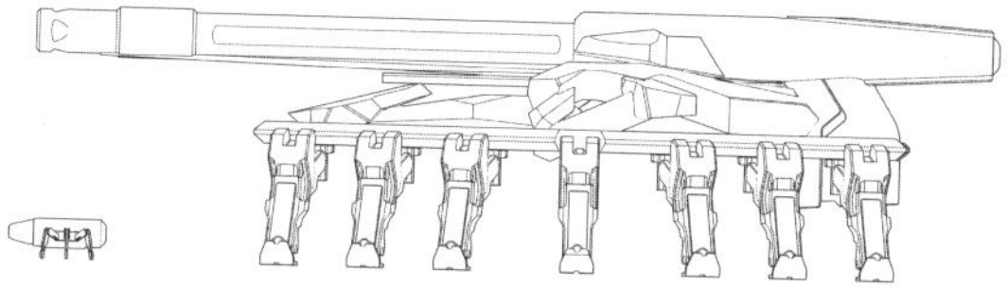

TOP

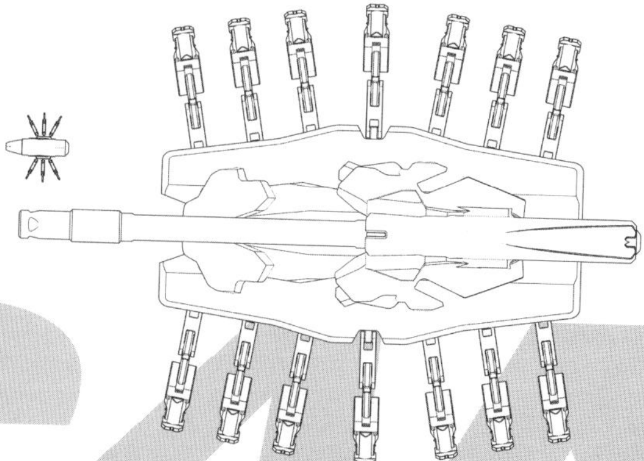

BOTTOM

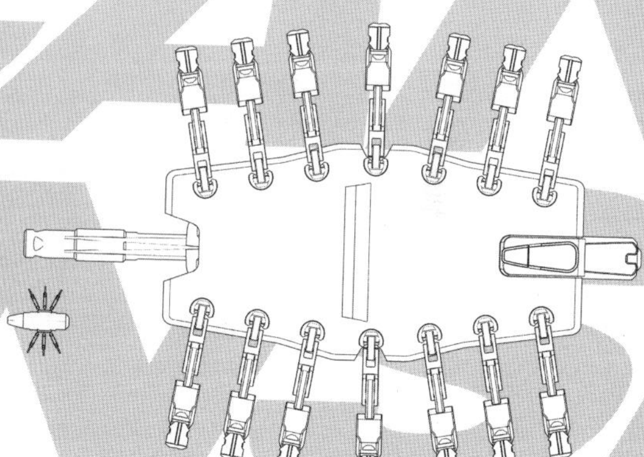

BACK

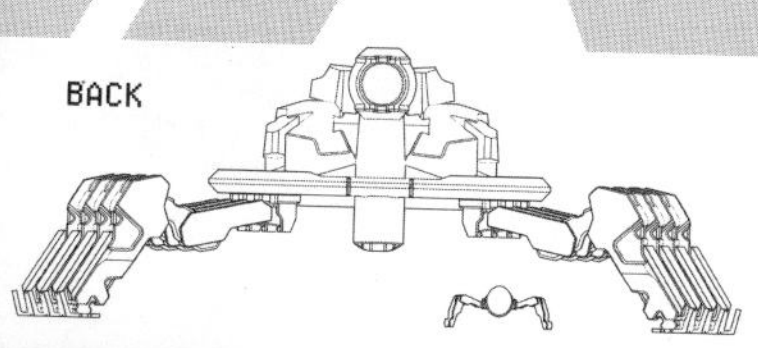

FRONT

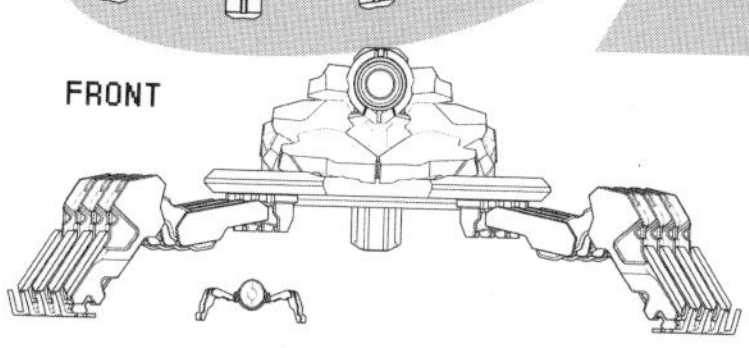

法拉格魯特都市是存在於東部與中央部邊界線的半自治都市，屬於連結東部與中央部物流的交易都市。邊界線上還存在幾個類似的都市。

而都市外面廣闊的邊界線周邊則是禁止進入區域，它們被稱為透明牆壁。實際上該處只有極度荒涼的一整片大地，並沒有真正的牆壁。不是因為光學迷彩而看不見，因為那裡連最簡單的圍牆都沒有。

之所以這樣還被稱為牆壁，是因為試圖非法越過禁止進入區域者，中央部統治同盟國與東部統治企業聯盟雙方會在毫無警告的情況下攻擊、破壞，把所有人都殺光。

基於雙方的規約，試圖通過該領域者，不論有什麼理由都可以加以徹底攻擊，而且還禁止回收屍體與殘骸。進入該處的人或者物體，最常見的下場是受到過火的攻擊而失去原形，然後直接被放置在該處。

雖然沒有牆壁，但絕對無法通過。因此要越過被稱為透明牆壁的邊界，就只能通過像法拉格魯特這種邊界都市。

都市被巨大防壁區隔成三個區塊，沿著東部與中央部的邊界分別是中央部區塊、半自治混合區塊以及東部區塊。混合區塊是東部與中央部交會的地點，也是文化、經濟、技術交雜的中繼點。

在這種混合區塊的綜合醫院等待室裡，雪白肌膚的少女正等待好友的治療結束。讓她姣好的臉龐露出非常嚴肅的表情的最大理由是擔心現在正在治療的好友是否平安。

少女的好友罹患了在中央部是不治之症的頑疾。目前已經來日無多，被病魔侵蝕得連要靠自己動一根手指都很困難。

雪白肌膚的少女為了幫助好友，好不容易才說服猶豫的好友，把她帶到擁有東部技術的這個混合區塊。這本來是相當困難的事，但少女的熱情、努力以及不顧後果的拚命終於有了成果，好不容易才把好友帶來醫院。

雪白少女祈禱般持續等待著，這時候眼前治療室的門打開了。接著少女的好友──褐色肌膚少女就帶著有些僵硬的笑容走了出來。看見她的樣子，雪白少女忍不住發出聲音。

「莎拉！妳可以站起來了嗎？」

「……咦？啊啊，嗯。艾蕾娜，我沒事了，好像啦。」

莎拉為了讓好友放心而露出很有精神的笑容，艾蕾娜也噙著眼淚，放心地笑了。

少女們在醫院的露天咖啡廳用餐。艾蕾娜看著好友把食物送進嘴裡的模樣後很開心般笑了。

接受治療前的莎拉只能夠用點滴來補充營養，因此相當瘦。但是明明剛剛才結束療程，身體已經稍微有點肉了。

剛開始用餐時也是畏畏縮縮地將少量食物放進嘴裡，但嘗到久違的料理後就笑逐顏開，一理解自己的身體已經能確實地攝取食物，放進嘴裡的量就一點一點增加了。

跟料理的味道比起來，好友恢復健康的模樣更讓艾蕾娜感到開心，她也很享受這個隔了很久才能再次跟好友一起用餐的機會。

「話說，妳已經恢復到這種程度了嗎？只能說不愧是東部的技術，難怪治療費貴得嚇人……還加裝了陌生的東西，那是什麼附贈品嗎？」

艾蕾娜這麼說著，同時以調侃般的視線看向莎拉的胸部。生病之前相當平坦的胸部，現在出現極為豐滿的隆起。

莎拉有些害羞般笑著說：

「……說是把胸部當成奈米機械的補給庫。如果要用外接卡匣式就需要改造身體，院方說這裡沒辦法進行這種處置。」

「真是個好藉口。」

「……真是的。」

莎拉露出有點鬧彆扭的態度，但還是享受著跟好友的閒聊。她的臉上突然出現寂寞的表情。

「……雖說被妳說服才來這裡接受治療，我的確不想死，也認為沒有放棄而一路走到這裡真是太好了，但是……」

莎拉因為更濃厚的哀傷而皺起臉。

「……但是這樣就要跟妳分開了吧。因為我已經不能回到那邊去了。」

東部雖然跟中央部進行貿易，但是當然也有許多禁運的物品。尤其是技術的輸出更是遭到嚴格的限制。而莎拉體內的奈米機械正是受到限制的技術之一。

把奈米機械保存在體內然後走私到中央部是任何人都能想到的常見手法，卻遭到嚴格檢查殘留奈米機械、立即拘捕違反者以及毫無警告就槍殺抵抗者等手段阻止。

中央部的有錢人為了治療頑疾，使用同樣的奈米機械時，患者在治療後會被禁止進入中央部直到體內的奈米機械完全消除。而這樣的去除處理必須花費龐大的費用。

艾蕾娜她們最多只能準備施術的費用，加上就算有去除費用也沒辦法進行這樣的處置，因為去除體內的奈米機械，莎拉就會死亡。

嚴格來說莎拉的病尚未治癒，只是用奈米機械把輸給病菌的受傷細胞補強成跟健康者同等的狀態而已。

憑東部的醫療技術，是可以完全把病治好。但是艾蕾娜她們無法湊齊治病費用、排隊時間、東部與中央部雙方需要的許可等所有的條件。

這也就表示，莎拉不要說是中央部了，就連都市的中央部區塊都無法進入。艾蕾娜也很難不斷進入都市的混合區塊。真要說的話，就連跟莎拉一起來到這裡都是排除萬難之後才得到的結果。

這恐怕就是最後一次兩個人在一起的機會了。如此想的莎拉，因為不捨與朋友的別離而噙著淚水。

艾蕾娜卻很輕鬆地表示：

「妳在說什麼啊？我也要留在這邊啊。這還用說嗎？」

「…………咦？」

這完全出乎意料的回答讓莎拉一瞬間露出呆愣的表情，忘記了悲傷。然後當她了解意義的瞬間就開始慌張了。

「等、等一下，妳在說什麼啊？要留下來？留在這邊？不行！妳回得去就給我回去！不、不要緊！我在這邊會好好活下去！妳別擔心！」

和慌張的莎拉完全相反，艾蕾娜像是面對理所當然的事情一樣保持冷靜，甚至對莎拉露出些許傻眼的表情。

「怎麼可能不要緊？稍早之前還是躺在床上的大小姐，我要是把這樣的妳獨自丟在這裡，妳能不能撐到明天都是個問題。我也絕對要留下來。」

「不、不行啦！」

「為什麼不行？」

兩個人都因為替對方著想，以毫不退讓的視線交戰。她們就這樣默默凝視著對方好一陣子。

然後就跟平時一樣是莎拉率先投降，像要表示「真拿妳沒辦法」般輕嘆了一口氣，臉上浮現像是不滿又像是很開心的笑容。

「……這種時候的艾蕾娜真的很頑固耶。」

「是啊。託這種個性的福，莎拉才能活下來，所以我也完全不打算改。」

艾蕾娜露出有點得意的笑容。莎拉看了也跟著笑了起來。

說起來，莎拉就是拗不過艾蕾娜，才會來到這個法拉格魯特都市。所以某種程度來說，這也是理所當然的結果。

艾蕾娜看著答應讓自己一起留下來的莎拉，感到暫時放心後，就浮現些許苦笑並說：

「要說不回去的理由嘛，就是為了籌措來這裡的旅費、莎拉的治療費以及今後要用的資金，我擅自把一些股票和地契賣掉了，厚著臉皮回去的話會很慘。」

莎拉噴出口水，接著慌張地表示：

「艾、艾蕾娜，妳做出這種事？那、那樣沒關係嗎？」

「名義上是妳的東西，然後我是代理人，所以沒問題。我並沒有犯法。」

「我、我不是這個意思……」

面對慌了手腳的莎拉，艾蕾娜只是以從容的表情這麼回答，然後表情變得嚴厲。

「如果是問那些傢伙的狀況要不要緊，老實說那些傢伙認為妳的死是無可奈何的事，我才不管他們的死活呢。」

已經做出許多切割的艾蕾娜，以及沒辦法那麼絕情的莎拉，各自內心的感情就展現在臉上。接著艾蕾娜替好友著想般笑著繼續表示：

「嗯，全都是我擅自做的，所以那些傢伙要恨的也是我。妳不用覺得自己有任何責任。」

結果莎拉就露出有點氣憤的表情。

「別開玩笑了。不想死的人是我，同意妳的提案並且讓妳把我帶到這裡接受治療的也是我。妳只是幫我而已，別擅自把責任都攬到自己身上。」

艾蕾娜露出有些意外的表情，之後就開心地笑著說：

「是嗎？那就算共犯，今後也一起努力吧。」

莎拉一瞬間露出「糟糕」的表情。然後當這樣的表情轉換成苦笑時，就像拋開束縛下定決心般意氣昂揚地笑著回答：

「那是當然嘍。今後也多多指教。」

至今為止都一直在一起的兩個人，希望今後也能繼續在一起並且開心地持續笑著。

以都市的混合區塊的基準來看算是便宜旅館的一間房間裡，艾蕾娜她們正在談論今後的計畫。

「然後呢，莎拉，我考慮了很多事情後，覺得當獵人是最好的選擇。」

「獵人？那是東部的……我不是很清楚啦，好像是危險的……是什麼內容，打倒怪物之類的工作嗎？」

「從稱作舊世界遺跡的地點找出名為舊世界遺物的貴重物品，在荒野這種地方驅除名為怪物的東西來賺錢，好像是這樣的一群人。」

「好像？」

「從中央部調查東部的實際狀況還是有限度。無法保證情報的正確性。」

「但是既然被稱為獵人，應該就是會進行狩獵吧？」

「像是寶物獵人、怪物獵人還有其他某某獵人之類的，總之好像就是包含這些分類統稱為獵人。獵人似乎只是通稱，還另有正式名稱，但一般都稱為獵人，用正式名稱來稱呼的話反而會讓人覺得『那是什麼啊』。」

「原來如此。」

莎拉像是對艾蕾娜的知識感到佩服般輕聲回答完後，臉上就浮現有些陰鬱的表情。

「但是，很危險吧？」

「是啊。不過似乎能賺到不少收入，所以有很多想靠著成為獵人來一獲千金，從中央部前往東部的人。聽說真的能賺錢的人輕鬆就能賺到一個小國的國家預算。」

「哇，太厲害了。」

「嗯，所以就算沒有到那種程度，只要能順利地賺錢，即使是我們應該也能賺到妳補充奈米機械的費用才對。」

有點沉重的空氣籠罩現場。莎拉要是不持續賺取奈米機械的補充費用就會死亡。

艾蕾娜擔心這樣的莎拉，莎拉則因為必須讓艾蕾娜陪同自己從事危險的獵人工作而感到抱歉，所以兩個人都安靜了下來。

為了改變這樣的氣氛，艾蕾娜以稍大的聲音強行改變話題。

「哎呀，會有辦法的，雖然很多人因為獵人工作而死，聽說最先死的是沒有湊齊裝備就到荒野的人。我們等確實準備好裝備再開始就行了。使用剩下的預算，應該可以備齊一定程度的裝備。」

接著又刻意感到可惜般嘆了一口氣。

「說老實話，如果那支股票能在更高的價格賣掉的話，可以湊齊的就不是一定程度，而是很好的裝備了。但就是因為沒時間了，只好妥協順勢把它賣出去。」

「那也沒辦法。根本沒有多餘的心思以限價或者慢慢花時間賣掉了吧？」

「是啊。要是慢吞吞地賣，馬上就會被發覺了吧。那個時候真的是跟時間比賽。」

艾蕾娜她們表示真的沒辦法並且互相笑著將沉重的空氣一掃而空後，就開始確認今後，尤其是明天的計畫。

明天將從都市的混合區塊進入東部區塊，接著成為獵人。兩個人都做出這樣的決定。

要從混合區塊進入東部區塊比較容易。東部基本上不會阻止人員從中央部流入。

只不過，也不會照顧之後的生活。從混合區塊來到東部區塊的人，大部分是夢想到東部出人頭地的貧困階層。

然後在沒有錢的情況下流落貧民窟，由於也沒有工作只好成為獵人。接著為了到能賺更多錢的地點而繼續朝東邊前進。

東部每天都有許多獵人在某個地方死亡。在這種情況下獵人總數之所以沒有什麼太大的變化，最主要的原因就是會不斷地從這樣的地方獲得補充。

另一方面，要從東部區塊進入混合區塊則相當困難。必須從東部區塊仔細地確認身分與目的，並且得到統企聯的許可才能進入。這是為了防止走私以及珍貴的科學家逃亡到中央部。

只要一進入東部區塊，大概就再也無法回到中央部了。艾蕾娜她們即使知道這一點，明天依然決定前往東部區塊。

但是現在還是先暫時忘記對於未來的不安，一邊開心地閒聊著一邊進入夢鄉。

◆

隔天早上，離開旅館的艾蕾娜她們立刻前往檢查站。檢查站外排著許多想要越境的人。複數的隊伍前進的速度都相當快。這是因為擁有身分證者只要事先完成審查手續的準備，在檢查站的手續就得以簡略化。

至於沒有身分證者則是在經過較為簡單的審查後就能越境，但是必須經由身無長物且衣服骯髒的貧困階層通過的出入口。從那邊通過的話，甚至無法獲得「此人是經過檢查站審查的人物」這種最低限度的身分證明。當然，這樣的人就無法在東部找到正式的工作，大部分只能在貧民窟裡凋零。

再來只要排隊等待審查就可以了。這時一個男人擋在這麼想的艾蕾娜她們面前。

「就知道妳們會來～」

男人的名字叫帕拉多，是艾蕾娜她們認識的人。年齡接近中年的他身穿有點粗獷的衣服，散發出一種幹練打手的氣氛。

帕拉多對著艾蕾娜她們露出很開心且瞧不起人的笑容。艾蕾娜像是要保護莎拉一樣以嚴肅的表情站著。雙方的模樣很清楚地顯示出他們的敵對關係。

艾蕾娜瞪著帕拉多。

「……你怎麼知道我們在這裡？」

帕拉多露出得意的表情。

「我不像其他傢伙那麼沒用。那些笨蛋什麼都不懂，什麼妳們到其他國家的醫療設施去了、至少想一起度過最後的時間，所以找地方躲起來了，預測錯誤的他們都跑去找別的地方了喔。妳這傢伙怎麼可能做那種事呢。我有說錯嗎？」

艾蕾娜為了讓追兵預測錯誤而用了各式各樣的手段。得知對方不但識破自己的手段還預測出自己的行動後，臉龐就因為嚴肅的表情產生扭曲。

「還是問一下好了。你有什麼事？」

「當然是來把妳擅自帶出來的大小姐帶回去啊。啊啊，不過沒有交代連妳都要帶回去，所以可以清除掉沒關係。我最討厭麻煩了。」

「太可惜了。莎拉不能讓你帶走。」

「為什麼？因為妳會努力阻撓我？就憑妳根本辦不到啦。」

依然帶著嚴肅表情的艾蕾娜認真地回答：

「不是。莎拉用了奈米機械來治療身體，那是禁止輸入的物品，所以就算要把莎拉帶回去也會在中央部那邊的檢查站遭到阻止。試圖強行通過的話，你也會一起被殺掉。所以你還是放棄帶莎拉回去吧。」

雖然認為這樣作為無法帶莎拉回去的證據已經十分充足，艾蕾娜還是怕帕拉多惱羞成怒而沒有放鬆警戒。

但出乎艾蕾娜的意料，帕拉多沒有任何動搖。

「什麼嘛，原來是這種事。那完全沒問題。」

過於意外的回答，讓艾蕾娜不由得露出驚訝的模樣。

「什、什麼意思？」

接著躲在艾蕾娜背後的莎拉就稍微來到前面並且以困惑的口氣詢問：

「難道說爸爸允許我在這裡接受治療？明明那麼堅決地拒絕了啊。」

這樣就不用讓艾蕾娜做出陪自己一起前往東部的蠢事了，莎拉內心燃起一線希望。艾蕾娜半信半疑，卻也浮現如此莎拉就能獲救的期待。

但是帕拉多像是要嘲笑她們的希望與期待般搖

著頭說：

「錯了。上頭似乎無論如何都無法接受家族裡出現接受東部技術的人物。很可惜，上面的指示是不論生死都要把人帶回去。」

很享受般看著艾蕾娜她們驚訝的樣子，帕拉多接著又表示：

「所以只要把奈米機械從大小姐的身體裡清除掉就能通過檢查站了。就算大小姐會因此而死也沒有任何問題。有屍體的話，就足以當成從來沒有接受過治療了。」

艾蕾娜她們的表情一口氣崩潰。原本「要做到這種地步嗎」的想法立刻就被「那個男人的話應該會做到那種地步」的思考覆蓋過去。

接著艾蕾娜就以帶著憎惡的視線瞪著帕拉多，同時邊叫邊發動攻擊。

「……怎麼可能讓你那麼做！」

這一擊帶著對於把莎拉逼入絕境的惡人產生的憤怒，以及守護莎拉的心情，最後成功刺中帕拉多的身體。或許是太大意了，對方在完全沒有防守之下被自己的一擊正面擊中了。這麼想的艾蕾娜確信自己已經獲勝。

但這樣的確信卻被帕拉多的嘲笑顛覆了。艾蕾娜的表情因為驚訝而嚴重扭曲。

「不知道為什麼，妳這傢伙雖然長這樣，卻擁有比一般人強大數倍的肌力，因此一直以來都被稱為來自東部的怪物。大小姐毫不在意妳的出身就接受了這樣的妳，也難怪妳會如此執著。」

「給我閉嘴……」

「打從一開始妳就打算治療順利的話就跟大小姐一起去東部吧？故鄉比較容易過生活嗎？」

「給我閉嘴啊！」

「竟然刻意把好友帶到東部那樣的地獄去送

死，真是個任性的傢伙。」

「閉嘴！」

艾蕾娜再次全力揮拳。帶著艾蕾娜想法的一拳再次直擊對方的身體。

「我絕對不會讓莎拉死掉！」

「妳辦不到的啦！因為妳接下來就要被我打倒了！」

但是帕拉多完全不避開艾蕾娜的攻擊，即使被擊中也還是保持著從容的笑容。

艾蕾娜用盡全身的力量持續揍帕拉多。因為自身的肌力被人認為噁心並且感到害怕，也不知道暗地裡被說過幾次壞話了，但現在就倚靠這樣的力量，帶著自己的意志不停轟出拳頭。

只是這樣的拳頭對於幾乎不防守的帕拉多完全不管用。面對感到驚訝與焦躁的艾蕾娜，帕拉多笑著揭開真相。

「我早就猜到妳在這裡了！至少會做些對策吧！這是軍用的防護服！雖然性能還是比不上東部製的防護服，還是能讓妳的攻擊完全無效！」

帕拉多開始反擊。即使力量是艾蕾娜占上風，包含格鬥技術在內的綜合戰鬥力還是帕拉多較佳。攻守在一瞬間就逆轉了。

艾蕾娜不斷被揍、被踢，最後終於癱軟到地上。在無法動彈且頭部被踩住的情況下，她還是想盡辦法對莎拉呼喊：

「莎拉……快逃……」

莎拉只是呆立在現場。看見她的模樣後，帕拉多就笑著說：

「別逃，這傢伙會死喔。應該不用我說……妳之所以會來這裡，也是因為聽了艾蕾娜的話吧。沒聽她的話就只會躺在宅邸的床上死亡。妳就是這樣的傢伙。」

帕拉多沒有說錯，沒有艾蕾娜的話，莎拉就不會來這裡。

「所以妳什麼都辦不到。看妳那種狼狽樣，直接躺在床上死掉還好一點呢。真是個蠢貨……」

但帕拉多的想法也不算正確。這是因為他的推測沒有涵蓋到莎拉的覺悟。

今後也要跟為了自己甚至表示要共同前往東部的艾蕾娜一起活下去。為了這個目標，自己要盡可能地努力。帕拉多壓根兒沒有想到莎拉下定了這樣的決心。

下個瞬間，莎拉開始行動。即使流著眼淚還是看著前方，為了解救艾蕾娜而朝帕拉多揮拳。

莎拉的動作完全是外行人，而且速度還很慢。帕拉多雖然因為原本以為只能呆立現場的人竟然行動了而感到有些驚訝，依然認為沒有躲避的必要並且發出冷笑。

然後莎拉的拳頭就擊中帕拉多。這個瞬間，被軍用防護服保護著的帕拉多就誇張地飛了出去。

「什麼！」

帕拉多在空中飛舞，最後跌落到地面。仰躺著倒地的帕拉多，已經因為這一擊而無法動彈。這就是如此強力的一擊。

「……怎麼可能！這是怎麼回事？不可能！就連艾蕾娜都揮不出這樣的一擊，憑她剛剛痊癒的身體……」

因為出乎意料的事態而產生混亂的帕拉多，表情突然充滿焦急。莎拉緩緩走過來了。

莎拉即使流著眼淚還是確實看著前方往前走。然後當她來到帕拉多旁邊，就對傷害好友的傢伙舉起拳頭。

帕拉多的臉龐因為恐懼而扭曲。下一個瞬間，帕拉多再次遭受貫穿軍用防護服的強烈一擊，讓他無暇感到疼痛就昏了過去。

打倒帕拉多的莎拉稍微呆立在現場直到激動的心情冷靜下來。但是當她回過神來，就急著回到艾蕾娜身邊，讓她靠在自己肩膀上站起身子。

「艾蕾娜，不要緊吧？」

跟得救了比起來，艾蕾娜對於莎拉意外的行動與意外的結果更加感到驚訝與困惑。

「嗯、嗯。別看我這樣，身體還算是硬朗。莎拉妳才沒事吧？與其說沒事，更重要的是到底是怎麼了？」

「我、我也不知道。」

「什麼不知道……」

豁出去後讓莎拉揮動拳頭的是她的意志，但是完全不認為自己能打倒帕拉多。當艾蕾娜她們以困惑的表情面面相覷時，莎拉才終於想起可能的原因。

「啊，對了。聽說用來治療的奈米機械也有強化身體能力的效果。」

與其刻意使用無法提升身體能力的奈米機械，還不如使用普遍且帶有身體能力強化機能的泛用奈米機械，才能因為量產效果而降低費用。醫生做過這樣的說明，並且更換了奈米機械，但治療後立刻能站起身子讓莎拉驚訝到忘了這件事。

「原來是這樣……咦，莎拉的胸部是不是縮水了？」

「啊，醫生說提升太多身體能力的話，奈米機械的消費量也會變多。」

原本想著「原來如此」的艾蕾娜突然慌張了起來。

「等一下！奈米機械用光的話，妳就會死掉吧？到底在做什麼啊！」

莎拉也急忙回答：

「有什麼辦法嘛！沒關係啦！就是靠它我們兩個人才能得救，所以沒關係啦！」

「有關係！」

「沒有！」

艾蕾娜她們就這樣有點像是吵架般爭論了一陣子後，不知不覺間就覺得開心並且笑了起來。接著終於順利前往檢查站。

◆

通過檢查站後進入都市東部區塊，迎接艾蕾娜她們的是貧民窟。因為她們通過的是貧困階層的出入口。面對這在中央部也經常能看見的雜亂光景，原本想像在東部會看見異世界般景象的艾蕾娜忍不住說出感想。

「像這種地方，兩邊似乎沒有什麼差異呢。害我擔心了一下。」

莎拉反而露出感到有點新鮮的表情。因為在中央部的時候沒有機會看見這樣的光景。

「但這裡是東部吧？還是得小心。」

「是啊，那麼我們立刻去完成獵人登錄吧。應該是那邊。莎拉，我們走吧。」

結束獵人登錄的兩人獲得了獵人等級10的獵人證。這是因為她們帶著一定額度的錢越境來到此地。如果身無分文，就會交給她們等級1的紙片。

到附設的銀行完成兌換，然後到同樣是附設的商店湊齊裝備。就這樣，兩名新手獵人出現了。

艾蕾娜因為被帕拉多襲擊，發現自己太過倚賴自身的身體能力，為了彌補不足之處而朝其他方向發展，購買了便宜的情報收集機器。

莎拉則是反而覺得憑自己的身體能力應該可以好好地戰鬥，所以購買了較大的槍械。

艾蕾娜她們戰鬥的專門領域就是在這個時候確定下來。

她們互相看著對方的模樣，輕笑了起來。

「這樣我們也成為獵人了。那麼莎拉，今後也多多指教嘍。」

「那是當然。艾蕾娜，讓我們一起努力吧。」

這天，東部又增加了兩個再普通不過的獵人。

這是艾蕾娜她們在崩原街遺跡遇到阿基拉之前好幾年發生的事情。

出人頭地吧——！
以在久我間山都市防衛這件緊急委託活躍為開端，阿基拉展現了作為獵人顯著的成長。多蘭卡姆的新手獵人克也對不久後逐漸受到周圍眾獵人相關人士注目的阿基拉抱持著複雜的想法。
這樣的兩個人再次在同樣的討伐任務當中相對。在能於遺跡裡群體行動，甚至擁有擬態能力的強敵亞拉達蠍子的殲滅行動中——阿基拉又多了意想不到的護衛委託，讓故事再加速！
作者 ナフセ
插畫 吟
世界觀插畫 わいっしゅ
機械設定 cell
NEXT EPISODE >>>
重組世界 Rebuild World 2
上 舊領域連結者
敬請期待！

少年啊，在一切重組的世界
Rebuild
『阿爾法，敵人有幾隻？』
『搜敵範圍內有124隻，陸續增加中。』

幽冥宮殿的死者之王 1 待續

Kadokawa Fantastic Novels

作者：槻影　插畫：メロントマリ

不死者vs死靈魔術師vs終焉騎士團，
三方勢力展開前所未見的戰鬥！

少年恩德受病痛折磨而喪命，再次甦醒時發現自己因為邪惡死靈魔術師的力量，變成了最低階不死者。他為了贏得真正的自由，決心與死靈魔術師一戰，然而追殺黑暗眷屬直到天涯海角，為誅滅他們不惜賭上性命的終焉騎士團卻又成了他的障礙……！

NT$240/HK$80

里亞德錄大地 1~4 待續

Kadokawa Fantastic Novels

作者：Ceez　插畫：てんまそ

守護者之塔藍鯨的MP即將枯竭，
葵娜制定作戰計畫設法幫助它。

葵娜為了讓露可見長女梅梅，帶著莉朵和洛可希努再次前往費爾斯凱洛。待在費爾斯凱洛時，煙霧人型守護者告訴葵娜有個守護者之塔維持機能的MP即將枯竭，希望她幫忙。這個守護者之塔竟然是在水中移動，身長超過一百公尺的藍鯨……？

各 NT$250~260/HK$83~87

國家圖書館出版品預行編目資料

重組世界Rebuild World. 1. 下, 逞強荒唐魯莽/ナフセ作；周庭旭譯. -- 初版. -- 臺北市：臺灣角川股份有限公司, 2021.11

面；　公分. -- (Kadokawa fantastic novels)

譯自：リビルドワールド. 1. 下, 無理無茶無謀

ISBN 978-986-524-951-9(平裝)

861.57　　110015570

Kadokawa Fantastic Novels

重組世界Rebuild World 1（下）
逞強荒唐魯莽

（原著名：リビルドワールドI〈下〉無理無茶無謀）

2021年11月29日　初版第1刷發行

作者：ナフセ
插畫：吟
世界觀插畫：わいっしゅ
機械設定：cell
譯者：周庭旭

發行人：岩崎剛人
總編輯：蔡佩芬
編輯：孫千棻
美術設計：莊捷寧
印務：李明修（主任）、張加恩（主任）、張凱棋

發行所：台灣角川股份有限公司
地址：104台北市中山區松江路223號3樓
電話：（02）2515-3000
傳真：（02）2515-0033
網址：www.kadokawa.com.tw
劃撥帳戶：台灣角川股份有限公司
劃撥帳號：19487412
法律顧問：有澤法律事務所
製版：尚騰印刷事業有限公司
ISBN：978-986-524-951-9